清澄寺の閼伽井にありて七百有餘歳を歴たり今此地の有縁ゆゑありて彼所より移しまつ汝堂宇を営むで我像を安置せよ必子孫をして幸福あらしめんとなり依て直に當寺を開創して此靈像を安しまつるといふ光善の遠孫此地にありて今に連綿たり

나의 사이클룹스

洲崎明神 同海道の右側にあり普門寺別當たり安房國洲崎明神に同じくして房總志料に天比理乃咩命を祭ると源平盛衰記に洲崎明神ハ八幡大菩薩を祝ひまつるとあれハ両説を舉て疑を存せり

熊野權現社 神奈川本宿町海道より右にあり別當ハ金藏院東曼陀羅寺と号して新義眞言宗也 當社旧ハ權現山の頂に勸請ありしをこの地へ移しまゐらせりといへども一説にこの地の權現山の剛を祀せり

나의 사이클롭스

야마시로 아사코 소설
김선영 옮김

엘릭시르

私のサイクロプス

차례

나의 사이클롭스 ... 7

하유타라스의 비취 ... 47

네모난 두개골과 아이들 ... 79

코 베어 가는 절 ... 111

갓파의 마을 ... 145

죽음의 산 ... 177

폭소의 밤 ...201

물 긷는 목함의 행방 ... 237

별과 곰의 비극 ... 271

역자 후기 ... 338

나의 사이클롭스

··1··

주요 가도에는 관문이 있어, 허가 없이는 지날 수 없다. 예인藝人이나 역사力士는 통행 증서를 보여주는 대신 재주를 보여주면 통과시켜주는 경우도 있다지만 나 같은 보통 아가씨는 그럴 수 없다. 재주도 없거니와 여자이기 때문이다.

'들어오는 철포에 나가는 여자'라는 말이 있다. 도읍으로 들어오는 철포와 도읍에서 나가는 여자는 특별히 경계해 조사하라는 방침이다. 철포를 규제하는 이유는 대충 알겠다. 하지만 관리들이 도읍에서 나가는 여자를 경계하는 이유가 무엇일까?

그 답은 다이묘*의 참근교대라는 제도에서 찾을 수 있다. 다이묘들은 정기적으로 도읍과 영지를 오가야 한다. 그때마다 대거 행렬을 이루게 되니 비용이 만만치 않다. 그것을 위한 제도다. 지출을 강요함으로써 세력을 줄여 모반을 일으키지 못하도록 한다. 나아가 관리들은 다이묘들이 영지로 가 있는 사이 처자식을 도읍에 남기도록 명령했다. 여기에는 인질이라는 의미가 있었다. 도읍에 처자식을 붙잡아두면 다이묘가 영지로 돌아가도 섣부른 생각을 하지 못한다는 것이다. 다이묘의 처자식은 인질이니 허가 없이 도읍에서 나가는 일도 금지했다. 가령 다이묘의 아내가 다른 사람으로 변장해 관문을 지나려 하면 모반 의사가 있다 하여 처벌했다. 그런 이유로 도읍에서 나가는 여자를 엄중하게 조사하게 되었고 '들어오는 철포에 나가는 여자'라는 말이 나온 것이다.

"다행이네, 너도 일단은 여자로 취급해줘서."

나만 관문을 통과하는 데 시간이 걸렸다. 늘 안색이 나쁜 짐꾼 미미히코가 내게 말했다.

"미미히코 씨야말로 용케 관문을 통과했네요. 저 음침한 얼굴을 보내주다니 무슨 생각이람. 제가 관문 파수꾼이었다면 안 보내줬을 텐데."

"얼굴이 음침하면 여행도 못 해?"

---

* 중세 일본에서 각 지방의 영토를 다스리고 권력을 행사했던 유력자.

"가는 곳마다 민폐잖아요. 억지로 미미히코 씨 얼굴을 볼 다른 지방 사람들에게도 사과하세요."

싸우고 있자니 로안 선생님이 말리러 나섰다.

"두 사람 다 여전히 사이가 좋구나. 자, 출발하자. 린, 별일 없어 다행이다."

"예."

내 이름은 린輪. 차륜의 륜, 윤회의 윤과 같은 한자를 쓴다. 평소에는 마을의 도매 서점에서 일한다.

"나는 남장 여자로 오해를 사서 옷까지 벗고 조사받은 적도 있어."

로안 선생님이 여행 보따리를 짊어지면서 말했다. 긴 머리카락을 뒤로 묶어 말총처럼 늘어뜨린 선생님은 지나가는 사람들이 여자인 줄 알고 돌아보는 용모이다. 여행 안내서 집필이 생업이라 각지의 명승고적이나 온천을 찾아 그 정보를 책으로 쓴다. 내가 신세를 지고 있는 도매 서점 행수 어르신이 로안 선생님에게 집필을 의뢰한 터라 나도 여행에 동행해서 선생님을 돕고 있는 것이다.

"로안 선생님, 굳이 관문을 지날 것 없이 산속으로 돌아가면 되잖습니까?"

짐꾼 미미히코가 물었다.

"그야 가능하겠지. 들키면 책형에 처해질 테니 권하지는 않지만. 게다가 안내인도 없이 산속으로 가는 건 위험해. 뭐가 나올지 모르니까. 산에는 온갖 것들이 살거든. 일단 발을 들이면 거기는 우리가 아는 곳이 아니야."

달관한 듯 태연한 얼굴로 말한다. 선생님 눈에는 모든 게 보이는 듯하지만 기분 탓일지도 모른다.

"로안 선생님! 어째서 외길에서 길을 잃는 거예요?"

모든 게 보인다면 지도쯤 읽을 수 있을 텐데. 예상대로라면 낮에는 양쪽에 토산품 가게가 늘어선 여관 마을에 도착했어야 한다. 하지만 어느새 우리는 주위에 아무것도 없는 험한 산길을 헤매고 있었다.

"그렇게 화내지 마. 늘 있는 일이잖니."

"길을 잃어 여행 일정이 길어지면 저희 가게 지출이 늘어난다고요!"

여행 경비는 도매 서점이 부담한다. 지출이 늘면 내가 받을 삯이 줄지도 모른다. 그나저나 이 사람은 심각한 길치다. 자신만만하게 길을 가면 아침에 출발한 곳으로 되돌아오고 만다. 각오를 다지고 신중하게 지도를 보며 길을 고르면 그저께 묵었던 여관 마을까지 돌아가버린다. 참다못한 내가 길을 고르고 앞장서서 걸어도 로안 선생님이 여행길에 동행하는 것만으로 어째선지 낯선 길로 잘못 들고 만다. 바다를 건너지도 않았는데 섬에 들어간 적도 있거니와 단단히 잠긴 성 안에 있었던 적도 있다.

"뭐, 이러다 어떻게든 되겠지."

하품 섞인 목소리로 미미히코가 말했다. 이 짐꾼은 영양가 없는 길치 로안 선생님에게 완전히 익숙해졌다.

그러나 불행이라는 건 어느 날 갑자기 찾아오는 법이다. 그날 내가 실로 그러했다. 산길을 하염없이 걷다 보니 로안 선생님, 미미히코와 떨어지고 말았다.

"로안 선생님! 여보세요, 미미히코! 어디 있어요?"

어느새 두 사람의 뒷모습이 어디론가 사라지고 없었다.

"누구 없어요!"

소리를 지르며 사흘 밤낮을 걸었다. 밤이 되자 주위는 깜깜해졌고 들개인지 늑대인지 짐승들이 짖는 소리가 멀리서 들려왔다. 마실 물이 떨어져 고여 있는 흙탕물에 입을 대고 할짝거렸다. 식량도 떨어져 들풀과 버섯을 먹었다. 그래도 공복은 가시지 않아 머리가 멍했다. 가파른 경사를 지나고 있다는 사실도 모르고 발을 헛디뎌 굴러떨어졌다. 바위에 머리를 부딪치고 발목도 다쳐 일어날 수 없었다. 몸이 움직이지 않아 마침내 죽음을 확신했다.

무섭지는 않았다. 솔직히 말하면 지금까지 몇 번이나, 헤아릴 수도 없을 만큼 죽어보았다. 하지만 그것은 또 다른 이야기로, 로안 선생님에게도 털어놓지 않았다. 이번 인생은 여기서 끝나는 모양이다. 자, 또 갓난아이부터 시작하려나. 멍하니 그런 생각을 하는 사이 눈앞이 가물가물해지고 끝내 정신을 잃었다.

그다음은 꿈인지 생시인지 모를 상태였다.

어떤 커다란 존재가 다가오는 기척이 났다.

바닥이 흔들리고 주위 나무들이 술렁거리더니 나뭇가지와 잎사귀들을 헤치는 소리가 났다.

누군가 나를 들어 올려 옮겼다.

강한 팔이 나를 감싸 산속 깊숙이 데려갔다.

누군가 서툰 손길로 내 입에 걸쭉한 것을 흘려 넣었다.

맛은 없었다. 하지만 영양식이라는 것은 알 수 있었다.

잠에서 깨니 마룻바닥에 누워 있었다. 천장도 벽도 낡았지만 제법 넓은 곳이었다. 누가 구해줬다는 사실을 알고 다시 정신을 잃었다. 한참 후에 마루가 삐걱거리는 소리가 들렸다. 눈을 감은 채로 누군가의 강한 시선을 느꼈다. 누가 바라보고 있다.

조심스레 눈을 뜨자 커다란 남자가 내 얼굴을 들여다보고 있었다. 남자는 평범한 사람이 아니었다. 키가 내 세 배나 되었다. 아니, 훨씬 컸다. 천장에 머리가 닿을 정도였다. 무릎을 꿇고 엎드린 자세로 얼굴을 들이대고 있다.

"너, 너, 너…… 내가, 안 무서워……?"

남자가 말했다. 사실은 비명을 지르고 싶었지만 목소리가 나오지 않은 것뿐이다. 머리카락은 다듬지 않아 덥수룩했고 옷은 군데군데 해졌다. 굵은 팔다리에 불룩하게 솟아 번들거리는 근육은 강철 같았다. 그나저나 크다. 남자의 무게를 견디지 못하고 마루가 휘어 당장이라도 바닥이 무너질 것 같았다.

"내가, 무섭지 않아? 그런 녀석, 처음이야……."

남자는 얼굴을 바짝 들이댔다. 그 눈동자에 내 모습이 비쳤다. 나를 들여다보는 남자의 눈이 하나뿐이었다. 좌우 어느 한쪽이 없다는 뜻이 아니다. 얼굴 한가운데에, 눈구멍이 하나만 뚫려 있고 거기에 눈동자가 있었다. 얼굴에서 눈이 차지하는 비율도 보통 사람에 비해 컸다. 코와 입은 얼굴 아래쪽에 붙어 있어, 외눈이 얼굴의 대부분을 차지하고 있었다.

"……사이클롭스."

목구멍에서 갈라진 목소리가 나왔다. 바다 너머에서 건너온 서적에 그런 이름의 거인에 관한 기록이 있었다. 키클롭스라고도 불리는, 외눈박이 신의 이름이다. 거인의 기분을 거슬러 잡아먹혀서는 안 된다는 생각에 태연한 척했다.

··2··

내가 누워 있던 건물은 너른 마루방 하나뿐인 낡은 가옥이었다. 일어나서 주위를 확인해보았다. 옆에 커다란 삼각형 건물이 있었다. 통나무를 짜 맞추어 거대한 삼각형을 만들고 거기에 판자를 붙여 만든 높은 건물이다. 사이클롭스는 그것을 고루라고 부르며 평소에는 그곳에서 취침하는 것 같았다. '고루'란 높은 누각을 말하는 것이리라. 안에 들어가보니 아득히 위쪽까지 뻥 뚫려 있어 여기라면 사이클롭스도 기어 다니지 않고 생활할 수 있을 것 같았다. 바닥은 흙바닥이었는데 이부자리는 보이지 않고 소복이 쌓은 나무토막과 모래, 불을 지피는 화로가 전부였다.

고루 안을 보고 확신했다. 화로 옆에 벽이 있고, 그 반대쪽에 바람을 불어넣는 풀무가 있다. 틀림없다. 이곳은 제철소다. 화로로 사철을 녹여 철을 추출하는 것을 풀무 제철이라 부르는데, 그런 흔적이 있다.

이곳은 사이클롭스가 직접 만든 게 아니리라. 내가 누워 있던 가옥은 거인이 살기에는 천장이 너무 낮다. 과거에 이곳에 풀무 제철을 하던 일족이 살았던 게 아닐까? 그 일족이 고루를 남긴 채로 어디론가 사라졌거나 멸족해서 이 터에 거인이 정착한 것이다.

"언제부터 여기 살았어?"

다리를 끌며 돌아다니는 나를 사이클롭스는 하나뿐인 커다란 눈으로 좇고 있었다.

"몰라. 깨달았을 때는 이미 여기 살고 있었어. 엄마, 더 쉬는 게 낫지 않아? 엄마 다리, 멍이 심해."

"나는 엄마가 아니야. 말은 누구한테 배웠어?"

"배운 거 아니야. 누구하고 얘기해보는 건 처음이야. 그런데 말을 알고 있다니 이상한 일도 다 있지. 이봐, 당신 정말 내 엄마가 아니야?"

나는 외눈박이 거인을 올려다보았다. 덩치는 크지만 말투나 동작은 아이 같았다.

"어째서 나를 엄마라고 생각해?"

"당신이 엄마니까 나를 무서워하지 않는 것 아니야?"

사이클롭스는 얼굴 복판에 있는 눈동자로 주위를 둘러보며 곤봉 같은 손가락을 꼼지락거렸다. 아무래도 이 거인은 자기 부모를 까맣게 잊어버린 모양이다. 아니면 부모라는 존재 없이 어느 날 하늘에서 이 고루로 뚝 떨어진 걸까?

"게다가 당신이 내 엄마라는 증거가 하나 더 있어. 내 이름을 알고 있잖아."

"어? 언제?"

"아까, 나를, 사이클롭스라고 불렀어."

기대 어린 눈빛으로 나를 바라본다.

"그건 네 이름이 아니라……."

거인의 눈빛에서 압도적인 압력이 느껴졌다. 나는 한숨을 쉬었다.

"너한테는 다른 이름을 지어줄게. 엄청나게 크니까 다이타로大太郎라고 하자."

"야호! 나도 이름이 생겼어! 나는 다이타로다!"

거인이 기뻐하며 팔짝 뛰자 바닥에 발이 닿는 순간 땅이 흔들렸다. 고루 지붕 밑에서 먼지가 우수수 떨어졌다. 기뻐서 발을 구르던 거인은 먼지를 뒤집어쓰더니 갑자기 얼굴을 가리고 끙끙대기 시작했다.

"우우, 엄마, 살려줘……."

"왜 그래?"

"눈에, 먼지가……."

나는 완전히 회복된 상태는 아니었지만 우물에서 물을 길어와 거인의 눈에 들어간 먼지를 씻어주었다. 저녁 식사 시간이 다가오자 다이타로가 멧돼지를 잡아 왔다. 맨손으로 머리를 잡아 뜯고, 가죽을 벗기고, 갈기갈기 찢어 손끝으로 내장을 긁어냈다. 손가락으로 끄트머리를 집어 그대로 모닥불에 구웠다. 불꽃이 손에 닿아도 다이타로는 열기를 두려워하는 기색이 없었다.

"엄마는 쉬어. 영양가 있는 걸 잔뜩 먹여줄게."

하지만 다이타로가 만드는 음식은 하나같이 맛이 단조로웠다. 애초에 요리라 부를 수도 없는 것이, 그냥 멧돼지를 구운 고깃덩어리일 뿐이었다. 조금 역하고 딱딱했다.

"자고 있던 내 입에 넣어준 그건 대체 뭐였어?"

"멧돼지하고 물고기를 구워서 내가 잘게 씹은 거야."

"다음부터는 내가 요리할게. 식칼하고 냄비는 있어?"

"그거라면 있어. 나는 안 쓰지만 그런 걸 만드는 걸 좋아하거든."

고루 구석에 커다란 나무 상자가 있었는데 덮개를 여니 다양한 철기가 담겨 있었다. 식칼과 냄비뿐만이 아니었다. 철제 농기구, 사무라이가 들고 다닐 듯한 검의 검신, 심지어 갑옷의 일부까지 있었다.

"이거 전부 네가 만든 거야?"

"달리 할 일도 없으니까. 철을 만드는 건 즐거워. 엄마한테도 다음에 보여줄게."

다이타로는 커다란 외눈으로 화로를 보았다. 그러고 보니 생각났다. 사이클롭스라는 신은 대장 기술이 뛰어나지 않았던가? 외눈과 제철의 관계는 그것 말고도 또 있다. 오래된 서적에 따르면 이 나라에서는 과거에 아메노마히토쓰노카미나 아마쓰마라라고 하는 제철과 대장의 신이 있었다고 하데, 그 이름에 들어 있는 '마히토쓰目一箇'는 '외눈'이라는 의미인데다가 '마라麻羅'는 '외눈'을 뜻하는 '메우라目占'에서 유래한 것이다.

"아하, 외눈박이에 뛰어난 대장장이가 많다는 건 사실이었나 보구나……."

"그래, 맞아."

다이타로는 자랑스러운 듯이 말했다.

몸 상태가 좋아질 때까지 나는 다이타로 곁에서 쉬기로 했다. 한시라도 빨리 로안 선생님, 미미히코와 합류해야 했다. 하지만 발목을 삐었으니 그것이 낫지 않는 한 다시 여행을 할 수도 없다.

내가 만든 요리를 먹은 다이타로는 놀라 눈을 동그랗게 떴다.

"이렇게 맛있는 건 처음 먹어봐!"

그가 만들었다는 식칼은 놀랍도록 잘 들었다. 멧돼지 뼈도,

죽순도, 그리 힘을 들이지 않아도 싹둑 잘렸다. 어찌나 잘 드는지 조심히 다루지 않으면 손가락이 잘려도 바로는 알지 못할 것 같았다.

"그런 식칼을 만드는 건 간단해."

다이타로는 풀무로 철을 만드는 작업을 보여주었다. 며칠이나 걸리는 큰일이었다. 흙으로 아궁이를 만들고 목탄을 넣어 불을 지핀다. 풀무로 아궁이 속에 바람을 불어넣으며 목탄과 사철을 교대로 넣는다. 이윽고 사철은 붉은 점토처럼 변했다. 고루 안은 땀이 날 정도로 더웠다. 어른이 몇 사람이나 붙어서 할 작업을 다이타로는 전부 혼자서 했다. 풀무를 넣고 바람을 뿜으면 불길이 세진다. 여럿이서 겨우 집어넣을 수 있는 풀무도 한 손으로 거뜬히 밀어 넣어 바람을 불어넣었다.

"너무 뜨거워도 안 되고, 뜨겁지 않아도 안 돼. 알맞게 해야 하지."

다이타로는 아궁이 속에 손을 넣더니 녹아서 황금색으로 변한 사철을 손가락으로 떠서 입안에 넣고 맛보는 듯한 표정을 지었다.

"응, 그럭저럭 괜찮네. 엄마도 맛볼래?"

손가락으로 떠서 내밀려고 하기에 나는 쏜살같이 고개를 저었다. 녹은 사철은 지옥처럼 뜨거웠다. 저런 걸 맛보면 대번에

저세상행이다.

"너는 뜨겁다는 감각이 없어?"

"난 뜨거운 걸 무지 좋아해. 뜨거운 걸 만지고 싶고, 뜨거운 걸 먹고 싶어 죽겠어. 몸속에 불 주머니가 있는지도 몰라."

외눈박이 거인은 그렇게 말하며 아궁이 속에 손을 집어넣어 녹은 사철을 뒤섞었다.

다이타로는 며칠이나 아궁이에 들러붙어 있었다. 나는 요리를 해서 거인에게 가져갔다.

"나는 먹고 있을 틈이 없어. 엄마가 대신 먹어."

철을 만드는 게 식사보다 즐거운지 눈을 반짝반짝 빛내며 아궁이 속을 들여다보고 있다. 아궁이 밑의 작은 구멍으로 녹아내린 불순물이 흘러나왔다. 그조차 새빨갛게 빛나고 있어, 내가 만지면 뼈까지 녹아버릴 것처럼 뜨거웠다. 거인은 그것을 손가락으로 떠서 할짝거렸다.

"좋아, 됐다. 씁쓸한 맛이 제대로 나왔어."

불꽃이 잦아들자 다이타로는 아궁이를 무너뜨리고 철 덩어리를 꺼냈다. 흙을 다져서 만든 아궁이는 한번 쓰고 나면 부순다고 한다. 꺼낸 철 덩어리를 두드려 소량의 질 좋은 부분과, 다량의 그렇지 않은 부분으로 나눈다. 다이타로는 아직 열기가 깃들어 있는 철 덩어리를 움켜쥐고 사랑스럽다는 듯이 혀로 핥았다. 검신에 사용하는 것은 소량의 질 좋은 부분으로, 그것을 강철이라 불렀다. 그 외의 나머지는 잡철이라 부르며 농기구나 냄비 재료로 쓴다고 했다.

다이타로는 풀무 제철 공정이나, 철로 식칼이나 냄비를 만들 때 필요한 비법 등을 일일이 내게 보여주며 설명했다. 그리 관심은 없었지만 거인이 너무 기뻐해서 고개를 끄덕거리며 들어주려고 애썼다. 거인에게 나는 처음으로 이야기를 나누는 상대인 듯했다. 산속에서 혼자 살아왔으니 좋아하는 철에 대한 이야기를 누군가에게 할 수 있다는 것이 즐거우리라.

그가 대장일로 만들었다는 농기구의 날 끝을 바라보았다.

"이걸 만드는 방법은 어떻게 배웠어?"

"처음부터 그냥 알고 있었어."

고루 옆에는 강이 흐르고 물고기가 헤엄쳐 다녔다. 다이타로가 바위를 치면 주위가 진동하고 나무들이 흔들리며 강물의 흐름이 한순간 멈춘다. 물고기 몇 마리가 기절해서 둥둥 떠오르면 우리는 그것을 그러모았다. 내가 식칼로 물고기를 손질해 냄비에 넣는 것을 외눈박이 거인은 바로 옆에서 웅크리고 바라보고 있었다.

"이렇게 기쁠 수가 있을까. 내가 만든 식칼과 냄비를 쓰는 모습을 이렇게 볼 수 있다니. 엄마, 엄마를 위해서라면 얼마든지 식칼하고 냄비를 만들어줄게."

그렇게 말하며 그는 사흘 밤낮으로 사철에서 추출한 철을 녹이고 쇠망치로 두드리고 돌에 갈아 식칼과 냄비를 잔뜩 만들어주었다. 완성한 도구들을 자랑스럽게 내게 가져왔다.

하지만 모든 일에는 끝이 있는 법이다. 다리 부상도 낫고 체력도 되찾은 나는 말했다.

"다이타로, 사람이 사는 마을은 어디에 있어? 일단 거기에 가보려 해. 난 여기를 떠나 다시 여행에 나서야 해."

예상했던 일이지만 거인은 어깨를 늘어뜨렸다.

"엄마, 쭉 여기에 있으면 안 돼?"

"안 돼. 나는 네 엄마가 아닌걸. 마을이 어디 있는지 알려주지 않으면 직접 찾아볼 거야."

이별이 힘들지 않다고 하면 거짓말이다. 이곳에 머무는 사이 정이 들었다. 하지만 내게는 마을에서의 삶이 있다.

"어쩔 수 없어, 다이타로……. 어쩔 수 없어……."

거인의 눈에 굵은 눈물이 맺혔다. 얼굴 복판에 있는 눈알이 홍수를 일으켜, 줄줄 흘러내린 눈물이 코와 입을 적셨다. 나는 고개를 숙이고 한동안 말을 잇지 못했다.

"다이타로……."

"그래, 알았어……."

거인은 고개를 들었다. 하지만 나와의 이별을 받아들인 게 아니었다.

"엄마, 나는 결심했어. 엄마가 산에서 나간다면 나도 산을 내려갈 테야. 이제 혼자는 싫어."

··3··

수풀을 헤치며 강을 따라 산을 내려가니 민가가 모인 마을이 보였다. 다이타로가 말한 대로였다. 계단식 밭에 마을 사람들의 모습이 드문드문 보였다. 산을 내려와 강에 걸린 다리를 건넜다. 봇짐을 고쳐 안고 한 마을 사람에게 다가갔다. 괭이로 밭을 일구는 노인이었다. 노인이 들고 있는 괭이를 살펴보았다. 철제 날 끝이 네 갈래로 갈라진 괭이였다. 오랫동안 썼으리라. 날 끝은 뭉툭하고 이가 다 빠졌다.

"어이, 무슨 일인가? 여기선 못 보던 얼굴인데 길이라도 잃었는가?"

노인이 나를 알아차리고 말을 걸었다.

"애쓰시네요. 그나저나 날 끝이 무뎌 보이는데요."

"어쩔 수 없지. 새로 살 돈이 없으니."

나는 봇짐을 바닥에 풀었다. 안에는 다양한 철제 도구가 들어 있었다. 철로 된 날 끝을 들고 노인에게 내밀었다.

"이걸 써보세요."

"뭔가, 자네, 대장장이인가? 필요 없네, 돈이 없다 하지 않았나."

"돈은 필요 없어요."

노인은 의심하는 표정이었다.

"같이 사는 남자가 대장일이 좋아죽는 녀석이라, 써줄 사람 없는 철제 도구가 잔뜩 남아돈답니다. 괜찮다면 마을 여러분들이 써주실 수 없을까요?"

다이타로가 만든 괭이 날은 훌륭했다. 햇빛 아래서 빛을 얇게 두른 듯 반짝거렸다. 노인은 낡아서 이가 빠진 날 끝을 새것으로 바꾸고 바로 밭을 갈기 시작했다. 놀랍도록 매끄럽고 똑바르게 땅에 박혔다. 지금까지는 영차, 하고 휘둘러야 했던 괭이가 이번에는 땅에 살짝 대기만 해도 늪에 가라앉듯이 깊이 박혔다. 노인은 깜짝 놀랐다.

"이거 훌륭하군……!"

근처 밭에서 사람들이 모여들었고, 나는 그들에게도 같은 설명을 했다. 눈 깜짝할 사이에 농기구 날붙이가 그들의 손에 쥐여졌다. 다이타로가 만든 가래 날로 바꾸고 나니 양갱을 썰 듯

손쉽게 구멍이 파였다는 모양이다. 낫을 갈자 손쉽게 벼를 벨 수 있었을 뿐만 아니라 어느새 나무줄기나 돌멩이까지 반 토막 나 있었다고 한다. 내가 고루에서 가져온 철제 도구는 금방 동이 났다. 마을 사람 모두에게 돌아가지는 않아 "내 몫은 없나?"라는 말을 들었다.

"다음에 다른 분 몫도 가져올게요. 우리 집에 사는 남자는 마음씨 고운 대장장이니까 분명 빠짐없이 만들어줄 거예요."

한 마을 사람이 물었다.

"그 사람은 당신 남편인가?"

"아니요. 자식 같은 관계랍니다."

"허, 아직 젊은데!"

많은 사람들에게 배웅을 받으며 마을을 떠났다. 다리를 건너 이웃 마을로 가는 척하다가 아무도 없는 것을 확인하고 길에서 벗어났다. 산으로 들어가 강을 따라 수풀을 헤치며 올라가자 이윽고 산속에 있는 고루가 보였다.

땅, 땅, 땅, 쇠망치로 철을 두드리는 소리가 주위에 울려 퍼졌다. 안을 들여다보니 거인이 몸을 웅크리고 일심불란하게 철제 농기구를 만들고 있었다. 불꽃으로 철을 태워 빨갛게 변하면 손끝으로 간단히 형태를 다듬고 쇠망치로 두드린다. 땅, 땅, 땅, 때릴 때마다 부서지는 불꽃이 아름다웠다.

나는 다이타로의 소원을 무시하고 여행을 떠날 수가 없었다. "나도 산을 내려갈 테야. 이제 혼자는 싫어." 그렇게 억지를 부리는 다이타로를 어르고 달래서 겨우 타협을 본 결과가 이것이다. 거인이 산을 내려와 산기슭 마을 사람들과 사이좋게 지내도록 돕는 것이다.

"마을 사람들하고 친해지고 싶어?"

시험 삼아 그리 물어보자 거인은 바로 답했다.

"친해지고 싶어!"

"그러면 엄마가 없어도 괜찮지?"

"그건……."

다이타로는 우물거렸지만 내가 팔짱을 끼고 노려보자 마지못해 끄덕였다.

다이타로가 나와의 이별을 슬퍼하는 이유는 내가 사라지면 다시 외톨이가 되기 때문이다. 하지만 마을 사람들과 친해지고 그들에게 필요한 존재가 되면 내가 사라져도 고독을 느끼지 않을 것이다.

불꽃을 튀기며 두드리던 철을 다이타로가 물통 속에 집어넣었다. 치이이익 소리를 내며 수증기가 사납게 치솟았다.

"생각대로 됐어. 다들 네가 만든 도구에 기뻐했어."

거인이 쉬는 틈을 타서 말을 걸자 얼굴 복판에 있는 눈을 찡

긋하더니 울먹이는 목소리로 말했다.

"지금까지 이보다 기뻤던 적이 없어. 그렇잖아, 내가 만든 철로 누군가 기뻐하다니. 자, 엄마, 다음에는 나도 마을에 가도 되지?"

"아직은 안 돼. 몇 번 더 나 혼자 가는 게 나아."

외눈박이 거인을 보면 마을 사람들은 놀라서 혼비백산 달아날 게 틀림없다. 그리되지 않도록 하나씩 절차를 밟아야 한다. 일단 솜씨 좋은 대장장이로, 마을에 없어서는 안 될 존재가 되는 것이다. 그러면 마을 사람들도 이 거인에게 나쁜 감정은 갖지 않으리라.

나는 매일 봇짐에 철로 만든 도구를 담아 마을로 향했다. 너무 무거워 못 버티고 마을이 보이는 곳까지 다이타로에게 옮겨 달라고 했다. 마을 여자들에게 식칼과 냄비를 나눠주면 예외 없이 모두 고마워했다.

"도마까지 잘렸어! 이런 식칼은 처음 봐!"

식칼을 뚫어져라 바라보며 여자가 한숨을 쉬었다.

"당신 아들은 대장일은 물론이고 칼을 갈아도 일류네."

촌장의 집에는 검신을 가지고 갔다. 전문가가 아닌 내가 보아도 훌륭하기 그지없는 완성도였다. 촌장은 몹시 기뻐했다.

농기구를 써본 남자들도 고맙다고들 했다.

“다음 수확은 굉장하겠어.”

“마을이 풍요로워지겠어.”

“당신 아들 덕분이야.”

마을 사람들 중에는 다이타로의 기술에 관심을 갖는 사람도 나타났다.

“대체 어디에서 철을 구해 오는 거야? 이렇게 질 좋은 철을 어디에서? 냄비나 식칼을 공짜로 나눠주는 걸 보면 거의 공짜로 받아 오는 곳이 있다는 뜻이겠지?”

나는 대답을 얼버무리고 자리를 피했다.

마을의 노파들에게 흥미로운 이야기도 들었다.

“옛날에 산속에 풀무질하는 일족이 살았어. 지금은 어찌됐는지 모르지만. 때때로 산에서 그 사람들이 내려와 당신처럼 철로 만든 도구를 두고 갔지. 마을 사람들은 대신 채소를 바쳤다고들 해.”

나는 마을 사람들에게 다이타로의 이야기를 했다.

“우리 다이타로는 키가 산처럼 커요. 마음씨 착한 사내랍니다. 하지만 대장장이 일을 하다가 얼굴에 화상을 입고 말았어요. 사람들 앞에는 되도록 나서지 않으려 하고, 나가도 복면을 벗지 않을 거예요.”

"다음에는 다이타로를 마을에 데려와. 직접 인사하고 싶어."

나는 망설이는 척하면서 절대로 아들을 괴롭히지 않을 것, 복면을 벗기려 하지 말 것 등등 몇 가지를 다짐받았다.

"알겠어요. 그럼 내일, 마을로 데려올게요."

갑자기 다이타로의 얼굴을 보면 깜짝 놀랄 것이다. 일단 복면 차림으로 마을 사람들을 접하면서 그 괴력으로 마을 사람들의 밭일을 돕게 할 작정이었다. 집을 만들 목재를 운반할 수도 있고 밭을 넓히기 위해 바위를 치울 수도 있다. 다이타로의 괴력은 많은 사람들에게 도움이 되지 않을까?

고루로 돌아가 다이타로에게 이야기를 전했다.

"내일 함께 마을에 가자. 엄마가 만든 복면을 쓰면 다들 너를 받아들여줄 거야. 분명 첫 번째 친구도 생길 거야."

다이타로는 울먹거리며 말했다.

"나는 줄곧 이대로 외톨이로 살 줄 알았어. 그런데 지금은 이런 식으로 말해주는 사람이 있어. 나를 만나보고 싶다고 말해주는 사람이 있어. 나는 줄곧 누군가에게 필요한 사람이 되고 싶었어. 그 소원이 이렇게 이루어지다니……."

나는 다이타로의 거대한 손바닥을 어루만졌다. 다이타로를 완전히 친아들처럼 여기고 있었다.

그런 평화로운 한때도 이윽고 끝을 고하게 된다.

거인이 저녁 찬거리로 강에 물고기를 잡으러 가고 나는 식사 준비를 하고 있을 때였다. 갑자기 강 쪽에서 비명 소리가 들렸다. 그쪽으로 달려가려는데 수풀 속에서 세 명의 남자가 튀어나와 비틀거리며 내 쪽으로 달려왔다.

"괴물이다!"

"살려줘!"

"잡아먹힌다!"

남자들은 혼비백산해서 비틀거리며 내 뒤에 숨으려 했다. 하지만 수풀 위에서 고개를 쑥 내민 다이타로를 보더니 비명을 질러대며 고루 안으로 달아나버렸다. 다이타로가 곤혹스러운 표정으로 말했다.

"엄마, 나, 들킨 것 같아……."

남자들 중 한 사람의 얼굴이 낯이 익었다. 어디에서 철을 구해 오느냐고 끈질기게 물었던 남자다. 나를 미행한 것이리라. 나머지 두 사람은 그의 동료들일까? 난처해졌다고 생각하면서 고루로 향했다. 거인도 함께 따라왔다.

"나는 아무 짓도 안 해. 그만 밖으로 나와."

거인이 몸을 숙이고 고루 입구에 얼굴을 들이밀었다.

마찬가지로 고루를 들여다본 나는 남자들을 보고 흠칫 놀랐다.

하지만 그것을 깨달았을 때는 모든 것이 늦었다.

"위험해!"

나는 소리쳤다. 남자들은 고루 안에 있던 나무 상자를 열어 안에서 식칼과 검신을 꺼내고 있었다. 한 남자가 입구로 고개를 들이민 다이타로의 얼굴 한복판에 검신을 꽂았다. 그것은 하나뿐인 눈알에 꽂혔다. 눈동자 정중앙에 칼날이 소리도 없이 파고들었다.

다이타로가 폭발할 것처럼 비명을 지르며 팔을 휘둘렀다. 그 일격이 명중해서 남자의 몸이 휙 날아갔다. 손발과 장기가 흩어졌다. 고루의 기둥이 부러져 지붕이 무너졌다. 굉음이 울리고 흙먼지가 피어올랐다. 다이타로는 고통에 몸부림쳤다. 고루가 무너져 남자들 중 한 명이 깔렸다. 나는 떨어져 내리는 파편을 피하며 거인의 이름을 불렀다. 마지막 남자가 발을 동동 구르는 다이타로의 다리 밑을 빠져나가 비명을 지르며 마을 쪽으로 달아났다.

··4··

날이 저물어 주위가 깜깜해지자 나는 제철소 앞에서 불을 지폈다. 불꽃에 비치는 주위의 참상은 참으로 끔찍했다. 고루도,

내가 지내던 가옥도 완전히 박살 나 잔해만 남았다. 나는 우물에서 물을 길어 바닥에 쓰러진 다이타로의 몸에 끼얹었다.

"뜨거워……. 뜨거워……. 엄마, 뜨거워……. 이런 일은 처음이야……."

강철 같은 몸이 뜨거웠다. 눈동자의 상처 때문이리라. 사람도 다치면 열이 날 때가 있다.

"아파, 아무것도 안 보여……. 엄마……. 엄마……."

"여기 있어. 괜찮아, 열은 금방 내릴 거야."

다이타로의 머리를 쓰다듬었다. 머리카락 사이로 팔을 집어넣어 만져본 거인의 머리는 화상을 입을 정도로 뜨거웠다. 이미 눈에서는 칼날을 빼냈다. 빼내는 순간 걸쭉한 액체가 바닥에 쏟아졌다. 거인의 얼굴에서 태반을 차지하고 있던 눈은 원형을 잃고 붉은색으로 물들어 푹 꺼진 눈구멍 속에 들러붙어 있었다. 거인은 얼굴을 가리고 신음하며 고열의 고통에 몸부림쳤다. 열을 식히려고 우물물을 몇 번이나 몸에 끼얹었다. 하지만 계란으로 바위 치는 격이었다.

"엄마, 뜨거워, 살려줘……."

몇 차례 그 말을 들은 나는 결심했다.

"마을에 다녀올게. 약을 받아 올게."

고루에 두 남자가 죽어 있다. 그 사실을 마을 사람들에게 전해야 한다. 용서해줄지는 모르지만 그들의 죽음은 고의가 아니었다고 설명해야 한다. 빨리 오해를 풀지 않으면 마을 사람들이 보복하기 위해 이곳에 올지도 모른다.

"돌아올 거야?"

"물론이지. 바로 돌아올 거야. 상처에 바를 약하고 해열제, 둘 다 갖고 돌아올게."

다이타로의 손가락을 어루만지고, 불을 들고 그 자리를 떠났다.

강을 따라 수풀을 헤치고 마을로 향했다. 도중에 속으로 스스로를 탓했다. 이런 일을 해서는 안 되었던 것이다. 다이타로가 마을 사람들을 만나고 싶다고 했을 때 강하게 말렸어야 했다. 거인과 마을 사람들이 교류하게 만든다니 불가능한 일이었다. 하지만 거인은 내가 산에서 내려가면 자기도 산에서 내려가겠다고 고집을 부렸다. 내가 타일러도 거인은 자기 의지로 마을 사람들을 만났을 것이다. 그렇다면 처음부터 잘못되었던 것이다. 나와 다이타로가, 서로 정을 품은 것이 잘못이었다. 엄마라고 불러도 끝까지 부정하고 무시했어야 했다. 이름을 지어주어서는 안 되었다. 서로 애정을 품지 않았다면 나를 쫓아 산에서 내려가겠다는 말도 하지 않았을 테고, 비록 고독하다 해도 다이타로는 눈을 잃지 않았을 것이다. 나는 잘못된 선택을 했다. 그리고 거인을 불행하게 만들고 말았다. 눈물을 훔치며 산속을 달렸다. 이윽고 멀리 어둠 속에 횃불의 붉은 점이 보였다.

다리를 건너 밭 사이를 빠져나가 마을로 들어갔다. 마을 사람들이 광장에 불을 지피고 잔뜩 모여 있었다. 불 옆에서 팔짱을 낀 촌장에게 다가가자 나를 알아본 몇 명이 도망치듯 뒤로 물러나 길을 터주었다. 숨을 몰아쉬며 나는 촌장의 발밑에 무릎을 꿇었다.

"제발 도와주세요. 약을…… 약을 나눠주세요. 그 아이가 크게 다쳐서 괴로워하고 있어요. 게다가 열이 내릴 생각을 안 해요. 제발, 부탁드립니다."

횃불 주위에 마을 사람들이 모여 나를 에워쌌다. 불꽃에 비친 얼굴들은 하나같이 뻣뻣하게 굳어 있었다. 촌장은 겁먹은 표정의 남자를 불렀다. 아까 고루에서 달아난 남자다.

"괴물이 두 사람을 죽였다고 들었네만?"

촌장이 물었다.

"괴물이 아니에요. 그저 우리하고 조금 다를 뿐이에요. 두 사람이 죽은 건 사실입니다. 하지만 결코 고의가 아니에요. 그 아이는 아무것도 보이지 않았어요. 고통으로 몸부림치는 통에 휘말린 거예요."

울면서 주저앉는 여자가 있었다. 죽은 남자의 아내일까?

"약을…… 누가 좀……. 빨리 돌아가지 않으면……."

나를 에워싼 마을 사람들을 향해 일일이 무릎을 꿇으며 부탁했다. 모두 싸늘한 눈으로 쳐다볼 뿐, 아무도 대답해주지 않았다. 갑자기 누가 뒤에서 몸을 붙들어 꼼짝도 할 수 없었다. 몇몇 남자들에게 끌려가 그 자리에서 쫓겨났다.

촌장의 집 마당에 튼튼한 곳간이 있었다. 나를 그곳으로 끌고 가더니 두 손을 기둥에 묶었다. 곳간 안에는 잡다한 짐이 잔뜩 쌓여 있었다. 대부분이 농기구였다. 어둠 속에서 쭉 늘어선 남자들의 얼굴이 촛불에 비쳤다.

"어째서 이런 짓을 하는 거예요!"

손을 묶은 밧줄을 어떻게 풀어볼 수 없을까 안간힘을 썼다. 하지만 헛일이었다.

"마을 사람들하고 의논했어. 당신을 괴물 곁으로 돌려보낼 수는 없어. 괴물은 분명 우리에게 복수하러 올 테지. 눈을 찔린 복수를……."

촌장이 말했다. 믿을 수가 없었다. 그렇다면 서로 보복을 두려워했다는 뜻 아닌가. 마을 남자가 내 앞으로 나와 말을 이었다.

"죽은 건 내 사촌동생이었어. 괴물은 아직 살아 있다면서?

그 녀석 숨통을 끊지 않으면 동생도 한이 안 풀려. 날이 밝으면 모두 괴물을 죽이러 갈 거야. 어쩌면 당신이 계속 돌아가지 않으면 괴물이 찾아올지도 모르지."

멀리서 이야기하는 소리가 들렸다. 고루에서 달아난 남자가 다른 남자들에게 말하고 있었다.

"산속 고루에 철 덩어리가 있었어. 내가 봤어. 그걸 손에 넣으면 분명 마을이 부유해질 거야!"

"하하! 그거 굉장하군!"

곳간에 갇힌 채로 긴 시간이 흘렀다. 바깥은 계속 소란스러웠고 사람들이 돌아다니는 소리가 들렸다. 귀에 들려오는 대화에 따르면 산에 불을 질러 괴물을 태워 죽이자는 제안도 나왔다고 한다. 나는 몸부림치는 건 포기했지만 손목의 밧줄을 계속 손톱으로 갉고 있었다. 손톱이 빠지고 피가 나도 멈추지 않았다. 그러면 언젠가 밧줄이 끊길 거라고 믿었다.

다이타로가 걱정되었다. 열은 내렸을까? 바로 돌아오겠노라 말하고 나왔는데 거짓말이 되고 말았다. 걱정하고 있을 게 틀림없다. 내가 자기를 두고 달아났다고 오해하면 어쩌지?

나를 감시하고 있던 남자는 한참 전부터 졸고 있었다. 양초가 짧아지고 마침내 불꽃이 작아지더니 사라졌다. 하지만 깜깜하지는 않았다. 높이 달린 창으로 바깥의 어스름이 비쳐 들었다. 날이 밝은 것이다.

그때였다. 문득 멀리서 나무줄기가 뚝뚝 쓰러지는 소리가 들렸다. 땅이 흔들렸다. 곳간의 짐들이 쓰러져 내 옆으로 흩어졌다. 감시하던 남자가 깜짝 놀라 눈을 떴다.

"무슨 일이야!"

남자는 일어나서 주위를 둘러보았다. 밖에서 비명 소리가 연달아 일었다. 건물이 무너지고 지붕이 기울어 기와가 떨어지는 소리가 났다. 땅이 간헐적으로 흔들렸다. 뭔가 커다란 것이 움직이는 듯한 발소리가 났다. 감시하던 남자는 상황을 확인하려고 곳간 밖으로 나갔다. 문은 밖에서 빗장을 지르는 것 같았다.

밤새 손톱으로 긁은 밧줄을 힘껏 잡아당겼다. 안 된다. 끊기지 않는다. 낙담했을 때 아까 굴러떨어진 짐 속에 낫이 있는 것을 깨달았다. 발을 뻗어 낫을 끌어당겨 낫날로 밧줄을 끊었다. 손이 자유로워지자 문으로 달려갔지만 열리지는 않았다.

"꺼내줘!"

내 외침은 마을 여기저기서 들려오는 고함 소리와 포효에 묻혔다. 마치 전쟁이라도 하는 것처럼 소란스러웠다. 귀를 찌르는 비명 소리가 들렸다. 대체 무슨 일이 벌어지고 있는 걸까? 그때 귀에 익은 목소리가 들렸다.

"엄마아아아……."

다이타로의 목소리다. 공포가 짙게 섞여 있다. 내 귀가가 늦어지자 산에서 내려온 게 아닐까?

벽 높은 곳에 달린 창문이 열려 있었다. 쌓여 있는 짐을 타고 올라가 창을 향해 뛰었다. 간신히 팔을 걸칠 수 있었다. 창에는 나무 격자가 있어 나갈 수는 없었지만 바깥 상황을 볼 수는 있었다.

아침 안개 속에서 마을 여기저기서 불길이 솟고 있었다. 바람이 불어 검은 연기가 가시자 그 너머로 거인의 모습이 나타났다.

"다이타로!"

내가 외치자 거인은 눈을 잃은 얼굴로 두리번거렸다.

"엄마……?"

거인의 발과 등에 무언가 무수히 꽂혀 있었다. 보아하니 괭이나 가래, 낫 같은 농기구 같았다. 식칼과 검신도 살에 꽂혀 있었다. 마을 사람들이 소리를 지르며 다이타로의 주위에 모여 있었다. 저마다 손에 무기를 쥐고 다이타로의 다리를 공격하고 달아난다. 거인은 그들을 밀어내려 했지만 아무것도 보이지 않아 손은 허공을 가를 뿐이었다.

마을 사람들이 들고 있는 무기가 녹슨 농기구였다면 강철 같은 피부에 튕겨 나갔을 것이다. 하지만 거인의 피부에는 자잘한 구멍이 잔뜩 났고 피가 흘러나왔다.

— 다음 수확은 굉장하겠어.

— 마을이 풍요로워지겠어.

— 당신 아들 덕분이야.

다이타로가 만든 농기구에 그토록 고마워했는데, 마을 사람들은 그렇게 받은 도구로 다이타로를 죽이려 하는 것이다. 그 사실에 나는 절망했다.

온몸에 빼곡하게 농기구가 박혀 있다. 몇 번이나 발목을 베인 거인이 집을 반쯤 부수며 바닥에 쓰러졌다. 이때다 하고 마을 사람들이 등에 올라타 농기구 날 끝을 내리꽂았다. 피부를 베고 살을 도려낸다.

다이타로는 신음하며 내가 있는 쪽으로 기어 왔다. 산울타리를 밀치고 나무를 쓰러뜨리고 바닥에 피로 강을 그리면서도 앞으로 나아갔다. 내 목소리가 나는 쪽으로 다가왔다.

"달아나! 다이타로!"

하지만 다이타로는 내가 갇혀 있는 곳간에 손이 닿을 곳까지 다가왔다. 거대한 손을 들어, 아무것도 보이지 않는 상태로 앞쪽을 헤치는 시늉을 했다. 나는 창에서 떨어져 바닥을 굴러서 반대편 끝으로 피했다. 직후에 곳간의 벽이 폭발이라도 한 것처럼 연기가 잔뜩 났다. 파편 너머로 눈을 잃고 얼굴 복판에 구멍이 뚫린 거인의 모습이 나타났다.

"다이타로!"

"엄마……."

기어 온 거인은 나를 향해 손을 뻗었다. 나는 그 손을 얼싸안았다. 거인의 손가락은 상처투성이였다.

"아아, 다행이야……. 나는, 마지막으로, 엄마를 보고 싶었어……."

"미안해, 다이타로…… 미안……. 나를 용서해줘……."

들렸을까? 다이타로는 땅에 얼굴을 푹 묻었다. 입과 눈구멍에서 피가 잔뜩 흘러나와 퍼져나갔다. 나는 온몸으로 거인의 손을 힘껏 끌어안았다. 할 수 있는 한 힘껏. 거인은 마침내 꼼짝도 하지 않았다. 죽은 것이다. 그것을 확인한 마을 사람들이 일제히 환성을 질렀다.

··5··

아침 안개가 사라지고 마을의 심각한 피해가 태양 아래에 드러났다. 건물은 부서지고 죽은 사람과 부상자도 있었다.

"자네한테 원한은 없어. 원하는 곳으로 가게. 다만 산속에 있다는 철 덩어리는 두고 가."

촌장이 말했다.

가도를 따라 걷다 보니 여관 마을에 도착했다. 손톱이 빠지고 머리카락이 헝클어진 것을 보고 여관 여주인이 가엾다며 다정하게 안아주었다. 아무래도 여행 도중에 습격을 당했다고 착각한 것 같았다. 말이 제대로 나오지 않아 오해를 풀지 못했다. 따뜻한 품에 오열이 치밀었다.

살던 마을로 돌아오자 로안 선생님과 미미히코는 이미 온천 마을에서 돌아와 있었다. 산속에서 헤어진 뒤로 아무리 찾아도 내가 보이지 않아 둘이서 여행을 계속했다고 한다. 도매 서점 어르신은 내게 휴가를 주었다.

"사정은 들었어. 산속에서 혼자 남았다고? 로안 선생님 길치 체질은 알아줘야 한다니까. 고생했네."

나는 이부자리에 쓰러져서 며칠을 누워서 보냈다.

누가 다이타로의 시체를 어딘가에 묻어줬을까? 누가 공양은 해주었을까? 마음에는 걸렸지만 도매 서점 일로 돌아가 생활이 바빠지자 모든 게 꿈만 같았다. 기억을 떠올리는 일도 매일에서 점차 사흘에 한 번꼴로 바뀌었다.

한 가지, 마음에 걸리는 일이 있었다.

다이타로가 죽은 직후의 일이다. 거인의 손을 붙들고 있던 나를 몇 사람이 잡아떼서 마을 변두리로 끌고 갔다. 다이타로 옆에서 떨어지지 않으려는 나를 몇 명이나 되는 남자들이 억지로 끌어냈다. 나는 작별 인사를 하고 싶었지만 말이 되지 않는 신음 소리만 나왔다. 마침내 다이타로가 보이지 않게 되었을 때, 그 소리를 들었다.

치이이익…….

다이타로의 몸 아래에 퍼져 있던 피가 끓어오르는 것처럼 부글거렸다. 마치 뜨거운 철판에 떨어진 물방울 같았다. 하지만 어찌된 일인지 살피지도 못하고 나는 걷어차이듯 마을에서 쫓겨났고, 그렇게 끝이 났다.

그 마을과 다이타로의 시체가 어떻게 되었는지 오랫동안 수수께끼였다. 하지만 어느 날 마침내 알아볼 기회가 찾아왔다. 로안 선생님 여행에 몇 차례 동행했을 때의 일이다. 여행 도중에 그 마을 근처를 지나게 되었다. 나는 로안 선생님에게 사정을 설명하고 미미히코의 욕지거리를 흘려들으며 혼자 마을에 가보기로 했다. 마을 사람들을 만나기는 두려웠다. 하지만 다이타로가 어딘가에 묻혀 있다면 그곳에 꽃을 바치고 두 손을 모으고 싶었다.

—엄마…….

거인의 목소리를 떠올리자 마음이 급해져 발걸음이 빨라졌다.

하지만 결국 마을에 다다르지 못했다. 마을로 이어지는 길이 전부 막혀 있었다. 이상하다 싶어 이웃 마을 남자에게 사정을 물어보았다.

"그 마을은 이제 아무도 안 살아. 몇 명이나 타 죽어서 아무도 못 살게 되었어. 실수로 누가 들어가지 않도록 길을 막아버렸지. 다이다라봇치*를 죽여서 그렇다는 소문이야."

"다이다라봇치?"

"어라, 그리 들렸나? 내 발음이 안 좋아서. 다이타로 법사라고 말한 건데. 잇슨 법사**라는 이야기 알지? 그 반대야. 모두 그렇게 불러. 몸집이 이렇게 큼직한 녀석이었대. 그 녀석을 죽이자 시체가 점점 뜨거워지더니 마을의 땅을 녹이기 시작했다더군."

그 열은 미처 피하지 못한 마을 사람들을 재로 만들고 모든 것을 집어삼켰다고 한다. 아궁이의 온도를 손으로 재거나 열에 녹은 사철을 입에 넣던 다이타로의 행동을 떠올렸다. 불 주머니가 몸속에 있었을지도 모른다. 거인의 죽음으로 그때까지 쌓여 있던 열이 해방된 걸까? 진실은 알 수 없다.

* 일본 각지의 전설에 등장하는 거인.
** 一寸法師, 일본 전래 동화 속 등장인물로 키가 일촌밖에 되지 않았으나 훗날 요괴를 무찌르고 육척 장신으로 변한다.

시체는 지금도 여전히 열을 내며 불타오르는 것 같다고 남자가 알려주었다. 날이 저물어 깜깜해졌을 때, 산에 올라 마을이 있던 곳을 굽어보면 어둠 속에 덩그러니 떠오르는 불빛이 보인다고 했다. 녹아내린 땅의 중심에 비가 오나 눈이 오나 언제까지고 사라지지 않는 불꽃이 있다. 그것은 뜨거운 강철처럼, 아름다운 황금색으로 빛난다는 것이다.

하유타라스의 비취

··1··

소나무 숲을 지나자 바닷소리가 들려왔다. 수평선이 펼쳐지고 파도가 철썩철썩 밀려들었다. 며칠 동안 산속을 헤맨 탓에 우리는 모두 휘청거리고 있었다. 여행에 동행하는 린이라는 아가씨는 당장이라도 쓰러질 것만 같다. 태연해 보이는 건 여행서 작가 이즈미 로안뿐이다. 이 사내는 여행을 좋아하는 주제에 극도의 길치다. 우리가 길을 잃은 것도 이 사내 탓이다.

어촌에 도착했다. 널어놓은 그물과 배, 집들이 보여 안도했다. 오늘 밤만큼은 깜깜한 산에서 곰과 늑대를 두려워하며 잠들지 않아도 될 것 같다. 어촌은 가도변에 있었다. 비교적 번성한 마을이다. 하얀 해변에 훈도시 차림의 남자들 서른 명 정도가 늘어서서 밧줄을 당기고 있었다.

이 어촌의 어업은 한 척의 배로 후릿그물을 치는 '한 손 두르기'라고 불리는 방식이었다. 한 척의 배로 깊은 물로 향하며 투망을 던지고, 다시 해변으로 돌아오면서 반원형으로 긴 그물을 친다. 그리고 서른 명 남짓한 남자들이 모여 단숨에 그물을 잡아당긴다. 그물의 반원 안에 있던 물고기들은 일가친척 가릴 것 없이 그물에 걸려 회가 되고 구이가 되고 건어물이 되는 것이다.

"이건 뭐예요?"

린이 걸음을 멈추고 해변에 굴러다니는 지팡이 같은 물체를 굽어보았다. 우윳빛 지팡이였는데 끝이 둥글게 부풀어 있었다.

"어이, 그거 위험한 거 아니야? 어디서 그런 걸 찾아와서."

그것은 사람의 뼈였다. 정강이뼈와 흡사했다. 어째서 이런 게 해변에 굴러다니는 걸까? 이 아가씨가 도착하자마자 일을 저지르는군.

"불길해. 사람 뼈가 굴러다니다니, 이 해변은 불길해."

하지만 린은 흥미롭다는 듯이 몸을 숙이고 뼈를 살펴봤다.

"사람 뼈치고는 너무 큰데요."

확실히 그것은 상당히 길었다. 린의 키 절반이나 되었다. 저게 정강이뼈라면 뼈 주인의 머리는 집 지붕보다 높은 곳에 있었을 것이다.

"그럼 분명 고래 뼈 같은 거겠네."

"아뇨, 이건 틀림없이 사람 정강이뼈예요. 고래한테는 이런 형태의 뼈가 없어요."

"네가 그리 말하니 분명 그렇겠지. 머리만큼은 좋으니. 성격하고 얼굴은 조금 그렇지만."

모처럼 칭찬해줬는데 린은 불쾌하다는 듯 내게 모래를 뿌리고 이즈미 로안 곁으로 달려갔다. 팔짱을 끼고 후릿그물을 바라보고 있던 이즈미 로안을 잡아끌어 오더니 모래 위로 굴러다니는 뼈를 가리키며 이 뼈는 대체 무엇이냐고 물었다. 이즈미 로안은 이렇게 남들은 잘 모르는 일에 해박하다. 장발의 여행서 작가는 뼈를 자세히 살펴보더니 턱을 짚고 생각에 잠겼다.

"하유타라스에서 흘러든 뼈일지도 모르겠구나."

"하유타라스?"

"어느 지방 해안에는 때때로 거대한 인골이 흘러든다는 이야기를 들은 적이 있어. 이곳이 바로 그 해안일지도 모르지. 하유타라스는 바다 너머에 있다고 하는 나라의 이름이란다."

하유타라스. 그 나라 사람들은 모두 키가 큰 걸까? 이즈미 로안의 설명에 따르면 신화에 등장하는 나가스네히코도 그 나라에서 왔다는 설이 있다고 한다. 어부가 탄 배 한 척이 바다 위에서 흔들리고 있었다. 광대한 바다 위에서 그 배는 작디작은 점 같았다. 나는 수평선 너머에 있다는 나라를 상상해보았다.

가도변에서 여관을 발견하고 거기에 묵기로 했다. 숙박부에 이름을 적고 방으로 향했다. 장지문을 열자 바다가 보였다. 이즈미 로안이 여관 주인과 잡담을 했다. 해변의 거대한 정강이뼈를 언급하자 주인도 하유타라스라는 이름을 입에 담았다. 주인은 진지한 표정으로 말했다.

"해변에서 비취를 발견하면 가져가서는 안 됩니다. 그냥 두셔야 해요."

"어째서입니까?"

나는 물어보았다. 비취라면 비싸게 거래되는 보석이 아닌가? 실물을 본 적은 없지만.

"비취는 하유타라스 사람들의 소유물이기 때문입니다. 비취로 만든 술잔이나 빗이 해변에 떨어져 있어도 주워서는 안 됩니다. 파도를 타고 알아서 바다로 돌아가니까요."

오랜만에 다다미 위에서 두 다리를 뻗어본다. 방 배정은 평소와 같았다. 남자인 나와 이즈미 로안이 같은 방에 이부자리를 깔고, 여자인 린은 다른 방을 잡았다. 린 녀석, 혼자서 널찍하게 방을 쓰다니. 하지만 여행 경비는 전부 린이 지불하니 불평할 수 없다. 이 여행의 목적은 이즈미 로안이 여행 인내서를 쓸 때 필요한 정보 조사다. 린은 여행 안내서를 출판하는 의뢰처 사람이다. 경비로 숙박비를 내주지만 때로는 이즈미 로안을 다그쳐 여행지에서 책을 쓰게 만들기도 하는 악바리다. 참고로 나는 빚 대신 고용된 짐꾼이다.

날이 저물어 우리는 저녁을 먹었다. 여관 주인이 소개해준 가게가 가도변에 있어 거기에서 배가 터져라 회를 먹었다. 살이 오른 생선에 우리는 만족했다. 술까지 들어가 기분도 좋았다. 여관으로 돌아와 이제 자기만 하면 되는데 나는 아직 술이 모자랐다.

이즈미 로안과 린이 각자 방에서 잘 준비를 하는 동안 산책 좀 하고 오겠노라 말하고 술집으로 향했다. 린에게 수고비로 받은 돈으로 이 지방의 맛있는 술을 샀다. 이게 또 훌륭했다. 얼근히 취해 해변을 걸었다. 술집 주인이 초롱을 빌려주어 발밑은 환했다. 밤의 해변에 파도가 조용히 넘실거렸다.

모래에 발이 빠져 넘어졌다. 그 바람에 초롱불도 꺼져버렸지만 달이 있어서 캄캄하지는 않았다. 엎어져서 끙끙거리는데 눈앞에서 뭔가 달빛을 받아 초록색으로 빛났다. 손으로 집어 살펴보았다. 초록빛 돌을 가공한 작은 고리였다. 이건 반지라는 물건이다. 이국 사람들이 손가락에 끼는 장신구다. 거추장스러운 장식 없이 매끈한 표면에 광택이 감돌았다. 시험 삼아 오른손 집게손가락에 끼워보았다. 좋은 물건을 주웠다. 나는 기뻐서 웃으며 여관으로 돌아가 이부자리에 파고들어 잠이 들었다.

‥2‥

"미미히코, 일어나게. 잠버릇 한번 고약하군."

이즈미 로안의 목소리가 들려 눈을 떴다. 파도 소리, 바다가 우르릉거리는 소리가 들렸다. 눈부신 햇살에 실눈을 뜨며 내가 있는 장소를 확인했다. 이불 속이 아니었다. 방구석에서 벌러덩 드러누워 두 다리를 바다 쪽으로 난 창밖으로 뻗고 있었다. 바닷바람이 발끝에 닿아 간지럽다. 일어나서 숙취로 지끈거리는 머리를 문질렀다. 이즈미 로안은 이부자리에서 창가까지 거리를 재고 있었다.

"이불 속에서 잔 것 맞나?"

"그랬는데 말입니다."

"잠버릇이 고약한 것도 정도가 있지. 이불 속에서 여기까지 굴러오다니 어지간하네. 변소에 가려다가 잠결에 창으로 돌진한 건지도 모르겠군."

“그럴지도 모르겠네요. 떨어지지 않아서 다행입니다.”

창문 너머는 비탈이고 그 끝에는 바다가 펼쳐져 있었다. 잠결에 창문에서 뛰어내렸으면 굴러떨어져 무사하지 못했으리라. 세수를 하고 린과 합류해 여관에서 내준 아침 식사를 했다. 흰밥과 된장국에 절임 반찬이다. 책상다리로 앉아 먹고 있노라니 옷자락 사이로 비어져 나온 다리에 전에는 없었던 붉은색 선을 발견했다. 붉은 선이 양쪽 허벅지를 몇 바퀴나 휘감고 있었다. 끈으로 힘껏 조른 듯한 자국이었다. 이건 대체 뭘까?

“어라, 미미히코 씨, 그거 뭐예요?”

린이 식사하던 손길을 멈추고 물었다. 젓가락을 든 내 오른손을 쳐다보고 있다. 집게손가락에 돌로 된 고리를 끼고 있었다. 젖빛이 감도는 초록빛 돌은 광택을 머금고 있었다. 나는 어젯밤 일을 똑똑히 기억해냈다.

“이건 주운 거야. 해변에 굴러다니더라고. 아무한테도 안 줄 거야.”

젓가락을 내려놓고 옷소매로 오른손을 가렸다.

“그거 반지죠? 초록색이었는데.”

“그게 왜?”

이즈미 로안이 된장국을 마시며 말했다.

“여관 주인이 한 말을 잊었나?”

"뭐라고 했던가요?"

"비취는 하유타라스 주민의 물건이니 발견해도 그대로 두라 하지 않았나."

"비취?"

반지를 바라보았다. 유난히 아름다운 초록색 돌이라고 생각했는데, 이게 비취라는 돌이었나. 내 표정을 보고 두 사람은 사정을 알아차렸는지 한숨을 쉬며 말했다.

"그게 비취인 줄 몰랐나 보군."

"미미히코 씨는 무식한 걸 부끄러워하세요."

"나, 나는 그냥 예쁜 걸 주웠다 싶어서 가져온 것뿐이야."

반지를 빼려고 시도하며 변명했다. 하지만 반지는 집게손가락 뿌리에서 꼼짝도 하지 않았다. 마침 여관 주인이 방에 찾아와 나는 허둥지둥 옷소매로 반지를 가렸다. 금기를 깬 것을 들키고 싶지 않았다.

"하지만 어째서 비취일까요? 하유타라스라는 곳에서는 비취가 많이 나는 걸까요?"

"이 땅에는 해변에 밀려들어 온 비취는 신의 소유물이라는 신앙이 있는 걸지도 몰라. 비취는 바다에서 나는 신의 보물이라고들 하지. 야마사치히코도 해신에게 비취를 받았어."

"야마사치히코? 그 사람, 로안 선생님 친구입니까?"

여관 주인이 떠나자 반지를 빼려고 애쓰며 물어보았다.

"그런 것도 몰라요?"

린의 이야기에 따르면 야마사치히코는 신화 속 등장인물 중 한 명이라 한다. 형 우미사치히코의 낚싯바늘을 잃어버린 그가 해안에서 어쩔 줄 몰라 하자 노인이 바구니를 건넨다. 그 바구니를 타고 바다로 나가자 이윽고 해신의 궁궐에 다다라, 해신의 딸 도요타마히메와 혼인을 했다고 한다. 그 이야기는 들은 적이 있었다.

"우라시마 다로하고 비슷하지 않아?"

"비슷한 전승이 각지에 있어서 '용궁 전설'이라고들 불러요. 아무리 미미히코 씨라도 우라시마 다로 정도는 아는가 보네요."

"사람 우습게 보지 마. 용궁에서 먹고 마시고 노래하며 난리법석을 떠는 이야기잖아? 용궁의 미녀들에게 시중을 받으며 술도 마음껏, 진수성찬도 마음껏, 그렇게 유쾌한 얘기가 또 어디 있겠어?"

"그래요? 그것밖에 기억 못 해요? 다른 것도 있잖아요. 왜, 마지막에 보물 상자를 열자 노인이 된다거나."

"그건 결말이 안 좋아. 어째서 그렇게 끝나버렸을까. 바보 같잖아. 주지육림을 즐기고 유쾌한 기분으로 끝내면 좋을 텐데. 뒷맛이 안 좋아."

우라시마 다로는 용궁에서 돌아올 때 선물로 보물 상자를 받는다. 그 상자를 열자 연기가 피어오르더니 눈 깜짝할 사이에 노인으로 변하고 만다. 어째서 그렇게 부조리한 이야기를 다들 아무렇지 않게 받아들이는지 이해할 수가 없다. 어쨌거나 비취 고리는 손가락에서 빠질 기미가 없다. 어쩔 수 없이 반지는 그대로 낀 채로 여관을 출발하기로 했다.

이즈미 로안이 찾는 온천 마을까지 가는 길을 여관 주인에게 물었다. 더는 길을 잃지 않고 찾아가고 싶다. 옷소매로 손을 가리면서 여관 주인에게 고개를 숙였다. 이른 아침부터 조업을 하고 있었다. 먼바다에 배가 여러 척 떠 있다. 해변에서 여인네들이 후릿그물을 준비하고 있었다. 아이들이 물고기를 먹고 있던 바닷새를 막대기로 쫓으며 놀고 있다. 출발한 지 얼마 되지 않아 해변을 따라 걷는데 이즈미 로안과 린이 나를 불렀다.

"미미히코, 왜 그러나?"

"이쪽이에요, 미미히코 씨."

정신을 차리고 보니 나 혼자 외떨어진 곳을 걷고 있었다. 똑바로 걸었는데 어느새 바다 쪽으로 향하고 있었다. 해변에 남은 발자국을 보니 중간부터 나 혼자 두 사람에게서 떨어져 바다로 다가가고 있었다. 어젯밤 술기운이 안 가셨나. 두 사람 곁으로 돌아가 이번에는 앞을 똑바로 보고 걸음을 옮겼다.

"어이, 돌아와!"

"그쪽은 바다예요, 미미히코 씨!"

얼마 지나지 않아 멀리서 두 사람의 목소리가 들렸다. 이즈미 로안과 린이 해변에 없었다. 가도가 지나는 언덕 위에 올라 나를 부르고 있다. 나는 혼자서 파도가 부서지는 물가를 걷고 있었다. 두 사람 곁으로 가려 했지만 중간에 다리가 무거워져 해변에 주저앉고 말았다.

"감기에 걸렸나 봐요. 몸이 휘청거려요."

걱정스러운 듯 달려온 이즈미 로안에게 그렇게 설명했다. 해변에 책상다리로 주저앉았다. 우리는 거기서 휴식하기로 했다. 나란히 앉아 멍하니 바다를 바라보며 시간을 보냈다. 파도는 어제보다 높아서 물마루가 바람에 흩어지며 하얀 물보라를 일으켰다. 바다가 우르릉 굉음을 내고 바닷새들이 날아다니고 있었다.

"미미히코 씨?"

린의 목소리가 뒤에서 들렸다. 고개를 돌려보니 두 사람이 조금 떨어진 뒤쪽에 앉아 있었다. 방금 전까지 우리는 나란히 앉아 있었는데. 아무도 일어나지 않았는데, 나만 바다에 한참 가까이 있었다. 다리 코앞까지 파도가 들이쳤다. 퍼뜩 깨달았다. 믿을 수 없는 일이지만 아무래도 바다가 나를 잡아당기는 것 같았다. 앉아 있던 자리에 푹 파인 엉덩이 자국이 아까 있었던 곳에서 지금 있는 곳까지 질질 끌려온 것처럼 모래 위에 선을 그리고 있었다.

일어나서 두 사람 곁으로 돌아가려 했지만 더이상 똑바로 걸을 수가 없었다. 마치 비탈길에 서 있는 것처럼 몸이 바다 쪽으로 기울어진다.

"로안 선생님! 살려주세요!"

내가 손을 뻗자 이즈미 로안과 린이 다가와 등을 떠밀어 걸음을 도와주었다. 바다 반대 방향으로 이동해 해변에서 벗어났다. 이즈미 로안이 말했다.

"아무래도 이상해. 바다에서 멀리 떨어지는 게 좋겠어."

나는 두 사람에게 도움을 받아 겨우 가도까지 다다랐다. 바다로 끌려 들어가는 감각을 느끼며 이동했다. 가도를 꺾어 바다에서 떨어졌다. 비탈을 오르고 묘지와 밭, 잡목림을 지났다. 수평선이 아득히 멀어져 눈에 보이지 않아도 나는 똑바로 걸을 수가 없었다. 마치 눈에 보이지 않는 손이 온몸을 휘감은 것처럼 바다 쪽으로 끌고 가려 했다.

문득 팔에 붉은 선이 몇 줄기나 나 있다는 것을 깨달았다. 허벅지에 있던 것과 똑같다. 옷을 걷어 확인하자 배 쪽도 붉게 변해 있었다. 그것을 본 이즈미 로안이 말했다.

"손자국처럼 보이지 않나?"

다시 자세히 보니 확실히 그랬다. 몇 개나 되는 붉은색 선은 아무래도 손가락 자국 같았다. 괴상하리만치 길쭉한 손가락이 내 팔과 다리, 배를 휘감는다면 이렇게 피부가 붉어질 것 같았다. 긴 손가락의 주인을 상상하자니 해변에 굴러다니던 길쭉하고 큼직한 정강이뼈가 떠올랐다.

"반지를 빼요!"

린이 말했다. 금기를 깨서 이런 일들이 벌어지는 것 아니냐는 것이었다. 분명 그들의 소유물이라는 비취를 가지고 온 게 잘못이다. 나는 반지를 빼려고 힘을 주었다. 하지만 돌고리는 피부를 꽉 옥죄었다. 억지로 빼려고 하면 집게손가락 살갗이 불룩하게 솟아 돌고리가 빠지지 않았다. 이즈미 로안과 린이 둘이서 반지를 잡아당겨주었다. 하지만 소용없었다. 두 사람이 붙잡아주는 힘이 사라지자 나는 휘청 쓰러지고 말았다. 마치 비탈을 굴러가듯이 바다 쪽으로 몸이 굴러갔다.

··3··

바닥에 매달려도 소용없었다. 강한 힘이 몸을 잡아당겼다.

온몸을 긁히면서 중간에 지나왔던 잡목림을 통과했다. 내 몸은 무덤을 무너뜨리고 민가에 뛰어들어 주민들을 놀라게 하며 반대편 벽을 뚫고 바다로, 바다로 향했다. 이윽고 수평선이 보였다. 해변 바로 앞에 소나무 숲이 있어 나는 소나무에 매달렸다.

눈에 보이지 않는 손이 내 다리와 몸을 붙들고 쭉쭉 잡아당길 때마다 소나무가 휘어서 바늘 같은 잎이 우수수 떨어졌다. 소나무에 팔다리를 두르고 비명을 지르는 내 모습을 막대기를 들고 콧물을 흘리는 아이들이 고개를 갸웃거리며 바라보았다.

그러는 사이 이즈미 로안과 린이 달려왔다. 내 몸이 소나무에서 떨어지지 않도록 끈으로 줄기에 꽁꽁 싸매주었다. 소동을 들은 어부들이 모여들었다. 린이 한달음에 촌장을 찾으러 갔다. 그녀를 따라온 촌장은 하얀 수염을 기른 노인이었다. 이즈미 로안이 촌장에게 사정을 설명하자 비취반지를 가져가려 했던 내 소행이 드러났다.

"틀림없이 비취반지 때문이야."

어부들은 입을 모아 그렇게 말하며 내 손가락에 끼워져 있는 초록색 돌고리를 향해 두 손을 모았다.

"반지를 빼서 바다에 돌려주시게. 그러면 바다에 이끌리는 일도 사라질 걸세."

촌장은 그렇게 말했다. 내 생각도 그랬고 이즈미 로안도 같은 의견인 듯했다.

"마, 만약 이 반지가 안 빠지면 저는 어떻게 되는 겁니까?"

울먹이면서 물었다. 이즈미 로안이 팔짱을 끼고 말했다.

"하유타라스라는 곳까지 끌려갈지도 몰라. 그들이 원하는 건 반지겠지만 미미히코가 덤으로 붙어버린 거지."

거기까지 가는 길에 바닷속을 지나야 한다면 숨이 막혀 죽고 말 것이다. 소나무에 묶인 채로 반지를 빼기 위해 갖은 시도를 해보았다. 먼저 힘센 어부가 나타났다. 근육이 불끈불끈한 사내였다. 그가 집게손가락의 고리를 잡고 힘껏 잡아당기자 너무 아파서 비명을 지르고 말았다. 반지와 함께 집게손가락까지 뽑히는 줄 알았다. 힘으로 빼려고 하면 반지 앞쪽의 살갗이 같이 밀려서 그 이상 움직이지 않았다.

다음으로 나타난 사람은 기름병을 든 여자였다. 여자는 내 집게손가락에 기름을 발랐다. 미끈한 성질을 이용해 반지를 밀어내서 빼려는 시도였다. 하지만 그것도 실패했다. 반지는 여전히 손가락 뿌리에 단단히 박혀 있었다. 질이 나쁜 기름이라 그런가 싶어 다양한 액체를 발라보았다. 덕분에 내 손가락은 고약한 냄새를 풍겼다.

그 밖에도 소를 이용해 반지를 빼려는 사람, 바닷바람의 힘을 이용하려는 사람, 조상에게 기도해서 해결하려는 사람도 나왔다. 종국에는 내가 사람들을 속이는 것이지 사실은 쉽게 뺄 수 있을 터라며 화를 내는 사람까지 나타났다. 한 아이가 빠지지 않는다면 차라리 부수면 되지 않겠느냐고 제안했다. 조각난 비취를 밥풀로 붙여서 바다에 돌려주면 되지 않겠느냐는 것이었다. 하지만 어른들이 반대했다. 비취반지를 부수면 주인이 화를 낼지 모른다. 그리될 바에야 안타깝지만 내 몸과 같이 반지를 돌려주는 게 낫다는 의견으로 결론이 났다.

반지를 빼지 못하고 시간이 흘렀다. 끔찍하게도 바다로 끌어당기는 힘은 점점 강해지는 것 같았다. 지금까지는 소나무 덕분에 간신히 그 자리에 멈춰 있었지만, 어느새 소나무 기둥뿌리가 들썩여 당장이라도 뽑혀나갈 것 같았다. 이대로 두면 큰일이다 싶었는지 힘센 사내가 내 몸에 후릿그물을 씌워 바다 반대 방향으로 잡아당겨주었다. 처음에는 한 사람으로 충분했다. 하지만 곧 두 사람이 필요해졌다.

소나무 뿌리가 마침내 뽑혀나갔다. 나를 묶고 있던 끈이 풀리고 해변에 소나무가 쓰러졌다. 내 몸은 바다 냄새가 풍기는 그물에 휘감긴 채로 바다를 향해 해변 위로 끌려갔다. 몇몇 남자들이 그물을 와락 붙잡아 투망을 걷어내듯 반대 방향으로 잡아당겼다. 바다 쪽으로 일직선으로 잡아당기는 힘 때문에 내가 들어가 있는 그물이 쭉 늘어났다. 사내들은 동료 어부를 불렀다. 옷을 벗어 던지고 훈도시 차림으로 일제히 구령에 맞춰 그물을 당겨 나를 바닷가에서 멀리 떼어놓았다. 그들의 모습이 든든했다. 힘을 쥐어짜서 나라는 인간의 몸을 이 세상에 붙들어주고 있다.

"힘을 합쳐 바다의 의지에 대항하는 것 같네요."

그물 속에서 성원을 보내는 게 전부인 내게 린이 다가와 말했다. 그물눈 사이로 바깥 풍경이 보였다. 린은 손에 작은 칼을 쥐고 있었다.

"미미히코 씨, 여차하면 이걸로 집게손가락을 잘라요. 그렇게까진 하지 않더라도 피부나 살을 베어내면 반지도 빠질 거예요. 바다에 가라앉아 죽는 것보다는 훨씬 낫잖아요?"

"무서운 제안이지만 맞는 말이야. 로안 선생님은?"

"저쪽에서 뭔가 고심하고 계세요. 아직 시험해보지 않은 방법이 있는 것 같다고."

내가 그물에 엉켜 있는 장소를 기점으로 길게 늘어진 후릿그물이 바다 반대 방향으로 뻗어 있었다. 훈도시 차림의 사내들이 그물에 매달려 해변에 두 발을 깊숙이 박고 서서 윗몸을 뒤로 젖히고 버티고 있었다. 그 뒤에 이즈미 로안과 촌장, 다른 구경꾼들이 있었다. 여인들이 후릿그물에 밧줄을 동여매 길게 빼서 나무와 바위에 묶어주었다. 나는 오른손을 높이 들어 피가 아래로 쏠리도록 했다. 부어 있는 손가락 살을 베어내면 반지가 빠질지도 모른다.

하지만 바다로 끌어당기는 힘은 점점 강해져서 사람들의 노력을 초월하고 말았다. 버티고 있던 사내들이 바다로 질질 끌려가기 시작했다. 몸이 바다에 거꾸로 처박히는 기분이었다. 나무와 바위에 묶어두었던 밧줄도 부하를 견디지 못하고 끊겨버렸다. 내 몸은 그물에 휘감긴 채로 해변에 자국을 남기며 옆으로 굴러갔다. 어부들이 구령을 하며 후릿그물을 잡아당겼다. 결사적인 노력 덕분에 내 몸은 바닷가 경계에서 딱 멈췄다.

바닷물이 차가웠다. 파도가 쓰러진 내 몸을 적시며 모래 위로 넘실거렸다. 바다가 나를 잡아당기는 힘과 사람들이 후릿그물을 잡아당기는 힘은 막상막하였다. 그물이 몸에 파고들어 아팠다. 이대로 가면 내 몸도 묵처럼 그물눈 크기로 자잘하게 조각나 떠내려갈지 모른다. 린이 다가오는 파도에 발목을 담그고 서 있었다. 린은 심각한 표정으로 바다 저편을 바라보고 있었다.

“방금 촌장님이 말씀하셨어요. 곧 밀물이 다가온대요.”

··4··

구름이 흘러가고 저녁 해가 바다를 비추었다. 높게 부서지는 파도로 바닷가의 위치를 알 수 있었다. 내가 있던 곳은 물속 깊숙이 잠겨버렸다. 정체 모를 힘이 잡아당기고 있어 제대로 서 있을 수 없었다. 그렇다고 누워 있으면 익사하고 만다. 모래에 무릎을 꿇고 그물을 붙들고 윗몸을 젖혔다. 머리가 물 밖으로 나와 겨우 숨을 쉴 수 있었다.

쏴아아, 쏴아아, 해변에 파도가 밀려든다. 수평선 저편에서 다가왔다가 다시 떠나간다. 아무리 강한 파도가 닥쳐와도 내 몸은 꿈쩍도 하지 않았다. 바다 쪽으로 향하는 힘과, 후릿그물을 당기는 힘이 팽팽했기 때문이다.

해변에는 훈도시 차림의 사내들이 줄지어 서 있었다. 그들이 없었다면 나는 지금쯤 바닷속에 있으리라. 바닷물에 옷자락이 젖는 것도 아랑곳없이 이즈미 로안이 다가왔다. 단아한 턱을 문지르며 나를 굽어보더니 미안한 표정을 지었다.

“가물거리기만 하고 생각이 안 나는군.”

“뭐가 말입니까?”

나는 그렇게 말하며 콜록거렸다. 높은 파도가 다가와 얼굴을 때렸다.

"반지를 빼는 방법 말이야."

젖빛이 섞인 초록색 반지는 지금도 내 집게손가락을 단단히 옥죄고 있다. 살이 물에 불어서 아까보다 더 꽉 끼었다.

"거북이를 데려와주세요. 거북이에 올라타면 무사히 용궁성까지 갈 수 있을지도 몰라요."

그물눈에 입을 대고 울면서 말했다. 파도가 귓가에서 소리를 냈다. 수위가 또 높아진 모양이다. 목을 힘껏 뻗어 물 위로 고개를 내밀었다. 저녁 해를 등진 이즈미 로안의 얼굴에 그늘이 드리웠다. 해변에서 쉬고 있던 린도 다가왔다. 허리까지 바다에 잠겨 파도 때문에 휘청거리면서 이즈미 로안 옆에 나란히 섰다.

"그물을 잡아당기는 분들도 조만간 힘이 빠질 거예요. 그전에 이걸 써야 해요."

린은 작은 칼을 내게 내밀었다. 그물눈 너머로 그것을 받아 들었다. 나는 결심을 굳히고 고개를 끄덕이며 떨리는 손으로 그 칼을 집게손가락에 가져갔다. 돌고리가 단단히 죄고 있는 뿌리를 노리고 힘을 주었다. 하지만 직전에 무서워서 단념하고 말았다.

"안 돼, 못 하겠어!"

손가락 하나만 자르면 목숨을 건진다. 반지는 집게손가락만

데리고 돌아갈 것이다. 하지만 아픈 건 무섭다. 저녁노을이 드리운 해변에 내가 흐느끼는 소리만 들렸다. 이즈미 로안과 린이 말없이 나를 굽어보고 있다. 눈물 콧물을 흘리며 그물 속에서 외쳤다.

"두 사람 다 놀랐지? 내가 이렇게나 한심한 사내라서!"

그러자 린이 기가 막힌다는 듯이 말했다.

"아뇨, 그건 전부터 알고 있었는데요."

"그럼 어째서 말이 없는 거야?"

"손가락을 자르지 않을 거면 칼을 돌려줘요. 비싸게 샀다고요. 바닷속으로 빨려 들어갈 때 가져가면 안 돼요."

"제길, 이딴 것."

나는 작은 칼을 그물눈 밖으로 던졌다. 린이 물속으로 들어가 바닷속에 가라앉은 칼을 찾아왔다.

그때 몸을 휘감고 있던 그물 끈이 하나 툭 끊겼다. 튼튼한 줄 알았던 이 그물도 슬슬 한계가 왔는지도 모른다. 나는 울면서 바다를 향해 애걸했다. 이즈미 로안이 말했다.

"미미히코, 역시 손가락을 자르는 게 낫지 않을까? 통증이 심하지 않게 미리 차갑게 해두면 좋았을 텐데. 하다못해 피가 빨리 멈추도록 손가락 뿌리를 실로 둘둘 감을까?"

거기까지 말한 이즈미 로안이 화들짝 놀란 표정을 짓더니 팔짱을 끼고 내 집게손가락에 있는 반지를 뚫어져라 쳐다보았다. 린이 의아한 기색으로 물었다.

"왜 그래요, 로안 선생님?"

"기다려, 도구를 가져오마."

우리를 뒤로하고 이즈미 로안은 파도를 헤치면서 해변으로 돌아갔다. 짐을 내려놓은 곳으로 향하는 것 같았다. 다급한 그 모습에 모여 있던 구경꾼들도 겁을 먹고 길을 터주었다.

바닷물은 이미 내 귀까지 차올랐다. 입을 위로 비죽 내밀고 숨을 쉬었다. 눈앞에 하늘이 있었다. 구름 가장자리가 저녁노을에 반짝이고 있다. 툭, 그물이 또 한 가닥 끊어졌다. 이즈미 로안이 바닷물을 헤치며 내 곁으로 돌아왔다. 바늘과 실을 쥐고 있었다.

"미미히코! 손을 내밀게!"

나는 포기하고 그물눈으로 집게손가락을 내밀었다. 이제부터 손가락 자를 준비를 하는 거겠지. 실을 손가락 뿌리에 감아서 피가 통하지 않게 하려는 것이다. 하지만 그렇다면 바늘은 왜 필요한 걸까?

"지금부터 반지를 빼주겠네."

이즈미 로안이 말했다. 바닷물이 귀에 들어차서 잘못 들었나 의심하고 말았다. 하지만 그렇지 않은 모양이다. 그는 재빨리 작업에 들어갔다. 먼저 반지와 피부가 밀착해 있는 곳에 바늘 끝을 쑤셔 넣었다. 바늘에는 실이 꿰여 있었는데, 서두르는 통에 바늘이 살을 찔러 피가 났다. 하지만 신경 쓸 겨를이 없었다. 반지와 피부 사이에는 여유가 없었지만 바늘은 간신히 그 틈새를 파고들어 빠져나왔다. 바늘에 꿰인 실도 반지를 술술 통과했다.

"자, 이제 됐다."

이즈미 로안이 고개를 끄덕였다. 한 오라기의 실이 반지를 통과해 손끝에서 손바닥을 향해 뻗어 있다. 이즈미 로안은 손바닥 쪽으로 늘어진 실을 붙잡아 고정했다. 그리고 손끝 쪽으로 늘어진 실을 손가락에 칭칭 감기 시작했다. 피부를 옥죄듯이 단단히. 하지만 엉망으로 감는 것은 아니었다. 반지 바로 옆을 한 바퀴 감고 조금 떨어져서 다시 한 바퀴, 또 조금 떨어져서 한 바퀴, 간격을 맞춰서 가지런히 실을 감았다. 아직 반지가 빠질 기미는 없다. 작업은 아직 끝나지 않았다. 하지만 그때, 그물이 뚝뚝 몇 가닥이나 터져나갔다.

마침내 후릿그물이 찢어지고 만 것이다. 몸을 감싸 육지에 단단히 붙들어주고 있던 그물의 감촉이 완전히 사라졌다. 몸이 바닷속으로 가라앉았다. 마치 누가 매달려 있는 것처럼 끌려간다. 부글부글 물거품 소리밖에 들리지 않았다.

머리 위로 보이는 수면은 저녁노을을 반사해 보석을 흩뿌려 놓은 것처럼 붉게 빛났다. 도움을 청하듯 손을 뻗었다. 린이 내 왼손을 붙잡았다. 나도 린의 손을 맞잡았다. 린의 한쪽 팔에 그물이 감겨 있다. 다른 쪽 손으로 내 손을 잡고 있었다. 나와 마찬가지로 물에 잠겨서 옷자락이 물속에서 나풀거렸다. 뺨을 잔뜩 부풀리고 숨을 참아가며 바다로 끌려가는 나를 붙들고 있다.

서로 손을 움켜쥐고 버텼다. 이 손을 놓으면 나는 끝장이다. 손이 주르륵 미끄러지는 상상을 했지만 이상하게도 린의 손은 찰싹 붙은 채로 단단히 엮여 있었다.

이즈미 로안이 물속으로 들어와 내 오른손을 붙잡고 반지를 빼기 위한 작업을 계속했다. 모처럼 손가락에 감은 실이 풀려버려서 서둘러 반지에서 손끝 쪽으로 다시 실을 감아 피부를 꽉 동여맸다. 이어서 이즈미 로안은 손바닥 쪽의 실을 아까와는 반대 방향으로 둘둘 감기 시작했다. 결과적으로 반지를 사이에 두고 실이 풀려나갔다.

나사라는 것을 본 적이 있다. 그것은 이국에서 전해 오는 화승총에 사용하는 부품으로, 못 같은 철에 나선 모양의 홈이 파인 물건이었다. 이즈미 로안이 반지를 풀기 위해 사용한 방법은 나사의 나선을 떠오르게 했다. 회전하는 힘이 다른 방향으로 작용하는 힘으로 바뀐다. 실을 한 바퀴 풀자 실의 간격만큼 반지가 밀렸다.

마침내 반지가 움직이기 시작했다. 실이 풀릴 때마다 초록색 돌고리는 손끝으로 밀려 나갔다. 반지가 밀려나는 쪽에는 아직 실이 감겨 있어 피부를 누르고 있었다. 피부가 솟아올라 걸려서 멈추는 일도 없었다. 집게손가락 중간까지 빼냈다. 돌고리와 피부 사이에 약간의 틈새가 생기자 잡아당기기만 해도 움직여서 마침내 손가락에서 반지가 빠졌다. 초록색 비취 고리는 실을 감은 채로 바다의 어둠 속으로 빨려 들어가 사라졌다.

몸이 갑자기 자유로워졌다. 바다로 잡아당기는 힘이 사라졌다. 린과 나는 후릿그물에 걸린 채로 물속에서 한 바퀴 회전해 파도를 타고 해변으로 올라갔다.

머리 위에서 바닷새가 저녁노을이 진 하늘을 날아다니고 있다. 쏴아아, 쏴아아, 파도가 조용히 밀려들었다. 나와 린은 해변에 드러누워 한동안 꼼짝도 하지 못했다. 젖은 머리카락이 뺨에 엉겨 붙은 채로 린은 가슴을 들썩이며 거친 숨을 몰아쉬고 있었다. 구경꾼들이 환성을 지르며 모여들었다. 후릿그물을 당겨준 사내들이 땀범벅이 되어 그 자리에 주저앉았다. 이즈미로안이 안도한 표정으로 물속에서 돌아왔다. 옷자락에서 물을 뚝뚝 떨어뜨리며 다가와 나와 린이 무사한지 확인하고, 도와준 사람들에게 인사를 하러 갔다. 나는 드러누운 채로 오른손을 보았다. 반지가 있던 자리가 허여멀겠다. 문득, 어떤 사실을 깨달았다.

어제와 같은 여관에 묵었다. 날이 밝자 어촌 사람들에게 인사를 돌고 출발하기로 했다. 해변을 걷는데 커다란 정강이뼈가 굴러다녔다. 넘어지지 않도록 껑충 뛰어넘어 바다에서 멀찍이 떨어졌다. 어제와는 달리 무언가가 잡아당기는 듯한 무거운 느낌도 없었다. 붉은 손자국도 몸에서 싹 사라졌다.

한동안은 바닷가를 따라 가도가 이어졌다. 걸어가면서 이즈미 로안과 린은 각지에 내려오는 용궁 전설에 대해 이야기했다. 이즈미 로안에 따르면 우라시마 다로라는 전래 동화는 바탕이 되는 전승이 몇 개나 된다고 한다. 괴롭힘당하는 거북이를 구해주는 우라시마 다로도 있는가 하면, 낚시를 하러 갔다가 거북이를 잡는 우라시마 다로도 있다는 것이다. 그 거북이가 여인으로 변신해 아내가 되는 이야기도 있고, 용궁이 아니라 봉래산에 가는 이야기도 있다고 한다. 보물 상자의 연기를 뒤집어쓰고 노인이 되어 죽는 결말도 있지만 그후에 학이 되어 날아가 공주님을 다시 만난다는 결말도 있다. 애초에 우라시마 다로라는 이름도 최근에야 붙은 것이고, 훨씬 더 옛날에는 우라시마코라는 이름이었다는 설명도 해주었다. 이즈미 로안은 이렇게 말했다.

"옛날부터 내려오는 이야기를 아이들에게 들려주는 사이에 사소한 부분은 사라지거나 바뀌어 간결해진 거겠지. 사람들 마음에 가장 인상적인 부분만 남아서 〈우라시마 다로〉라는 전래 동화의 형태가 된 게 아닐까?"

"미미히코 씨도 말했지만 역시 그 결말은 부조리해요. 어째서 우라시마 다로는 갑자기 노인이 된 걸까요? 거북이를 구해 주고 좋은 일을 했잖아요. 그런데 바다에서 돌아와 노인이 되는 부분은 어째서 널리 유포된 상태로 남은 걸까요?"

린이 그렇게 말하기에 옆에서 끼어들었다.

"너는 그런 것도 몰라? 헛똑똑이네."

린이 울컥 화난 표정을 지었다. 나는 개의치 않고 말했다.

"어제 그 일을 겪고 확실히 알았어. 바닷속에는 정말로 용궁이 있고 보물 상자의 연기가 바다에 넓게 퍼져 있는 게 분명해. 연기가 하늘로 퍼지듯, 용궁 보물 상자의 연기가 바다에 퍼져 있는 거야."

나는 두 손바닥을 내밀었다.

"지금은 바다에서 떨어져서 원래대로 돌아왔지만, 어제는 손바닥이 노인처럼 쭈글쭈글했어. 손끝 피부까지 쪼글쪼글한 노인 같았다고. 바닷속에 오래 있으면 몸이 노인이 되는 거야.

연기를 직접 마신 건 아니니 얼마 지나면 원래대로 돌아오지만."

진심으로 그렇게 생각한 것은 아니다. 바닷물이 아니라도 물에 담그고 있으면 손은 쭈글쭈글해진다. 하지만 어제 그 일을 겪고 나니 문득 그런 상상이 머릿속을 스쳤던 것이다. 이즈미 로안에 따르면 우리 손이 쭈글쭈글해지는 이유는 물가에서 살아남으려고 몸이 자연히 일으키는 변화라고 한다. 가령 강에 굴러떨어져 바위를 붙잡아야 할 때 손가락이 쭈글쭈글하면 그렇지 않을 때보다 붙잡기 쉽다는 것이다.

이즈미 로안은 내 의견에 감탄했다. 린은 자기 손바닥을 물끄러미 바라보았다. 그러고 보니 어제, 후릿그물이 끊겨 물에 잠겼을 때 이 아가씨가 손을 움켜쥐고 붙잡아주었다. 그때 서로의 손이 단단하게 얽혀 풀리지 않았던 것은 손이 쭈글쭈글해진 덕분일지도 모른다. 나는 린에게 말했다.

"너, 어째서 내 손을 놓지 않았어? 자칫 잘못하면 너도 함께 바다에 빠졌을지 모르는데."

"손을 놓지 않은 건 미미히코 씨예요. 저는 떼어내려 했는데 찰싹 들러붙었잖아요. 목숨에 대한 놀라운 집착이에요. 구차해요."

"그랬나, 뭐, 됐어. 어쨌거나 한마디할게, 고마워."

린은 홱 고개를 돌렸다.

이즈미 로안은 가도에서 산 쪽으로 방향을 틀었다. 바닷새 울음소리와 파도 소리가 사라지고, 바닷바람도 멈추었다. 수평선이 뒤로 멀어지다가 마침내 시야에서 사라졌다.

네모난 두개골과 아이들

·· 1 ··

산적, 도적, 강도들이 옛날보다 격감했다는 것은 사실이리라. 사방에서 전쟁이 터졌던 시절에는 여행자를 습격해 금품을 강탈하는 무리가 지금보다 훨씬 많았다고 한다. 그 이유는 무엇일까? 전쟁에 진 패잔병들이 산적으로 변한 걸까? 혹은 불안한 세상이 빈곤을 불러들여 사람들을 도적질로 내몬 걸까? 하지만 전란의 시대는 끝났다.

최근 유람 여행을 다니는 사람이 많다. 사람들이 안심하고 여행할 수 있는 세상이 되었다는 뜻이다. 그렇다고 산적이 완전히 사라진 것도 아닌 모양이다.

"조심하세요. 요 앞쪽 산에 산적 일당이 나와요. 얼마 전에도 칼에 베인 나그네가 알몸으로 나왔어요. 관리님들이 혈안이 되어 그놈들 소굴을 찾고 있지만 아직 못 찾았답니다. 대체 어디에 숨어 있는지. 혹여 모르니 다른 길로 가시는 게 좋을 거예요."

출발할 때 여관 주인이 그런 말을 했다. 우리 행선지를 듣고 걱정된 것이리라. 내 친구이자 고용주인 여행 안내서 작가 이즈미 로안이 대답했다.

"그 말씀을 따르겠습니다. 뭐든 있는 곳에는 있는 법이니까요. 이 사내는 얼마 전에 무서운 꼴을 당했지 뭡니까."

이즈미 로안이 나를 힐끗 쳐다보았다. 산적이라는 말을 들으니 무릎이 덜덜 떨렸다.

"어떤 일을 당했는데요?"

그렇게 물은 것은 린이라는 아가씨다.

"산적한테 끌려가 까딱하면 살해당할 뻔했어. 정말 끔찍한 사건이었지. 그후로 한동안 정신을 못 차렸어. 아무 일도 손에 안 잡혀서 집에서 뒹굴거리는 게 고작이었어."

"평소하고 똑같잖아요."

린은 이즈미 로안에게 여행 안내서 집필을 의뢰한 의뢰처 사람으로, 여행에 동행해 조사를 돕고 있다. 여행 경비는 전부 린이 내준다. 하지만 지갑의 끈은 놀라울 정도로 단단히 묶여 있어, 내가 식사할 때 술이라도 시키려 하면 귀신 같은 형상으로 노려본다. 참으로 무서운 아가씨다.

"어쨌거나 산적은 질색이에요."

내가 주장할 것도 없이 만장일치로 산적이 나타난다는 지역을 피해서 가기로 했다. 약간 돌아가야 하지만 어쩔 수 없는 일이다. 여행 일수가 늘어나면 그만큼 비용이 늘어 지갑을 쥐고 있는 린도 미간을 찌푸렸다. 하지만 이번만큼은 이 아가씨도 반대하지 않았다.

우리가 가려는 곳은 어느 온천 마을이었다. 치료 목적으로 가는 건 아니다. 이즈미 로안이라는 사내는 전국의 온천 마을을 찾아가 온천물의 질과 효능, 명물 요리, 거기까지 가는 법을 조사해 책으로 쓰는 게 직업이다. 나는 그의 짐꾼으로 고용된 처지다.

여관을 나선 우리는 온천 마을을 향해 걸었다. 하지만 여기서 문제가 생겼다. 이즈미 로안이라는 사내는 극도의 길치다. 산적이 나타난다는 소문이 도는 지역을 피해서 갔는데 어느새 그쪽으로 향하고 있다는 것을 깨달았다.

황급히 왔던 길을 되돌아갔다. 하지만 또 방향이 이상해졌다. 태양이 예상과 다른 방향에 있다. 린의 말수가 줄어들었다. 또 평소의 헛고생이 시작되었다고 얼굴에 씌어 있다. 이즈미 로안과 함께 있으면 똑바로 난 길에서도 헤매고, 가서는 안 된다고 생각한 쪽으로 자꾸만 다가간다.

좁고 험한 산길로 들어섰다. 그 너머에 산비탈이 있고, 동굴이 있고, 몇 마리의 말이 묶여 있었다. 우리는 불길한 예감이 들어 걸음을 멈추고 수풀 속에 숨어 상황을 살폈다. 동굴에서 지저분한 꼴을 한 남자들이 나와 천박한 얼굴로 웃으며 바위를 향해 소변을 보기 시작했다. 허리춤에는 칼을 차고 있었다. 그렇지만 도저히 무사로는 보이지 않았다. 동굴 옆에 칼에 베여 사망한 듯한 남녀의 시체가 굴러다녔고, 파리가 주위를 맴돌고 있었다.

"로안 선생님, 저건……."

린이 창백한 얼굴로 말했다.

그때 그만 나뭇가지를 발로 밟아 소리를 내고 말았다. 사내들이 소변을 보다 말고 우리가 있는 쪽을 돌아보았다. 들킨 것은 아니다. 가만히 있으면 수풀에 가려 이대로 지나갈 것이다. 하지만 나는 참지 못했다.

"히이이익……!"

나는 소리를 지르며 달아났다. 틀림없다. 저건 산적 일당이다.

"누구냐!"

사내가 외쳤다. 이즈미 로안과 린도 달리기 시작했다. 두 사람 다 발이 빨랐다. 나는 곧 따라잡혀 두 사람의 뒷모습을 보며 달리게 되었다.

"가, 같이 가!"

정신없이 숲속을 달렸다. 그러는 사이 뒤쫓아 오던 산적의 기척은 사라졌다.

하늘이 흐리고 어두워졌다. 우리는 산속을 걸었다. 방향도 잡지 않고 도망친 탓에 마을이 어느 쪽인지도 불확실했다. 마을을 찾은 것은 우연이었다. 수풀을 헤치자 사람 없는 마을이 나온 것이다. 산에 에워싸여 있고 낮게 흐르는 구름이 뚜껑처럼 마을을 덮고 있었다. 대부분의 집이 비바람을 맞아 반쯤 무너졌다. 집들 사이에 있는 논과 밭에는 잡초가 무성히 자라 들판처럼 변해 있었다. 과거에는 사람이 살았으리라. 주민들이 사라진 지 적어도 십 년은 지난 것 같았다. 해가 저물어 초목의 색은 죽은 것처럼 칙칙했고 음울한 분위기가 주변에 감돌았다.

이즈미 로안이 하늘을 올려다보며 말했다.

"곧 장대비가 쏟아질 거야. 날도 저물었으니 쉴 만한 집을 찾아서 하루 묵도록 하지."

우리는 흩어져서 비를 피할 만한 집을 찾았다. 한 채씩 찾아가 활짝 열린 문으로 집 안을 들여다보고 지붕에 구멍이 없는지 확인했다. 그러는 사이 비가 내리기 시작해 바닥이 미끄러워졌다. 장대비다.

"로안 선생님! 미미히코 씨! 이쪽이에요!"

린이 빗방울을 맞으며 손을 흔들고 있었다. 상태가 괜찮은 집을 찾은 모양이다. 이즈미 로안과 나는 물웅덩이를 밟으며 린이 있는 곳으로 향했다. 달려가는데 발밑에 딱딱한 감촉이 느껴지면서 뭔가 부서지는 소리가 났다.

"미미히코, 왜 그래?"

"로안 선생님, 이거……."

나는 바닥을 가리켰다. 각양각색의 크고 작은 뼈들이 진창 속에 흩어져 있었다. 내가 밟은 것은 늑골 같았다. 개중에는 해골도 있었는데 아무리 봐도 형태가 기묘했다.

이즈미 로안이 진창 속에서 해골 하나를 주워 빗물로 오물을 씻어냈다. 눈과 코가 뚫린 자리, 가지런한 이, 얼굴에 해당되는 부분은 평범했다. 하지만 머리는 일반적인 둥그스름한 형태가 아니었다. 좌우 측면과 뒤통수, 정수리 네 면이 전부 편평했다. 다시 말해 머리가 사각형이었던 것이다.

··2··

이즈미 로안이 냄비에 빗물을 받아 물을 끓이기 시작했다.

나는 부뚜막의 불을 쬐면서 숨을 돌렸다. 린이 찾아낸 이 집은 제법 깨끗했다. 취사에 필요한 도구도 갖추고 있고, 다른 집처럼 거미줄이 있는 것도 아니었다. 마치 누가 손질한 것처럼 말끔했다. 유일한 결점은 부뚜막에서 나는 연기였다. 부뚜막 안쪽에 뭔가 묘한 약이라도 바른 것처럼 하얀 연기가 잔뜩 피어올랐다. 다행히 연기는 초가지붕 천장으로 빠져나가, 그슬려 죽을 일은 없었다.

물이 끓을 때까지 이즈미 로안은 휑한 마룻바닥에 앉아 팔짱을 끼고 텅 빈 나무 상자를 굽어보고 있었다. 린이 다가가서 물었다.

"그 상자는 뭐예요?"

"옆집에서 가져왔어. 이것과 똑같은 게 몇 개나 굴러다니더군. 다른 집을 들여다봤을 때도 역시 똑같은 상자가 굴러다니던데, 대체 뭘까?"

수박이 쏙 들어갈 만한 크기였다. 뚜껑은 없다.

"쌀이나 채소를 담던 상자 아닐까요?"

"하지만 대부분 이불 옆에 있었어. 잘 때 사용했을지도 몰라."

나도 대화에 끼어들었다.

"분명해요, 이 안에 주사위를 넣고 흔드는 거예요. 자기 전에 그런 놀이를 했겠죠."

"미미히코 씨 머릿속에는 도박뿐인가 보네요."

린이 싸늘한 시선으로 노려보았다.

"깔보지 마, 술 생각도 한다고."

"잠깐 입 좀 다물어봐요. 로안 선생님, 그래서 이 상자의 정체가 뭘까요?"

"머리에 썼던 게 아닐까?"

"머리에?"

"이걸 쓰고 잤던 거지. 그러니까 베개 같은 거야. 그래서 이 마을 사람들은 모두 두개골이 사각형이 된 거지."

이즈미 로안의 말에 따르면 채소나 과일에 상자를 씌워두면 상자 안쪽과 똑같은 모양으로 자란다고 한다. 사람도 마찬가지로 어렸을 때부터 머리에 상자를 씌우면 두개골이 네모난 사각형으로 변형되는 것 아닐까 하는 이야기였다.

"어째서 그런 짓을 해요?"

"이 마을 사람들 눈에는 사각형 머리가 아름다웠나 보지."

"그런 황당한 일이 있겠어요?"

그 뼈는 마을 사람들 것이었을까? 만약 그렇다면 이 마을에 대체 무슨 일이 있었던 걸까? 뼈가 굴러다니던 곳은 마을 한복판이었다. 무덤에 묻혀 있었던 게 밖으로 노출된 건 아닌 듯했다. 굳이 말하자면 그곳에서 마을 사람들이 많이 죽어 그대로 방치된 느낌이었다. 너무 오싹했다.

린이 저녁 식사를 준비해주었다. 죽통에 담긴 된장을 떠서 끓는 물에 풀었다. 밥을 지어 각자의 그릇에 펐다. 솥바닥에 눌어붙은 구수한 누룽지까지 싹싹 비웠다.

우리는 부뚜막에 불을 지펴놓고 누워서 자기로 했다. 밖은 이미 깜깜했다. 빗소리만 계속 들렸다. 깜빡 잠이 들려 할 때 밖에서 누군가의 기척이 났다.

찰박…… 찰박…… 찰박…….

미끄러운 땅 위를 걷는 소리였다. 우리는 일어나서 귀를 기울였다. 산적일까? 아니면 다른 무엇일까? 숨을 참고 가만히 있는데 집 밖에서 소리가 났다.

"여보세요. 여보세요. 누구 안 계세요?"

찍찍 갈라지는 목소리다. 이즈미 로안이 일어나서 대답했다.

"예, 누구십니까?"

"지나가던 나그네입니다. 부디 하룻밤만 묵게 해주십사 찾아왔습니다."

이즈미 로안이 문을 열었다. 밖에서 서늘한 바람이 들어왔다. 아직 부뚜막에 불이 남아 있는 덕에 문가에 선 사람의 모습이 어둠 속에서 어렴풋이 보였다.

승려였다. 큼직한 낡은 승복을 입고 있었다. 발목 아래는 진흙투성이였다. 비를 막아주는 삿갓을 벗자 아직 젊어 보이는 얼굴이 드러났다. 얼굴이 갸름한 남자였다. 집 안에 있는 우리 얼굴을 보고 승려는 안도한 표정을 지었다.

어제부터 아무것도 먹지 못했다는 젊은 승려를 위해 다시 린이 밥을 짓기 시작했다. 나는 이즈미 로안과 승려가 마루방에서 마주 앉아 이야기하는 것을 옆에서 듣고 있었다. 이즈미 로안은 우리가 처한 상황을 설명했다. 우리도 여행을 하고 있으며 우연히 이 마을을 지나다가 비 때문에 이 집에서 하루 묵게 되었다고.

"오호라, 그랬습니까. 어떤 이유로 여행을?"

목에 무슨 병이라도 있는 걸까? 젊은 얼굴에 어울리지 않는 거친 목소리로 승려가 물었다. 젖은 승복을 벗어 말리지도 않는다. 우리를 경계하는 걸까? 당장이라도 달아날 수 있도록 말이다.

우리는 번갈아가며 이즈미 로안의 생업과 여행하는 이유를 가르쳐주었다. 이즈미 로안이 얼마나 심각한 길치인지 이야기하자 승려는 흥미롭다는 듯 질문을 퍼부었다. 지금까지 잘못 들어섰던 기묘한 지역, 휘말렸던 사건, 경험했던 괴이한 일들을 이야기했다. 이즈미 로안이 워낙 도를 넘어선 길치다 보니 웃음까지 흘러나왔다.

"스님, 뭘 그리 웃어요? 로안 선생님이 길치라서 제가 얼마나 고생했는데!"

린이 뾰로통하게 토라졌다.

밥이 다 되자 그릇에 담아 승려 앞에 내놓았다.

"아아, 냄새가 좋군요."

승려는 두 손을 모으고 밥을 먹기 시작했다. 복스럽게도 먹는다.

여행을 하다 보면 짧지만 소중한 만남이 있다. 개중에는 만난 사람에게 재미있는 이야기를 들을 때도 있다. 이 승려가 바로 그러했다. 식사를 마친 승려는 묘한 표정으로 이 마을을 찾아온 경위를 이야기하기 시작했다.

"저는 이 마을의 생존자라는 노인을 만났습니다. 노인은 겁에 질린 목소리로 이리 말했지요. 마을 사람들의 뼈가 공양도 못 받고 땅에 굴러다니고 있다고요. 남은 사람은 아이들과 촌장을 포함한 어른 몇 명뿐이라고 합니다. 나머지는 모두 마을에서 죽었다더군요. 부디 그들을 위해 독경을 해달라고 부탁하기에 여기까지 찾아왔습니다."

마을에 도착하기는 했는데 비가 쏟아져 쉴 만한 곳을 찾고 있었다고 한다. 빗속에서 우리가 먹은 밥과 된장국 냄새를 맡고 이 집을 찾아왔다는 것이다.

부뚜막의 불길과 호롱불이 집 안을 어렴풋이 물들이고 있었다. 이즈미 로안과 승려의 그림자가 천장에 닿을 정도로 컸다.

"그렇다면 이 마을에서 무슨 일이 벌어졌는지 알고 계시는 거군요?" 이즈미 로안이 물었다.

"마을 사람들은 어떻게 죽은 겁니까?" 나도 물어보았다.

"저 해골은 어째서 네모난 거예요?" 린도 물었다.

승려는 난처한 듯 둥근 머리를 쓸었다. 음, 역시 머리는 둥글어야 제맛이다.

"알겠습니다, 말씀드리지요."

우리 세 사람은 승려의 이야기에 귀를 기울였다.

"이 마을은 끔찍한 일을 자행하고 있었습니다. 마을 사람들은 그 벌을 받은 걸지도 모릅니다. 살아남았다는 노인에게 이야기를 들었을 때, 저는 너무나 끔찍해서 몸이 절로 떨렸습니다. 이 마을은 흥행소에 구경거리로 팔기 위한 아이들을 만들고 있었던 겁니다."

"흥행소? 축제에 가면 볼 수 있는 그것 말입니까?"

내가 끼어들자 승려가 끄덕였다.

"원래는 가난한 마을이었다고 합니다. 먹을 것도 없어 굶어 죽는 사람이 줄을 이었다고……. 그렇다고 그런 짓을……."

흥행소에는 몇 번 가본 적이 있다. 진귀한 물건이나 동물을 구경할 수 있는 곳이다. 태어나 처음으로 공작을 본 것도 흥행소에서였다. 특히 인상 깊었던 것은 낙타였다. 모래만 있는 나라에서 데려온 동물을 보기 위해 수많은 사람들이 흥행소로 몰려들었다.

머리와 다리가 여덟 개씩 있는 기묘한 소도 보았다. 동물들은 아주 드물게 평범하지 않은 체형으로 태어난다. 대부분 죽어버리지만 살아남은 경우에는 흥행소에 팔릴 때도 있다. 머리 여덟에 다리 여덟 달린 소나 다리가 셋인 닭들이 그러했다.

인간도 마찬가지다. 극히 드물게 그런 아이가 태어난다. 일도 변변히 하지 못하는 몸으로 태어난 아이들이 흥행소에서 구경거리가 된 것을 보았다. 골격이 일그러져 있기도 하고 머리가 두 개인 경우도 있다. 그 형상은 다양했다. 마을에서 입을 줄이려고 솎아낸 아이들을 흥행소 주인이 사서 키우는 듯했다. 흥행소라는 건 그런 사람들에게 일을 주고 밥을 먹여주는 곳이었다.

하지만 거기에 팔기 위해 아이를 만들었다니, 무슨 뜻일까?

"이 마을에서는 아이를 밴 여인에게 온갖 독을 희석해서 먹였던 겁니다."

부뚜막 불길과 호롱불 때문에 승려의 얼굴에 깊은 그늘이 드리웠다.

"희석한 독은 모친의 몸에는 영향이 없지만 배 속의 아이에게는 영향이 짙게 나타납니다. 이 마을 사람들은 그런 식으로 보통과 다른 모습의 아이를 만들어서 낳게 했던 겁니다. 대부분의 경우 오래 살지 못합니다. 하지만 열 살까지 무사히 자라면 흥행소에 파는 겁니다. 이 마을에서는 그런 짓을 반복했습니다. 기묘한 생김새, 체형의 아이를 줄줄이 만들어내서 흥행소 주인에게 돈을 받고 판 거지요."

"어머니들은 싫어하지 않았습니까? 아이를 지키기 위해 독을 토해내려 하지는 않았습니까?"

내가 묻자 승려는 고개를 가로저었다.

"아니요, 자발적으로 마셨다고 합니다. 그러는 게 당연하다고 배워서 의문도 품지 않았겠지요. 아이에게 어른들의 말은 곧 이 세상의 섭리입니다. 어머니에게 약을 먹여도 운 좋게 평범한 모습으로 태어나는 아이도 있었습니다. 하지만 그 아이들 또한 특별한 체형으로 만들었다고 합니다. 갓난아이 때부터 나무 상자를 씌웠던 거지요. 그러면 머리가 상자 안쪽과 똑같은 형태가 된다고 합니다. 상자가 머리를 압박해 고통을 견디지 못하고 죽은 아이도 있었던 모양입니다만……."

"가엾게도……." 린이 중얼거렸다.

"어른이 되어도 머리를 사각형으로 유지하려고 잘 때는 상자에 머리를 넣고 잤다고 들었습니다."

"하지만 마을 사람들은 왜 죽은 걸까요?" 이즈미 로안이 물었다.

승려는 한숨을 쉬고 초가지붕을 올려다보았다. 부뚜막에서 솟아오르는 하얀 연기가 지붕 밑에 부딪쳐 지푸라기 틈새를 타고 밖으로 빠져나갔다.

"이 마을은 오래도록 그런 일을 계속해왔습니다. 기이한 모습의 아이를 낳게 해서 흥행소에 팔아넘겼던 거지요. 요즘에는 굶는 일도 줄었지만 촌장은 자기 배를 불리며 집 안에 거금을 숨겨두었다고 들었습니다. 그런데도 아이들은 아무것도 모르고 제각기 다른 모습으로 이 세상에 태어난 겁니다. 마을 사람들을 죽인 건 그렇게 태어난 한 소녀였습니다."

·· 3 ··

기묘한 모습으로 태어난 아이들은 한곳에 모아서 키웠다고 한다. 머리가 사각형인 어른들이 찾아와 돌봐주었다. 문제의 소녀 역시 그곳에서 지냈다.

소녀는 머리가 두 개였다. 하지만 생각을 하고 말을 하는 것은 한쪽 머리뿐이고, 다른 머리는 늘 잠들어 있었다고 한다. 어머니는 출산하다가 죽었고, 아버지가 누구인지도 모르는 채로 소녀는 자랐다.

그 집에서 사는 아이들은 태어날 때부터 모습이 제각기 달랐다. 눈이나 코가 여러 개 있거나, 갈비뼈가 몸 밖으로 튀어나와 있거나, 두 손발이 없는 경우도 있었다. 몸의 일부가 붙은 쌍둥이도 있었다.

평범하게 태어난 아이들은 그들을 부러워했다고 한다. 평범하게 태어나면 머리를 사각형으로 만들어야만 한다. 갑갑한 상자를 뒤집어쓰기 때문에 머리가 지끈지끈 아파 미쳐버리는 아이도 있었다. 흥행소에 팔려 가지 않고 평생 마을의 노동력으로 살아야 한다. 마을 밖으로 나갈 수 있는 것은 축제 때뿐이었다. 급조된 각지의 흥행소에 가서 네모난 머리를 사람들에게 실컷 만져보게 하고 돈을 벌어 마을로 돌아온다. 그것이 평범하게 태어난 아이들의 삶이었다.

외모가 기묘한 아이들은 소중히 키워서 열 살이 되면 흥행소에 팔았다. 아이들은 밖에서 돈을 벌어 그중 얼마를 마을로 보냈다고 한다. 이따금 고향으로 돌아와서는 바깥세상 이야기를 들려주었다. 소녀 역시 언젠가는 자기도 흥행소에 갈 거라 생각했다.

마을에 곰이 나타난 것은 소녀가 아직 어렸을 때였다. 산속에서 내려온 곰은 처음에는 밭을 파헤쳤지만 곧 민가로 들어와 마주친 마을 사람들을 공격했다. 입가를 새빨갛게 물들인 곰은 소녀가 사는 집으로 향했다. 아이들은 구석에서 서로 꼭 부둥켜안고 집 안에 들어온 거대한 동물을 올려다보았다.

곰이 아이들을 노리고 다가오려던 참이었다. 소녀에게 달린 두 개의 머리 중에서 항상 잠들어 있던 머리가 움직였다. 입술을 가늘게 벌리더니 태어나 처음으로 말을 한 것이다. 평범한 말이 아니었다. 독경이었다.

소녀를 본 곰은 겁먹은 듯 뒤로 물러나기 시작했다. 독경이 이어지자 몸을 돌려 마을을 떠났다. 마치 달아나듯 정신없이 산으로 들어가 다시는 나타나지 않았다고 한다.

소녀의 두 번째 머리는 그후로도 이따금 입을 열고 독경을 읊었다고 한다. 그때마다 신비한 일이 벌어졌다. 폭풍이 잠잠해질 때도 있었고, 낙석이 사람을 깔아뭉개기 직전에 산산조각 난 적도 있었다. 소녀는 마을 사람들에게 사랑받았고, 같은 집에서 살던 아이들의 존경을 한 몸에 받았다.

그런 소녀가 마을 사람들을 죽인 것은 여동생 때문이었다. 친동생은 아니었지만 같은 집에서 살아서 동생이나 마찬가지였다. 그 아이는 소녀보다 두 살쯤 어렸는데 머리가 조금 모자랐다. 가장 이상한 것은 색깔이었다. 피부도 머리카락도 눈도 모든 게 하얬다. 아이는 모든 사람에게 사랑받았고, 가만히 있으면 나비와 새 들이 모여들었다. 아이가 앉았던 자리는 어째선지 항상 초목이 잘 자랐다고 한다.

하지만 마을 축제 날, 새하얀 아이는 모습을 감추었다. 어른들은 흥행소에서 아이를 데려갔다고 설명했다. 원래 열 살이 되기 전에는 팔지 않지만 아이를 눈여겨본 사람이 있었는지 시기가 앞당겨졌다는 것이다. 소녀는 그 말을 듣고 아쉬워했다. 작별 인사도 하지 못했기 때문이다.

그날 밤, 마을 복판에 성대하게 불을 지폈다. 모닥불 주변에서 머리가 네모난 어른들과 평범하지 않은 체형의 아이들이 노래와 춤을 즐겼다. 피리 소리가 밤이 깊도록 들렸고 아이들은 먹음직스러운 만두를 받았다.

소녀가 어떤 경위로 촌장의 집을 들여다보았는지는 아무도 모른다. 어쩌면 어른들이 쉬쉬하며 차례대로 들어가는 것을 보고 흥미를 느꼈는지도 모른다. 소녀는 문틈으로 촌장의 집을 몰래 들여다보았다. 그곳에서 본 것은 요리를 나눠 먹는 어른들의 모습이었다. 그들은 그릇에 담은 요리를 앞에 두고 두 손을 모으고 고기 한 점을 입에 넣어 삼키고 있었다. 그것뿐이었다면 이상할 게 없었다. 하지만 어른들은 소녀를 발견하고는 창백한 얼굴로 호되게 야단치며 쫓아냈던 것이다. 그 모습이 평범하지 않았다. 소녀는 붙잡으려는 어른들의 손을 피해 부엌으로 들어갔다. 그곳에 있었던 것은 도마 위에서 토막 나 있는 여동생의 모습이었다.

"새하얀 피부와 눈, 머리카락을 가진 사람이 드물게 태어나는 경우가 있습니다. 그런 사람을 인어라고 부르는 지방도 있는데, 그 살을 먹으면 수명이 늘어난다는 소문이 있습니다. 마을 어른들은 그걸 믿었던 거지요. 촌장의 지시였던 것 같습니다. 아이의 살을 잘게 썰어 요리해서 다 함께 먹었던 겁니다."

빗소리가 여전히 지붕을 때렸다. 우리는 승려의 갈라진 목소리를 가만히 듣고 있었다.

"소녀가 느낀 슬픔과 분노가 얼마나 컸을까요. 두 번째 머리가 가만히 입술을 벌리고 독경을 읊기 시작했다고 합니다. 그것을 보고 재빨리 달아난 사람이 몇 명 있었습니다. 예를 들면 촌장이나, 제게 이 이야기를 들려준 노인이지요. 그들은 소녀의 두 번째 머리가 독경을 읊었을 때 곰이 겁을 먹고 낙석이 부서진 것을 알고 있었습니다. 자기들의 신변에 화가 미칠 것을 눈치챘던 걸까요? 뒤도 돌아보지 않고 달아나 그 자리를 피할 수 있었습니다."

달아난 사람들이 며칠 후 조심스레 마을로 돌아와보니 그곳에는 엄청난 수의 시체가 굴러다니고 있었다고 한다. 아이들은 모두 살아서 마을 구석에서 서로 부둥켜안고 울고 있었다. 아이들의 말에 따르면 소녀가 마을 광장에 나타나자 어른들이 이상해지더니 차례로 배가 터져 죽었다고 했다.

"소녀는 그후에 어떻게 되었습니까?" 이즈미 로안이 물었다.

"마을을 떠났는데 그후의 소식은 아무도 모른답니다."

린이 울적한 표정을 지었다. 나도 기분이 한껏 착잡해졌다. 흥행소에 팔아넘기려고 평범하지 않은 몸으로 만들어진 아이들을 생각하니 참을 수가 없었다. 하지만 내가 이 마을 사람이 아니라 외부에서 왔으니 그렇게 생각하는 걸지도 모른다. 아이들과 마찬가지로 이 마을에서 나고 자랐다면 임신부가 희석한 독을 마시고 기묘하게 생긴 아이들을 낳는 일에도 의문을 품지 않았을지 모른다. 아이들에게 마을에서 오랫동안 행해진 습관이나 어른들의 말은 곧 이 세상의 섭리였을 테니. 아이들에게 부모는 신이나 마찬가지다. 부모의 말이 몸도 마음도 바꾼다.

"그후에 살아남은 아이들은요?" 나는 그렇게 물어보았다.

"각지의 흥행소에서 데려간 모양입니다."

"행복해졌을까요?"

"글쎄요, 그건 모르겠습니다……."

이미 밤이 깊었다. 슬슬 이야기를 마무리하고 자야 했다.

빗소리는 기세가 잦아들었다. 우리는 마루방에 누웠다. 젖은 승복을 입은 채로 승려가 옆에 드러누웠다. 몸이 비해 승복이 커서 마치 도롱이벌레 같았다. 얼마 지나지 않아 모두 잠이 들었다. 부뚜막의 장작이 바르작거린다. 새까만 숯 안쪽에서 빨간 열기가 어른거렸다. 어둠 속의 그 모습이 아름다웠다.

··4··

끔찍한 꿈을 꾸고 벌떡 일어났다. 꿈의 내용은 금세 잊어버렸지만 다시 잠이 오지 않아 마루방에서 몇 번이나 몸을 뒤척였다. 옆에 이즈미 로안과 승려가 누워 있고 조금 떨어진 곳에서 린이 새근새근 자고 있다. 나는 일어나서 밖을 산책하기로 했다. 바람을 쐬면 기분도 달라져 잠이 올지도 모른다.

비구름이 싹 걷힌 하늘에는 보름달이 떠 있었다. 깊은 밤 마을의 모습을 비추는 새하얀 달빛에 미끄덩한 진창에 가라앉은 하얀 뼈들이 점점이 빛났다. 마을 사람들의 뼈다. 사각형 해골들이 새까만 눈구멍으로 나를 쳐다보았다. 측두부와 후두부의 매끈한 표면이 완벽한 각을 이루고 있었다.

나는 승려의 이야기를 떠올리며 걸었다. 초목이 기울어서 쓰러져가는 집을 뒤덮고 있었다. 음울한 땅도 이제는 들판으로 변해가고 있었다.

어둠 저편에서 인기척을 느꼈다. 보름달 달빛이 닿지 않는 곳에 누군가 숨어 있다. 기분 탓이 아니다. 나는 무서워서 일행이 있는 곳으로 돌아가려 걸음을 돌렸다.

"기다려."

남자의 목소리다. 어둠 속에서 사내들이 우르르 나왔다. 전부 다섯 명, 나를 전후좌우로 에워쌌다. 모두 허리춤에 무뎌 보이는 칼을 차고 있었다. 산적 소굴에서 보았던 얼굴이 섞여 있다.

"이런 곳에 숨어 있었나."

"틀림없어, 이 녀석 옷이 눈에 익어."

"다른 놈들은 어디 있지? 은신처를 알아낸 놈은 살려둘 수 없다."

"누구한테 떠들기라도 하면 성가시니까."

무서워서 다리가 풀려 그 자리에 주저앉고 말았다. 사내들은 내 옷자락을 붙잡고 억지로 일으키려 했다.

"히, 히이이익!"

한심한 목소리가 새어 나왔다. 내 꼴이 우스웠는지 사내들이 웃음을 터뜨렸다.

"꼴사납군. 죽여버려. 이놈 발자국을 쫓아가면 다른 놈들이 있는 곳까지 갈 수 있어."

정면에 있던 남자가 칼을 뽑았다. 다른 사내들이 내게서 몇 걸음 떨어졌다. 방해하지 않으려는 배려인지, 피가 튈까 봐 그러는 건지. 나는 무릎을 꿇고 살려달라고 애걸했지만 사내들의 마음에는 전혀 닿지 않았다. 남자가 칼을 치켜들었다. 무딘 칼날은 나를 한 번에 죽이지는 못할 것이다. 몇 번이나 내리쳐서 뼈를 부러뜨려 죽일 게 틀림없다. 눈을 감고 그 순간을 각오했다. 하지만 칼을 휘두르기 전에 남자들이 입을 열었다.

"뭐야?"

나도 뒤늦게 깨달았다. 어디선가 독경 소리가 들렸다. 어린 아이의 목소리였다. 말의 윤곽이 녹아서 엉겨 붙은 듯한 소리였다. 어둠 저편에서 미끄러운 바닥을 밟으며 승려가 나타났다. 아까까지 내 옆에 누워 있던 젊은 승려였다. 하지만 그의 입가는 움직이지 않았다. 굳게 다문 입술에서는 아무런 말도 나오지 않았다. 그런데 그가 있는 쪽에서 독경 소리가 들려왔다.

"뭐야, 땡중이야? 저리 가 있어."

"조금만 기다려. 바로 시체를 만들어줄 테니. 당신 할 일은 그다음이야."

"아니, 잠깐. 얼굴을 들켰어. 이 녀석도 죽여야 해."

산적들은 칼을 뽑아 승려에게 들이댔다.

"달아나세요, 지금이라면 아직 늦지 않았습니다."

승려는 내게 말한 것이 아니었다. 산적들을 노려보며 한 말이었다. 하지만 그 목소리에 위화감이 들었다. 갈라진 목소리가 아니었다. 영롱한 그 목소리는 남자라기보다 여자 목소리 같았다. 승려가 말하는 사이에도 독경은 끊임없이 이어졌다. 자세히 보니 승복 앞섶이 풀려 있었다. 그 가슴께에 젖가슴이 보였다. 이제야 깨달았다. 이 사람은 여자였던 것이다. 어쩌면 여자 목소리를 감추려고 일부러 쉰 목소리를 냈던 걸지도 모른다. 큼직한 승복을 입은 것도 몸의 선을 가리기 위한 것일까?

두 개의 가슴 사이에 오싹한 것이 붙어 있었다. 그것을 깨닫고 나뿐만 아니라 산적들도 뒷걸음질을 쳤다. 승려의 가슴에 갓난아기 같은 형체가 들러붙어 있었던 것이다. 어머니 품에 안긴 갓난아이 같은 모습으로, 몸의 대부분이 승려의 몸에 동화되고 융합해, 경계는 피부로 매끄럽게 덮여 있다. 머리 반쪽은 승려의 가슴에 묻혀 있고 나머지 반쪽만 이 세상에 드러나 있어 입가만 간신히 보이는 상태였다. 삭발한 둥그런 머리의 여인이 새하얀 달빛을 받으며 가슴에 들러붙어 독경을 읊는 갓난아이를 사랑스럽다는 듯이 어루만졌다. 그 모습이 어찌나 신성한지 몸속에서 빛이 나는 것 같았다.

어느 틈에 산적들이 얌전해졌다. 멍한 표정으로 손에서 놓친 칼이 떨어져 바닥에 꽂혔다.

"가엾게도."

여인이 말했다.

"나는 멈출 수 없어요. 이 아이가 멋대로 하는 짓이니."

승복 옷매무새를 가다듬자 가슴에 들러붙은 갓난아이가 시야에서 사라졌다. 하지만 독경은 이어지고 있다. 그것은 이미 말이 아니었다. 순수한 소리였다.

산적들이 피를 뿜었다. 눈에서도 붉은 핏방울이 뚝뚝 떨어져 뺨을 타고 내렸다. 하지만 고통스러워하는 기색은 없었다. 그렇기는커녕 환희에 떠는 표정이었다. 그들의 배가 점점 부풀어 올랐다. 옷자락이 찢어질 듯 팽팽해지고 배가 둥그렇게 커지더니 마침내 펑 터졌다. 몸속에 있던 장기를 쏟아내며 산적들은 바닥에 쓰러졌다.

"미미히코, 그만 일어나야지. 출발이 늦어지잖아."

나는 신음하며 눈을 떴다. 마루방에 누워 있는 나를 이즈미 로안이 흔들고 있었다. 밥을 짓는 냄새와 된장 냄새가 났다. 린이 부뚜막 냄비에 이즈미 로안이 가져온 비법 된장을 풀고 있는 참이었다. 자리에서 일어나 이마의 땀을 훔치며 주위를 둘러보았다. 힘이 탁 빠졌다. 승려의 모습이 보이지 않았기 때문이다. 나는 한숨을 쉬었다.

"……뭐야, 꿈인가."

"꿈?"

"그래요. 제가 꿈을 꾼 모양입니다. 아아, 그런가. 그렇겠지. 그런 일이 있을 리가 없잖아……."

혼잣말을 중얼거리는데 린이 식사 준비를 하면서 말했다.

"있을 리 없는 일? 멀쩡한 일을 하는 꿈이라도 꿨어요?"

한마디 맞받아치려는데 이즈미 로안이 먼저 그냥 들어줄 수 없다는 표정으로 말했다.

"내 여행에 따라오는 게 멀쩡한 일이 아니라는 것처럼 말하는구나."

"로안 선생님, 멀쩡한 일을 하는 사람은 산적에게 쫓기지 않아요."

"하긴……."

이즈미 로안은 팔짱을 꼈다. 얼굴을 씻고 오려고 일어서는데 마루에 흙이 후드득 떨어졌다. 옷에 진흙이 잔뜩 묻어 있었다. 이게 뭐지, 대체 언제. 나는 고개를 갸웃거렸다. 잠들기 전에는 이렇지 않았다. 진흙이 마르면 이런 얼룩이 질 텐데. 그리고 문득 깨달았다. 꿈속에서 나는 젖은 땅에 무릎을 꿇고 있었다.

“그나저나 어디로 가버렸을까?”

린과 이즈미 로안의 대화가 귀에 들렸다.

“아침 일찍 용무를 마치고 바로 돌아간 거겠지. 우리를 깨우기 미안했는지도 몰라.”

“……대체 누구 얘기를 하시는 거예요?”

대답을 예상하면서도 물어보았다. 이즈미 로안이 대답해주었다.

“잠꼬대하나? 어젯밤 스님이 계셨잖아. 왜, 이 마을의 끔찍한 관습에 대해 가르쳐주시지 않았나.”

나는 맨발로 봉당에 내려서서 미닫이문을 열고 밖으로 튀어나갔다. 이즈미 로안과 린이 고개를 갸웃거리며 내 행동을 보고 있다. 바닥에 사각형 해골이 굴러다니고 있었다. 진창에 휘청거리면서 산적들에게 에워싸였던 곳으로 향했다. 예상대로 그곳에는 다섯 구의 무참한 시체가 굴러다니고 있었다.

이즈미 로안이 네모난 해골을 주워 모았다. 비가 내려 물러진 바닥을 파서 묻혀 있던 뼈도 하나씩 집어 가까운 나무 밑동에 늘어놓았다. 린이 말없이 그 작업을 돕기 시작했다. 꺼림칙했지만 나도 따라서 두 사람을 도왔다. 산적들의 죽음과 승려의 정체에 대해 두 사람에게는 이미 이야기했다.

"스님이 어젯밤 우리를 찾아온 건 과연 우연이었을까?"

이즈미 로안이 해골을 늘어놓으며 말했다.

"무슨 뜻입니까?"

"어쩌면 이 마을에 찾아오는 사람을 어디서 지켜보고 있었던 걸지도 몰라. 어쩌면 저 집도 미리 준비해둔 건지도 모르지. 부뚜막에서 부자연스러울 정도로 연기가 났지? 불을 피우면 연기가 나는 약이라도 발라두었던 것 아닐까? 그러면 연기를 신호 삼아 누가 마을에 있다는 걸 멀리서도 알 수 있잖나."

"만약 그게 사실이라면 그 스님은 어째서 감시하는 겁니까? 이런 마을 폐허에 누가 온다고요?"

"그 사람은 이렇게 말했어. 몇몇 어른들이 살아남았다고. 동생이나 다름없던 소녀를 죽여서 그 살을 먹기로 결정한 건 분명 촌장이었다고 했지. 하지만 촌장도 피신했어. 지금도 여전히 복수할 상대를 찾고 있는 건지도 몰라."

촌장은 자기 배를 불리기 위해 거금을 집에 숨기고 있었다. 그것을 두고 달아났다면 언젠가 거금을 회수하러 몰래 돌아올지도 모른다.

"그 집은 이 마을에 돌아온 마을 사람들을 잡기 위한 사냥터였을지도 몰라. 어제 그 사람은 집에서 연기가 피어오르고 불이 켜진 것을 보고 복수할 상대가 돌아왔을지도 모른다 싶어 상황을 살피러 왔던 거겠지. 물론 확증은 없지만."

나는 기억해냈다. 승려가 찾아왔을 때, 집 안에 있는 우리 얼굴을 보고 그 사람은 안도한 표정을 지었다. 복수할 상대가 아님을 알고 긴장이 풀려서 그런 표정이 나온 게 아닐까? 복수할 상대가 그녀의 모습을 보아도 바로 정체를 알아차리지 못하도록 성별을 숨기고 승려 행세를 했던 건지도 모른다.

커다란 나무 주변에 해골을 모았다. 측두부와 후두부, 정수리가 편평한 해골들이 마치 상자에 들어가기를 기다리는 것처럼 가지런히 늘어서 있었다. 아이들의 몸을 변형시키고 키워왔던 어른들의 최후였다. 결코 악의가 있었던 것은 아니다. 애정을 듬뿍 쏟아 키웠다고 하지 않던가. 때문에 그들이 기괴한 반면 동시에 경이롭기도 했다. 우리는 그들을 향해 두 손 모아 기도했다.

코 베어 가는 절

‥1‥

여행 도중에 일행을 놓쳐 홀로 떨어졌다. 나만 길을 잃지 않고 다음 여관 마을에 도착했다. 나머지 두 사람이 지금쯤 어디를 헤매고 있는지는 알 길이 없다. 앞장서서 걷고 있던 이즈미로안은 심각한 길치다. 똑바른 외길이었는데 정신을 차리고 보니 훌쩍 사라지고 없었다. 이즈미 로안의 옆에 있던 린이라는 아가씨도 함께 사라져버렸다.

멈춰서 두 사람을 기다려야 할지, 아니면 놓친 곳까지 돌아가야 할지 고민되는 순간이다. 이런 사태에 빠졌을 때를 대비해 린이 약간의 돈을 주기는 했다. 그 돈으로 당장은 혼자서도 버틸 수 있다. 하지만 모처럼 온 기회니 수중의 돈을 불리기로 했다. 나는 그 방법을 안다. 주사위놀음이다.

그렇게 이러저러해서 나는 지금 여관 마을 변두리에서 웅크리고 앉아 있다. 린이 준 돈은 바닥났고 여행 짐도 홀라당 빼앗겼다. 주사위에 눈속임이 있었던 게 분명하다. 눈물로 뺨을 적시며 이제부터 어쩌나 고민하는데 입간판 앞에 모여 있는 사람들이 보였다.

수배서가 붙어 있었다. 인근 마을에서 악행을 저지른 남자가 있나 보다. 풍채와 외견상 나이, 신체적 특징이 적혀 있다. 목덜미에 보라색 반점이 있다는 모양이다. 그자를 발견하면 관리에게 신고해달라는 내용이었다.

글을 모르는 마을 사람들을 위해 수배서를 소리 내어 읽어주었다. 나는 글을 읽을 줄 알았다. 여행을 하면서 이즈미 로안에게 배운 덕이다. 판독하기 어려운 흘림체도 내게는 식은 죽 먹기다.

"로안 선생님, 역시 잘 가르치시네요. 미미히코 씨한테 글을 가르치다니 원숭이를 길들이는 것보다 어려웠을 텐데."

글을 술술 읽는 나를 보고 린도 깜짝 놀랐다.

악한의 수배서를 읽어준 내게 마을 사람들이 인사치레를 했다.

"고맙소이다, 안색 나쁜 형씨. 그런데 이 남자는 대체 무슨 짓을 저질렀소?"

수배서에는 그자의 잔혹무도한 소행도 적혀 있었다. 내용을 읽어주니 모두 겁먹은 표정을 지었다. 방화, 절도, 공갈, 강도, 살인, 강간……. 그것도 모자라 살해한 상대의 코를 베어 가는 통에 그자에게는 '코 베어 가는 헤이지'라는 별명이 붙었다고 한다.

땡전 한 푼 없는 나는 거리를 헤맸다. 마을 변두리 민가 앞에서 웅크리고 있자니 음침하니까 어디 다른 곳으로 가라며 발길질을 한다. 길바닥에 주저앉아 있으려니 쓰러져 죽은 줄 알고 마을 사람이 모여들었다. 밭 옆에 철퍼덕 드러누워 있었더니 누더기가 떨어져 있다고 오해해 낙엽을 쓸어 모아 함께 불태우려 했다.

배가 고파 멍한 머리로 돌계단을 오르는데 오래된 절을 발견했다. 이끼 낀 석등을 붙들어가며 경내를 이동해 대웅전에 다다랐다. 거기서 쓰러진 내 곁에 승복을 입은 스님이 다가와 몸을 흔들어 깨웠다. 사정을 설명하자 스님은 잠자리와 식사를 마련해주었다. 백탕에 가까운 묽은 죽이었지만 내게는 진수성찬이었다.

오래된 절에 사는 사람은 이 스님 한 명뿐인 것 같았다. 나는 무릎을 꿇고 몇 번이나 인사했다. 하지만 마음에 걸리는 점이 없었던 것은 아니다. 내가 감사의 뜻을 전해도 그는 어색하게 시선을 피하는 것이었다.

"아니, 아니, 괜찮네. 신경 쓸 것 없어."

뼈도 굵고 근육도 울룩불룩해 책상다리로 앉아 있는 그 모습은 스님이라기보다 산적 같았다. 얼마 전에 삭발을 한 건지 머리가 푸르스름했다. 변소를 쓰려고 안내를 부탁했는데 그는 복도를 잘못 들어 엉뚱한 방의 미닫이문을 열어주었다. 어쩌면 스님이 된 지 얼마 되지 않았는지도 모른다. 최근에야 이 절에 와서 변소 위치를 잘 모르는 걸 수도 있다. 나는 그런 생각들을 했다.

밤이 깊어 빌린 이부자리에서 잠을 자려는데 밖에서 소리가 들렸다. 일어나서 장지 창문 틈새로 밖을 보았다. 달빛 아래서 스님이 땅을 파고 있었다. 대체 뭘 하나 싶어 지켜보는데 멍석에 만 물체를 가져왔다. 바닥에 내려놓다가 멍석 끝자락이 뒤집혀 안에 싸여 있던 것이 드러났다. 스님은 개의치 않고 그것을 발로 차서 구덩이에 던져 넣고 흙을 덮기 시작했다.

나는 꿈일 거라 생각하며 이불 속으로 돌아왔다. 눈을 감아도 한참이나 멍석에 말려 있던 그것의 모습이 눈에 아른거렸다. 달빛 아래서 스님이 구멍에 던져 넣은 것은 코가 베인 노인의 시체였다.

꿈이다. 틀림없이 꿈이다. 하지만 잠을 설친 채로 아침을 맞이하고 말았다. 참새가 지저귀는 소리를 들으며 가만히 이불 속에서 빠져나왔다. 스님에게 인사도 하지 않고 몰래 절을 떠나기로 했다.

들키지 않도록 복도를 지나 밖으로 나갔다. 하지만 운 나쁘게 우물물로 몸을 씻고 있는 스님과 맞닥뜨리고 말았다. 나는 아무 일도 없는 척 고개를 숙였다. 하룻밤의 잠자리와 식사에 대한 인사를 했다. 하지만 턱이 떨려 이가 딱딱 부딪쳤다.

"어젯밤은 편히 쉬셨는가?"

스님은 미소를 지으며 내게 다가왔다. 새삼 똑바로 보니 곰 같은 거한이었다. 나는 수배서에 적혀 있던 신체적 특징을 떠올렸다. 머리는 삭발 대머리였지만 키나 외견상 나이가 일치했다. 무엇보다 이자의 목에는 보라색 반점이 있었다. 우물물로 몸을 씻던 그는 웃통을 벗고 있어 온몸의 무참한 흉터가 그대로 드러나 있었다. 내게 다가오더니 뼈를 부술 만큼 강한 힘으로 어깨를 붙잡았다.

"그보다 자네, 봤지?"

"뭐, 뭘 말입니까?"

모르는 척 시치미를 뗐지만 그자는 나직한 목소리로 말하며 내 코를 움켜쥐었다.

“내가 시체를 묻는 걸 봤지? 어이, 거짓말하면 베어버린다?”

··2··

코 베어 가는 헤이지가 진짜 이름은 아니었지만 그는 그 별명을 마음에 들어 하는 것 같았다. 각지를 방랑하며 악행을 일삼았는데 숨어 지내던 여관에 관리들이 들이닥쳐 구사일생으로 이 오래된 절로 도망쳐 왔다고 한다.

오래된 절의 원래 주지 스님은 그가 죄인인 줄도 모르고 친절하게 재워주었다고 한다. 그러나 그날 밤 코 베어 가는 헤이지는 주지 스님을 살해하고 말았다. 그는 묘안을 떠올렸다. 스님을 가장해 한동안 은신하자. 관리들이 다른 지역으로 눈을 돌릴 때까지만 참으면 된다. 이웃 사람들이 찾아오면 주지 스님은 여행을 떠났다고 하면 된다. 자신은 그 대신 이 절을 맡은 제자 승려라고 주장할 작정이었다. 내가 오래된 절의 대웅전에 도착해 쓰러진 것은 이 악당이 스님으로 변장한 직후였다. 한밤중에 그자가 묻은 시체는 절의 주지 스님이었던 것이다.

내가 감금된 창고는 오래된 절에서도 외딴 구석에 있었다. 그리 크지는 않았지만 누울 정도의 공간은 되었다. 채광창도 없어 항상 어둡고 바람도 들어오지 않아 숨이 막혔다. 벽은 튼튼해서 몸을 날려도 꼼짝도 하지 않았고 구멍을 뚫을 수도 없을 것 같았다. 창고 안에는 괭이와 가래 같은 밭일용 농기구도 없고 나무 상자에 담긴 법기만 쌓여 있었다.

출입구는 한 군데뿐이다. 정면에 쌍여닫이문이 있었다. 경첩도 튼튼해서 몸을 부딪쳐보아도 부서질 기미가 없었다. 판자문의 있을까 말까 한 틈새로 바깥의 밝은 햇살이 들어와 창고 안에 선을 그렸다. 이 문은 밖에서 빗장으로 잠겨 있다. 끌려올 때 보았는데 빗장은 튼튼한 막대기를 아래로 내려 쇠받침에 거는 구조였다.

나는 그곳에서 한 발짝도 나가지 못한 채 갇혀 있다. 코 베어 가는 헤이지는 시시때때로 찾아와 "살려달라고 소리칠 생각 마. 그런 짓을 하면 바로 죽여주마"라고 위협했다. 식사와 물은 쌍여닫이문 틈새로 넣어주었다. 틈새는 고작해야 손톱만 한 두께였지만 뒤가 비칠 정도로 얇게 썬 채소는 통과할 수 있었다. 그자가 넣어주는 얇은 무 조각을 나는 소중하게 시간을 들여 꼭꼭 씹어 먹었다. "채소를 얇게 써는 게 내 특기야. 시체의 코를 베다 보니 칼 다루는 법을 터득했지. 무를 한 장의 두루마리처럼 얇게 썰 수도 있어." 물은 수건에 적셔 틈새로 넣어주었다. 창고 안에 넣어준 젖은 수건을 집어 입에 대고 짜면 물방울이 떨어져 목을 축일 수 있었다. 물방울이 더이상 나오지 않으면 수건을 다시 문 틈새로 쑤셔 넣고, 밖에서 코 베어 가는 헤이지가 잡아당겨 회수한다.

곤란한 점은 대소변의 처리였다. 이것만큼은 문 틈새로 밖에 내보내기 어려웠다. 변소에 보내달라고 부탁해도 코 베어 가는 헤이지는 나를 밖으로 꺼내주지 않았다. 참을 수 없어 창고 안에 있던 나무 상자에 볼일을 보았다. 보관되어 있던 법기가 오물투성이가 되었다. 나무 상자에 뚜껑을 덮어보아도 냄새를 막을 수 없어 창고 안은 언제나 악취가 진동했고 이윽고 하얀 구더기가 기어 다니기 시작했다. 자고 있으면 머리카락 사이와 입속에도 구더기가 들어와 처음에는 질색했다. 하지만 허기를 참지 못하고 구더기를 잡아먹기 시작했다. 나는 변소 안에서 사는 것이나 다름없었다. 문 틈새에 입을 붙이고 숨을 쉬었다.

"어이, 미미히코, 아직 살아 있나?"

"……예이."

"이번에는 이 녀석을 부탁하마."

"……알겠습니다."

코 베어 가는 헤이지는 하루에 몇 번씩 찾아와 문 틈새로 종이를 집어넣었다. 창고 안에 갇힌 나는 시체나 다름없는 상태였지만 겨우 대답을 하고 그것을 받아 들었다. 문 틈새로 들어오는 바깥 불빛에 종이를 비춰가며 거기 적혀 있는 글을 읽어주었다. 그것은 불경이었다. 본래 주지 스님이 필사한 것일까? 이 악당은 불경을 한 장씩 뜯어내 내게 가져와 읽어달라고 했다.

나를 살려둔 것은 글을 읽을 줄 알기 때문임이 틀림없다. 코 베어 가는 헤이지는 스님으로 둔갑하려 했지만 불경을 한 줄도 읊지 못했다. 하지만 이웃 사람들이 찾아와 스님다운 행동을 해야만 할 때 이대로는 큰일이라고 생각했던 것이다. 여행을 나선 주지 스님 대신 염불을 외워달라고 부탁하는 사람이 있을지도 모른다. 그런 경우에 대비해 코 베어 가는 헤이지는 불경을 배우기로 했다. 주지 스님 방에서 불경을 찾아냈지만 글을 읽을 줄 모르는 그는 거기 적힌 글을 소리 내어 읽어줄 누군가의 존재가 필요했던 것이다.

나는 구더기가 득실거리는 몸으로 달필로 적힌 글자를 하나씩 읽어갔다. 패기 없이 다 죽어가는 목소리로 읊는 염불이 악취가 충만한 어둠 속에서 메아리친다. 그것이 내 목소리인지, 아니면 어둠 속에서 다른 누가 읊고 있는 것인지, 점점 가물가물해졌다.

문 너머 햇볕 밝은 곳에서 가짜 스님이 내 흉내를 내어 복창한다. 그리고 고압적인 목소리로 말한다.

"그건 도로 내놔."

나는 종잇조각을 틈새로 쑤셔 넣어 밖으로 내보냈다. 문 너머에서 그가 종잇조각을 잡아당겨 글자를 바라보는 기척이 느껴졌다. 귀로 들은 염불의 소리와 거기 적힌 글자를 맞춰보려는 것이리라.

"한 번 더 읽어. 아니, 한 번으로는 부족해. 몇 번이라도 읽어. 그러라고 살려두는 거다. 너는 지금까지 신앙심을 비웃던 내게 염불을 가르쳐주기 위해 살아 있는 거야."

귀한 말씀이 적힌 종잇조각이 그렇게 문 틈새를 몇 차례나 왕복하다가 코 베어 가는 헤이지가 만족하면 끝난다. 그런 날이 며칠이나 이어지자 어느새 나도 불경을 암송할 수 있게 되었다. 공복과 악취로 일어날 기력도 없어 깜깜하고 갑갑한 창고 안에 누워서 하루 종일 염불을 외웠다. 부처님이 와서 나를 구해주시는 꿈을 몇 번이나 꾸었다. 구더기가 온몸을 기어 다니는 감촉에 꿈에서 깼다.

종잇장처럼 얇은 채소와 물을 주면서 코 베어 가는 헤이지가 말을 걸었다.

"내가 왜 죽인 상대의 코를 베는지 알려줄까?"

관심이 없었지만 대답할 기운도 없어 나는 젖은 수건을 열심히 비틀어 물방울을 짰다.

"코를 베면 죽인 상대의 얼굴을 알아볼 수 없잖아? 그러면 죽인 상대를 싹 잊어버릴 수 있거든. 전에 코를 베지 않고 달아난 적이 있었는데 시체 얼굴이 한동안 어른거려서 불쾌했어."

듣자 하니 베어낸 코는 전부 가지고 와서 소금에 절여 항아리 속에 보관한다고 했다. 거점을 옮길 때는 반드시 항아리를 들고 다니는데 며칠 전에 잃어버리고 말았다고 한다.

"숨어 지내던 여관에 관리가 찾아왔어. 짐도 못 챙기고 허둥지둥 달아나는 통에 방에 항아리를 두고 왔어. 아까운 짓을 했지. 여관 벽장 속에 숨겨두었으니 아직 그대로 있을지도 몰라."

오래된 절을 찾는 이는 많지 않았다. 내가 감금되어 있는 동안에도 몇 사람이 찾아왔던 모양이지만 다행히 불경을 읊어달라고 부탁하는 사람은 없었던 것 같다. 처음부터 끝까지 불경을 암송할 수 있게 되면 나를 이곳에서 꺼내줄까? 그런 기대를 품고 있었지만 코 베어 가는 헤이지에게 그럴 마음은 없는 듯했다.

"아무래도 불경에는 여러 종류가 있는 모양이야. 스님 방에서 다른 불경이 잔뜩 나왔어. 언제 어떨 때 읽는 걸까? 어쨌거나 그걸 전부 외우면 편하게 보내줄 테니 안심해. 갓 배운 독경으로 공양해주지. 코도 다른 사람들처럼 베어주마."

··3··

쌍여닫이문 틈새로 시선을 집중하면 바깥의 밝은 햇살이 새하얀 세로줄로 보인다. 그런데 배꼽 높이에서 그 빛이 조금 끊겨 있었다. 바깥에 빗장이 걸려 있기 때문이다. 그것을 어떻게든 풀어보려 시행착오를 거듭했다. 창고 안에 있는 나무 상자를 열어 쓸 만한 도구가 없는지 찾아보았다. 문 틈새로 넣어 빗장에 걸어 들어 올릴 만한, 얇고 튼튼한 도구는 없을까? 하지만 그런 도구는 눈에 띄지 않았다.

나무 상자 표면을 이로 갉아 끝이 날카로운 화살촉처럼 생긴 나뭇조각을 만들었다. 그것을 어금니로 씹고 손톱으로 모양을 다듬어 문 틈새로 쑤셔 넣어보았지만 빗장에 닿기 전에 두꺼워서 틈새에 끼고 말았다. 그래도 힘으로 밀어 넣으려 하면 꼭 부러졌다.

그렇다면 실은 어떨까? 옷을 벗어 해진 곳에서 얇은 실을 뽑아냈다. 그대로 쓰면 금방 끊길 것 같아 몇 가닥을 땋아서 튼튼하게 만들었다. 그 실을 문 틈새로 쑤셔 넣고 끝을 얇게 만든 나뭇조각으로 밀어내면서 밖으로 늘어뜨렸다. 실 끝이 빗장 너머로 떨어져 바람에 흔들리는 게 보였다. 여기까지는 순조로웠다. 이걸 다시 한번 어떻게든 틈새로 통과시키면 된다. 실이 빗장을 한 바퀴 감아 창고 안으로 돌아오도록 하는 것이다. 그리고 창고 안쪽에서 실 양 끝을 단단히 붙잡고 위로 잡아당기면 빗장을 쇠받침에서 빼낼 수 있을지도 모른다.

하지만 바깥에 늘어진 실을 다시 창고 안으로 끌어당기기가 어려웠다. 바람에 흔들리는 실 끝을 젓가락 같은 도구로 집어서 잡아당길 수 있으면 좋을 텐데, 문 틈새를 지날 수 있는 얇은 젓가락이 없다. 실로 고리를 만들어 거기에 뭔가를 걸어서 창고 안으로 끌어당길 수는 없을까? 고리로 만든 실은 세로로 세우면 틈새를 통과할 수 있다. 틈새로 밀어낸 다음 옆으로 회전시켜서 늘어진 실 끝을 고리에 꿰는 것이다. 고리 모양이 흐트러지지 않도록 구더기를 빻아 그 진물을 발라서 굳혀두었다. 하지만 생각대로 되지 않았다. 실 끝이 바람에 흔들려 휘휘 요동치는 통에 잡을 수가 없었다. 가령 바람이 없는 날이라도 거의 밖을 볼 수 없는 상태로 고리에 실을 꿰기란 어려웠다. 어둠 속에서 바늘구멍에 실을 꿰는 것과 마찬가지였다. 하지만 포기할 수도 없었다. 코 베어 가는 헤이지가 없을 때, 나는 항상 실을 밖으로 늘어뜨렸다. 고리를 밑에 대고 거기에 실을 꿰려고 애썼다. 언젠가는 성공해서 달아날 수 있을지도 모른다는 희망이 나를 제정신으로 있을 수 있게 붙들어주었다.

자칫하면 공포로 미쳐버릴 것만 같았다. 창고 안은 내 분뇨가 썩은 냄새로 가득해 숨도 쉬기 힘들었다. 낮 시간은 후덥지근해 수많은 구더기들이 벽을 기어 다녔고 천장에서도 빗방울처럼 후드득 떨어졌다.

어느 날 밖에서 아이 목소리가 났다. 문 틈새에 귀를 대고 바깥 소리에 귀를 기울였다. 몇몇 아이들이 절 경내에서 숨바꼭질을 하는 것 같았다. 그러더니 얼마 지나지 않아 발소리 하나가 창고 옆까지 다가오는 것 아닌가?

"사, 살려줘……!"

저도 모르게 외쳤다. 발소리가 멎더니 소년의 목소리가 들렸다.

"어? 누구야?"

"여기야. 창고 안이야. 아저씨는 갇혀 있어."

악취에 콜록거리며 말했다. 아이가 창고로 다가오는 기척이 났다.

"여기 있어? 냄새가 너무 고약해."

"부탁이야, 빗장을 풀어줘. 빨리. 스님이 오기 전에."

"왜 갇혀 있는 거야?"

"여기 스님은 나쁜 사람이야. 혹시 만났니?"

문 너머로 아이와 이야기할 수 있었다. 똑똑해 보이는 목소리였다. 생김새는 알 수 없었지만 아이가 문 앞에 서자 틈새로 들어오던 빛이 사라졌다.

"새로 온 스님? 그 사람 나하고 놀아줘서 진짜 좋아. 나무를 깎아서 이런저런 장난감을 만들어줘."

"그 녀석은 살인자야. 어른이라면 누구에게라도 좋으니 그렇게 말해다오. 아니, 일단 빗장을 풀어줘. 제발 부탁이야."

하지만 내 소원은 이루어지지 않았다. 아이가 갑자기 끙끙거리더니 말소리가 뚝 끊겼다.

뭔가를 질질 끄는 소리가 났다. 한참 동안 적막이 흐르더니 이번에는 코 베어 가는 헤이지의 목소리가 들렸다.

"가엾게도. 네가 말을 걸지 않았으면 아직 살아 있었을 텐데."

다른 아이들이 숨바꼭질을 하다가 사라진 친구를 찾는 소리가 어두워질 때까지 들렸다. 깜깜해진 뒤에는 어른들이 아이의 이름을 부르며 주변을 수색했다. 코 베어 가는 헤이지도 다른 사람들과 함께 절 주변을 돌아다녔다.

이튿날 아침, 코 베어 가는 헤이지가 창고 앞에 와서 내게 말했다.

"죽은 아이를 찾았다는군. 들개가 얼굴을 뜯어 먹어 생김새를 알아볼 수 없다나 봐. 하지만 너한테는 알려주지. 그 얼굴을 먹은 건 들개가 아니야. 내가 일부러 얼굴 살을 물어뜯은 거지. 안 그러면 코를 벤 흔적이 눈에 띄잖아."

나는 토악질을 했다. 공포와 후회로 비명이 터져 나오려 했지만 숨을 들이쉰 순간 분뇨 썩은 냄새 때문에 기침만 나왔다.

"오늘은 이제부터 그 꼬마를 위해 독경을 올려야 해. 많은 사람들 앞에서 염불을 외우는 건 처음이야. 내가 스님이 아니라는 게 들통나면 바로 달아나야지. 하지만 그전에 여기로 돌아와 너를 죽여주마. 기막힐 노릇이지. 내가 살인범인데 죽은 아이를 위해 염불을 외우다니."

문밖에서 가짜 스님이 유쾌하다는 듯이 웃었다.

이 절이 어떤 종파에 속해 있는지는 모르지만 코 베어 가는 헤이지가 주지 스님 방에서 찾아낸 불경은 다섯 권 정도였다. 각각 내용이 다른 불경이 적혀 있다. 그중 한 권의 첫머리를 소리 내어 읽어보는데 낯익은 말이 있었다. 분명 그것은 승려들이 항상 읊는 염불이었다. 코 베어 가는 헤이지는 불경을 몇 개 암송할 수 있었지만 아마 그 내용까지는 이해하지 못했을 것이다. 몇 개나 되는 불경을 어떻게 구분해서 읊어야 하는지, 그런 설명은 어디에도 적혀 있지 않아 누군가 지식 있는 사람에게 배우는 수밖에 없어 보였다.

죽은 아이는 숨바꼭질을 하다가 절 뒷산에 들어가 비탈에서 굴러 목뼈가 부러진 것으로 되어 있었다. 초상집에 스님으로 불려 간 코 베어 가는 헤이지는 갓 배운 염불을 망자 앞에서 그럴싸하게 읊었던 모양이다. 세세한 예법은 몰랐지만 누구에게도 들키지 않고, 지적받는 일도 없이 끝까지 염불을 외우고 스님답게 두 손을 모아 장례를 치렀다고 한다.

염불 내용을 알아듣고 평소와 다르다고 불평하는 이는 없었다. 그것은 모두에게 좋은 일이었다. 스님을 사칭하는 가짜라는 게 들키면 저 남자는 그 자리에 있는 모든 사람들의 입을 막았을지도 모른다.

"그 녀석들은 오늘 밤 죽은 아이 곁에서 밤을 샐 작정인가 보더군. 이 지역에는 그런 풍습이 있다나. 나는 그런 관습을 전혀 몰라. 내일 관에 시신을 넣고 땅에 묻는다던데, 거기에도 얼굴을 비쳐야 해. 스님이란 건 사람이 죽으면 바빠지는군."

코 베어 가는 헤이지는 날이 저물 때쯤 돌아왔다. 창고 안은 언제나 어두워서 낮이나 밤이나 차이가 없었지만 문이 맞닿은 틈새로 바깥의 빛을 확인할 수는 있었다. 문 틈새로 들려오는 코 베어 가는 헤이지의 목소리는 만족스러운 기색이었다.

"사람들에게 감사받는 건 기분이 좋네. 염불만 들려주었을 뿐인데 기뻐해. 이런 나를 귀하게 모셔. 사람들에게 염불을 들려주기 위해 또 아무나 죽이고 싶을 정도야. 그런데 작은 부탁이 있어."

문 너머에 호롱불을 내려놓았는지 불빛이 문 틈새로 설핏설핏 보였다. 어둠과 구더기, 악취와 동화되어 자칫 방심하면 내가 인간이라는 사실도 잊어버릴 법한 상태였지만, 희미하게 남아 있던 이성이 코 베어 가는 헤이지의 이야기에 귀를 기울이게 했다.

"초상집에서 스님 흉내를 내보니 알게 됐는데, 나는 장례식 예법을 아무것도 몰라. 오늘은 이 지역에 온 지 얼마 되지 않아서 아무것도 모른다고 둘러댔어. 하지만 어느 노인네가 좋은 걸 알려주었지. 예전 주지 스님이 마을의 관례를 기록해둔 게 있다더군. 거기에 출관 절차와 예법, 해서는 안 되는 일까지 전부 적혀 있다는 거야. 바로 방을 뒤져보았더니 그런 종이가 잔뜩 나오더군. 오늘 밤 네가 읽어주는 걸 듣고 이걸 머릿속에 확실히 집어넣어야겠어."

그가 스님 흉내를 계속하려면 마을 관습을 알아야 하는 모양이다. 당장 문 틈새로 종잇조각이 들어왔다. 밖에서 새어 들어오는 어스름한 호롱 불빛에 종이를 비추었다. 달필로 장례식 예법이 적혀 있었다.

그때 머릿속에 묘안이 떠올랐다. 나는 도박을 걸었다.

··4··

구더기를 떨쳐내며 기록을 읽었다. 입관 전에는 탕관을 한다. 시신을 깨끗이 씻기고 하얀 천으로 기운 홑옷을 입힌다. 관에 쌀을 넣은 하얀 주머니와 짚을 넣는다. 출관할 때는 평소 쓰는 출입구는 쓰지 않고 대나무나 갈대로 임시 문을 만들어 그곳으로 나간다. 문 앞에서 불을 지피는데 이를 '보내기 불'이라 부른다. 망자가 다시 집으로 돌아오지 못하게 하는 주문인데 장례식을 마치고 갔던 길과는 다른 길로 돌아오는 것과 같은 이유라고 한다. 묘지에 도착하면 관을 왼쪽으로 세 바퀴 돌려 망자의 머리가 북쪽을 향하도록 묘혈에 묻는다. 상주에 이어 망자와 혈연이 깊은 순서대로 흙을 덮는다.

"지금까지 나는 장례식 절차에 관심이 없었는데 별거 아니네. 내가 죽인 상대의 코를 베는 이유하고 똑같잖아? 망자가 깨어나는 게 무서운 거야. 나는 나만의 관습을 만들어 안심하고 있었던 건지도 모르겠군. 어이, 그거 내놔."

나는 문 틈새로 종잇조각을 내밀었다. 코 베어 가는 헤이지가 밖에서 종이를 잡아당겨 글자를 보는 기척이 났다. 귀로 들은 내용을 글자와 대조하는 것이다. 이 남자는 자주 나오는 간단한 단어 몇 개는 알아볼 수 있었다. 한참 있다가 같은 종잇조각이 다시 문틈으로 들어왔다.

"한 번 더 읽어봐. 그리고 다음 종이야. 주지 스님이 남긴 기록은 잔뜩 있어. 그나저나 배움은 재미있군. 관례를 배워 스님답게 행동할 수 있게 되면 다들 나를 받아들여줄지도 몰라. 관리만 오지 않는다면 여기서 평온하게 살 수 있을지도 모르지. 그렇게 되면 좋겠어. 어디 한곳에 정착할 수 있다니 꿈만 같군."

귀를 의심했다. 너 같은 괴물을 받아들일 것 같아? 네가 평온하게 살다니 끔찍하다. 아이를 살해하고, 우는 부모 앞에 태연히 나서서 스님 행세를 하는 네놈만큼 업화의 벌에 어울리는 자는 없다. 하지만 비굴한 나는 그런 말은 하지도 못하고 바짝 엎드려 시키는 대로 기록을 읽어줄 뿐이다.

코 베어 가는 헤이지가 준비한 호롱이 문 바로 바깥쪽 바닥에 놓여 있었다. 종잇조각을 틈새로 들어오는 빛에 최대한 바짝 갖다 대려면 엎드린 자세로 읽어야 했다.

코 베어 가는 헤이지가 찾아낸 종잇조각에는 장례식과 상관

없는 내용도 섞여 있었다. 그것을 빼고 하룻밤 사이에 그는 십여 장의 기록을 암기했다. 한 장마다 몇 번씩 읽으라고 해서 종잇조각은 문틈을 몇 번이나 왕복했다. 나는 심한 허기와 악취로 상태가 좋지 않아 오락가락한 정신으로 겨우 낭독했다. 새벽이 되어서야 코 베어 가는 헤이지는 만족하고 공부를 마무리했다. 출관 때문에 집중해야 한다며 충분한 수면을 위해 잠자리로 돌아갔다. 그가 호롱을 가져가자 주위는 깜깜해졌다.

숨을 죽이고 아침을 기다렸다. 하늘이 차츰 밝아졌다. 쌍여닫이문 틈새가 어둠 속에서 가느다란 세로줄로 모습을 드러냈다. 아침 햇살을 받아 틈새에 늘어져 있는 실이 반짝거렸다.

해진 옷에서 빼낸 거미줄처럼 얇디얇은 실이 창고 밖에서 빗장을 한 바퀴 감고 창고 안쪽으로 뻗어 있었다. 나는 소중하게 그 실을 움켜쥐고 눈물을 흘렸다.

한 오라기, 간신히 성공했다. 몰래 몇 번이나 시도했지만 무사히 돌아온 실은 한 가닥뿐이었다. 호롱의 어둑한 불빛 속에서는 그자도 눈치채지 못할 거라 판단하고 나는 행동에 나섰다. 종잇조각을 넣어주면 그 글자를 읽으며 최대한 눈에 띄지 않는 모서리에 손톱 끝으로 구멍을 냈다. 거기에 실을 꿰어 종이를 창고 밖으로 보냈다. 평소 공부할 때 그러듯이 한 장의 종잇조각이 창고 안팎을 왕복할 거라 기대했는데 역시 예상이 맞았다. 코 베어 가는 헤이지가 실을 알아차리지 못하고 종잇조각을 창고 안으로 도로 넣었을 때, 실도 함께 들러붙어서 돌아온 것이다.

나는 웅크리고 틈새 밖으로 종잇조각을 내밀었다. 그러면 실은 빗장보다 낮은 위치에서 밖으로 나간다. 종이를 받은 코 베어 가는 헤이지는 서서 글자를 보고 빗장보다 높은 위치에서 틈새로 종잇조각을 넣어주었다. 결과적으로 실은 빗장을 한 바퀴 감은 것이다.

이제는 이 실을 이용해 빗장을 쇠받침에서 빼내면 된다. 당장이라도 그러고 싶어서 마음이 급했다. 하지만 코 베어 가는 헤이지가 절 밖으로 나갈 때까지 기다려야 했다. 소리를 내서 들켜서도 안 되고 그전에 준비해야 할 일이 있었다.

종잇조각에 꿰어둔 것은 어둠 속에 묻히도록 옷자락에서 빼낸 얇디얇은 실이었다. 하지만 이 한 가닥만으로는 빗장을 들어 올릴 수 없다. 무게를 못 견디고 끊어질 게 분명했다. 튼튼한 실이 필요하다. 손가락 사이를 기어 다니는 구더기를 무시하고 옷자락에서 실을 뽑아 몇 가닥을 겹쳐 땋았다.

아침 식사 시간이 되자 코 베어 가는 헤이지가 얇게 썬 채소와 젖은 수건을 넣어주었다. 빗장에 걸린 실을 들킬까 봐 걱정돼 늘어지지 않도록 창고 안쪽에서 얇은 실을 팽팽하게 잡아당기면서 아침밥을 먹었다. 코 베어 가는 헤이지는 이제부터 치를 장례식 준비로 마음이 어수선한지 실이 있는 줄도 모르고 떠났다. 얼마 후 밖으로 나가는 기척이 나더니 절은 고요해졌다.

슬슬 괜찮겠지. 창고에서 탈출하기 위한 행동에 나섰다. 빗장에 걸린 얇은 실 끝에 방금 땋은 실을 묶었다. 반대쪽 끝을 잡아당기자 튼튼한 실이 밖으로 끌려가서 얇은 실 대신 빗장을 한 바퀴 감고 창고 안으로 돌아왔다. 하지만 몇 가닥을 뭉쳤다고 해도 그래봤자 실이다. 나는 이 실 끝에 허리끈을 묶었다. 허름한 싸구려 끈이라 천도 얇아 문틈을 빠져나갈 수 있을 것 같았다. 땋은 실이라면 끈의 무게에도 끊기지 않고 버텨줄 것이다. 한쪽 끝을 잡아당기자 끈이 스르르 밖으로 끌려가 빗장을 감싸고 다시 창고 안으로 돌아왔다.

문 안쪽에서 허리끈을 꼬아서 빗장을 살짝 조였다. 이대로 문틈을 따라 천천히 위로 들어 올리면 된다. 나는 숨을 멈추고 힘을 실었다.

빗장이 조금씩 올라가는 듯했다. 성공이다. 하지만 그렇게 확신한 순간, 빗장은 덜컥 멈춰버렸다.

허리끈이 찢어져라 힘을 실었다. 들어 올리려 했지만 아무리 애를 써봐도 빗장은 일정한 높이 이상으로 올라가지 않았다. 쇠받침에서 빠지기 직전에 뭔가에 철컹 부딪쳐 멈추고 말았다.

발밑의 구더기를 짓밟으며 남은 체력을 쥐어짜서 띠를 위로 당겼다. 반나절쯤 노력했지만 성과는 없었다. 이윽고 뚝 소리가 났다. 띠가 결국 버티지 못하고 끊어진 게 아니다. 내 안에서 마음을 지탱해주던 희망이 끊어지는 소리였다.

밖에서 벌레 우는 소리가 들려왔다. 벌써 저녁이었다. 코 베어 가는 헤이지가 돌아왔다. 문 너머에 멈춰 서는 기척이 났다. 빗장에 감긴 띠를 들킨 것 같았다. 목소리가 들린다. 달아나려 했나? 안됐군. 못을 박아두었거든. 빗장이 풀리지 않도록.

드러누운 채로 가만히 있었다. 그자의 목소리는 의미 없는 소리나 마찬가지다. 귀에 들어는 오지만 더이상 의미가 있는 말로 들리지 않았다. 내가 산 자의 세계에서 점점 멀어지는 것을 느낄 수 있었다.

그나저나 기분이 안 좋아. 혀를 차는 소리가 났다. 장례식은 잘 치렀어. 염불도 그럴싸하게 읊었지. 그런데 그 녀석들 내게 불평을 하는 거야. 관에 넣을 때 손길이 난폭하다느니, 대머리를 만지러 온 아이들을 밀쳐낸 게 마음에 들지 않는다느니. 큰 소리로 고함을 질렀더니만 입을 다물더니 갑자기 쭈뼛쭈뼛한 눈으로 나를 쳐다보는 거야. 전에 있던 스님은 친절했는데, 예전 스님은 언제쯤 돌아오느냐며 나를 조금도 좋아하지 않더군.

역시 여기서도 나는 안 되는 걸까? 다른 사람들처럼 살 수 없는 걸까? 어이, 듣고 있어?

악취가 나는 어둠 속에 드러누워 꿈인지 생시인지 모를 곳을 헤매고 있었다. 물에 둥둥 떠 있는 기분이었다.

대답 안 하면 먹을 것도 물도 주지 않을 테다.

쌀알 같은 구더기들이 나를 뒤덮고 있었다. 피부에 구멍을 뚫고 몸속으로 파고들려 한다. 나는 곧 썩어 들어갈 것이다. 그러면 마음껏 먹으라지.

목소리가 들리지 않았다. 어디로 가버린 모양이다. 아랑곳하지 않고 잠들었다. 그리고 며칠이 지났는지 모른다. 낮이나 밤이나 누워 있었다. 머릿속에는 어떤 말도 없었다. 채소 조각과 젖은 수건도 더이상 들어오지 않았지만 슬프지는 않았다.

어둠 속에서 부처님 같은 그림자를 보았다. 처음에는 멀리 있었는데 점점 가까이 다가왔다. 윤곽은 보였지만 얼굴은 어렴풋했다. 나는 곧 이분과 함께 저세상으로 가는구나. 그 순간을 그저 기다리면 된다. 이상하리만치 평온한 상태로 눈을 감고 있었다. 커다란 손바닥 위에 누운 나를 가만히 감싸주는 듯한 안도감만이 존재했다.

별안간 창고 문이 소리를 냈다. 삐걱거리는 시끄러운 소리는 빗장에 박힌 못이 뽑히는 상상으로 이어졌다. 코 베어 가는 헤이지의 목소리가 들린다.

제기랄, 짜증 나는군…….

어둠 속에 서 있던 부처님 그림자가 사라지고 말았다. 코가 비뚤어질 듯한 악취와 온몸을 꾸물꾸물 뒤덮은 구더기의 무게, 허기로 인한 권태감이 내 몸에 돌아왔다. 눈을 뜬 상태로 누워 있어 눈앞에서 벌어지는 일들이 보였다. 하지만 마음이 반쯤 죽어서 멀리서 벌어지는 일처럼 느껴졌다.

빗장이 풀리고 창고 문이 열렸다. 밖은 어둡다. 바닥에 호롱불이 놓여 있었다. 남자는 불빛을 받으며 서 있었다. 승복을 입은 코 베어 가는 헤이지다. 그자는 얼굴을 찌푸리고 말했다. 이 냄새는 뭐야. 그러더니 나를 굽어보았다. 역시 뒈졌군.

구더기에 뒤덮인 채 드러누워 꼼짝도 하지 않았더니 눈을 뜨고 있는데도 죽었다고 오해한 모양이다. 코 베어 가는 헤이지는 주머니에서 작은 칼을 꺼냈다. 아아, 그런가. 머리 한구석으로 이해했다. 살해한 상대의 코를 베어 가는 녀석이었지. 그래서 일부러 내 코를 베어 가려고 찾아온 거로구나.

밖에서 바람이 불어왔다. 그 청정한 기운에 문득 정신을 되찾았다.

지금 창고 안과 밖은 완전히 이어져 있다. 내가 그토록 갈망했던 창고 밖이 눈앞에 펼쳐져 있다. 꺾였던 마음이 되살아났다. 코 베어 가는 헤이지는 내가 죽었다고 믿고 있다. 지금이라면 방심하고 있을 터. 하지만 몸이 움직일까? 죽은 것이나 다름없는 상태로 오랫동안 누워 있었다. 허기가 져서 힘도 없다. 게다가 상대는 칼을 들고 있다. 반격당해 죽을지도 모른다. 하지만 무슨 상관이람. 해보지 않아도 어차피 죽는다.

얼굴에 들러붙은 구더기가 입과 콧구멍을 들락거렸다. 눈을 뜨고 있어 눈동자 위도 기어 다녔다. 그래도 나는 가만히 버텼다. 코 베어 가는 헤이지가 작은 칼을 들고 창고로 들어왔다. 분뇨 썩은 냄새에 기침을 해대고 있다. 내게 다가와 몸을 굽히고 머리카락을 와락 움켜쥐었다. 눈앞에 얼굴이 있었다. 그자의 눈은 내 코를 바라보고 있다. 어느 위치에 칼을 댈지 고민하는 것 같았다. 어둠 속에서 호롱불이 그자의 목덜미에 있는 반점을 비추고 있었다.

나는 움직였다. 머리로 생각했다기보다 살고 말겠다는 오기가 나를 움직이게 했다. 입안에 피가 번졌다. 내 피가 아니다. 코 베어 가는 헤이지가 흘린 피다. 뒤늦게 그자의 비명 소리가 들렸다. 그자가 휘두른 작은 칼날이 내 어깨에 박혔다. 고통은 이미 느끼지 못했다. 나는 그자의 얼굴을 물어뜯었다. 턱 관절이 삐걱거리고 위아래 앞니가 으드득 소리와 함께 연골에 닿았다. 코 베어 가는 헤이지의 발길질에 나는 나가떨어졌다. 입안에 있던 살점을 퉤 뱉었다. 하얀 구더기 무리 속에 피에 젖은 콧등이 툭 떨어졌다.

얼굴을 가리고 신음하던 코 베어 가는 헤이지가 구더기를 밟고 미끄러져 쌓여 있던 나무 상자 위로 쓰러졌다. 이때다. 나는 거의 기다시피 해서 밖으로 나갔다. 다리가 마음대로 움직이지 않아 네 발로 엉금엉금 이동했다.

창고 밖으로 나오니 청정한 바람이 온몸을 감쌌다. 하지만 이대로 달아나도 분명 따라잡힐 것이다. 눈앞에 빗장이 굴러다니고 있었다. 이걸 써야 한다. 힘을 쥐어짜내 팔을 뻗어 열린 문을 닫으려 했다. 일단 한쪽, 그리고 또 한쪽. 쌍여닫이문을 닫을 때, 코 베어 가는 헤이지가 일어나는 모습이 보였다. 빗장을 들어 쇠받침에 걸었다. 간발의 차이였다. 직후에 문 안쪽에서 쿵 하고 강한 충격이 왔다. 내가 있던 자리에 코 베어 가는 헤이지가 갇혔다.

이제 안심이다. 나는 안도했다. 곰이 포효하는 것처럼 무시무시한 목소리가 들렸다. 몇 번이나, 몇 번이나, 코 베어 가는 헤이지는 창고 안쪽에서 문에 몸을 날렸다. 문짝과 경첩은 꿈쩍도 하지 않았다. 하지만 빗장이 삐걱거렸다. 설마 그럴 리가 없다. 이 남자가 나오는 건가? 힘으로 빗장을 부러뜨리는 건가? 그러면 나는 끝장이다. 모든 기력과 체력을 소진했다. 이

자리에서 벗어나 밤의 숲속으로 달아날 수도 없다. 나는 이미 이곳에서 움직일 수 없을 정도로 지쳤다. 무시무시한 포효와 함께 몸을 던지는 소리가 이어지자 빗장이 삐걱거리더니 마침내 금이 갔다. 몇 차례 더 충격이 이어지더니 우레 같은 소리와 함께 파편을 튀기며 빗장이 부러지고 말았다.

문이 열렸다. 코 베어 가는 헤이지가 어깨를 들썩이며 나를 굽어보았다. 얼굴 복판에서 피가 줄줄 흘러 입부터 목, 가슴께까지 붉게 물들어 있었다. 코를 전부 잃은 건 아니라서 뿌리가 남아 있었다. 분노에 찬 그자의 눈은 시뻘겠다.

나는 공포에 질려 저도 모르게 염불을 외웠다. 암송할 수 있는 불경이 입에서 술술 나왔다. 그리고 근처에 있던 물건을 마구 집어 던졌다. 다리가 움직이지 않는 내가 할 수 있는 최선의 저항이었다. 코 베어 가는 헤이지가 준비한 호롱불이 옆에 있었다. 호롱불은 기름 그릇에 불이 붙은 상태로 날아갔는데, 코 베어 가는 헤이지는 쉽사리 피했다. 호롱불이 창고 안으로 굴러가는 소리가 났다. 그때 기이한 일이 벌어졌다. 예상하지 못한 기세로 불길이 치솟았던 것이다.

훗날 여행 동료들이 내게 가르쳐주었다. 분뇨가 썩으면 드물게 불이 잘 붙는 냄새 나는 물질이 나온다는 사실을. 어쩌면 창고 안은 불이 잘 붙는 물질로 가득 차 있었는지도 모른다. 상자

속에서 그런 물질에 불을 붙이면 단숨에 거대한 불길이 솟아오른다고 했다.

창고 안에서 치솟은 불꽃은 입구에 서 있던 코 베어 가는 헤이지를 덮쳤다. 붉은빛이 온몸을 빈틈없이 감쌌다. 코 베어 가는 헤이지는 산 채로 불에 탔다. 바닥에 쓰러져 팔과 얼굴에 불이 붙은 채로 몸부림치는 그자의 눈이 나를 보고 있었다. 나는 쓰러져 있었던 덕분에 불의 직격을 피했다. 코 베어 가는 헤이지는 불에 타면서 내게 손을 뻗어 다가오려 했다. 바닥을 꾸물꾸물 기어 왔다. 나를 길동무로 삼을 작정일까?

창고 안에서 무수히 많은 구더기들이 불에 타 들어갔다. 불똥이 튀어 우리 위로 흩어졌다. 나는 한심하게 오열하면서 코 베어 가는 헤이지의 반대쪽으로 기어갔다. 뒤에서 당장이라도 발목을 붙잡을 것 같았다. 불길이 옮겨붙어 나도 끌려갈 것만 같았다. 하지만 뒤를 돌아보니 내게 팔을 뻗은 상태로 코 베어 가는 헤이지는 굳어 있었다.

창고의 불길은 절에 옮겨붙지 않고 사그라들었다. 숯덩이가 되어 연기가 피어오르는 시체에 아침 햇살이 비쳤다. 절을 찾은 이웃 사람들이 나를 발견해 사정을 물었다.

마을 관리가 살해당한 주지 스님의 시체를 파내서 내 이야기가 진실임을 알아주었다. 친절한 관리가 나를 집에서 보살펴주었다. 이부자리를 깔아주었는데 며칠이 지나도록 머리카락 사이에서 구더기가 기어 나와 난처했다.

이상이 사건의 전말이다.

어디서 소문을 들었는지 이즈미 로안과 린이 찾아와 다시 만났다. 지금까지 있었던 일을 이야기하며 나는 울었다. 두 사람은 나와 헤어지고 나서 계속 길을 잃으면서도 이미 여행 목적지까지 다녀왔다고 했다.

이즈미 로안은 나를 위해 토산품을 가져와주었다. 여행중에 여관에서 손에 넣은 무슨 절임이라고 했다. 항아리에 든 상태로 여관 벽장 속에 있었다고 한다. 소금에 절인 하얀 살이었는데 돼지껍데기와 비슷했지만 정체는 모른다. 여관 주인에게 물어보았지만 뭔지 모르겠다고 해서 손님이 잊고 간 물건이라는 결론에 이르렀다. 그 고기를 한 점 먹어본 여관 주인 말로는 술이 당기는 맛이었다고 한다. 여행지의 진귀한 음식을 좋아하는 이즈미 로안은 그것을 사서 내게 선물한 것이다. 당장 함께 먹어보자고 하기에 나는 그만두는 게 좋을 거라고 충고했다.

갓파의 마을

··1··

어깨가 영 불편해 조심조심 여행을 이어가고 있었다.

"오래전에 어깨가 한번 빠졌는데 그후로 누가 세게 잡아당기거나 어디 부딪치면 어깨뼈가 엇나가."

"어머나, 마치 갓파 같네요."

"갓파?"

"몰라요? 갓파는 팔을 잡아당기면 쑥 빠진대요."

"넌 여전히 아는 게 많구나."

"미미히코 씨가 너무 모르는 거예요. 갓파는 두 팔이 몸속에서 연결되어 있대요. 한쪽을 잡아당기면 다른 쪽이 짧아지면서 그대로 쑥."

이 녀석의 박식함은 언제나 나를 짜증 나게 만든다. 린은 잘난 척 지식을 늘어놓으며 출렁다리 위를 걸었다. 다리 밑은 절벽인데 이 아가씨는 겁도 없이 건넌다. 출렁다리 밧줄이 끼익끼익 소리를 냈다. 휘어서 당장이라도 부러질 듯한 판자 틈새로 절벽 아래 계곡물이 보였다.

"저쪽에 마을이 있는 것 같아. 가보자."

이즈미 로안이 말했다. 긴 머리카락을 뒤로 묶고 여인네처럼 생기긴 했지만 이 사람은 남자다. 린이 쪼르르 다가갔다.

"이번에는 멀쩡한 마을이면 좋겠네요. 지난번 같은 마을은 사양이에요."

"지난번이라니?"

"애벌레가 든 밥을 내줬잖아요."

"그건 맛있었는데. 그 마을에서는 그게 당연한 거야."

이즈미 로안은 여행 안내서 작가다. 명승고적을 찾아가 그 여정을 책으로 쓰고 의뢰처에서 보수를 받는다. 여행 경비도 의뢰처에서 내지만 지갑을 쥐고 있는 린이 허튼 소비를 용납하지 않았다. 린은 의뢰처에서 이즈미 로안에게 붙인 직원인데, 여행에 동행해 우리가 게으름을 피우지 않는지 감시한다. 참고로 나는 짐꾼이다. 세 사람 중에서는 가장 입장이 약하다.

길은 절벽을 따라 굽이굽이 이어졌다. 초록이 짙게 우거졌다. 강이 몇 줄기나 복잡하게 얽혀 있는지 크고 작은 다양한 다리를 건넜다.

도중에 나그네를 만났다. 마을까지 가는 길을 묻자 이상한 소리를 했다.

"여러분도 그걸 보러 오셨군요. 저도 소문을 듣고 이런 외딴 곳까지 찾아왔답니다. 확실히 그건 참으로 기묘했어요. 오싹하면서도 귀엽더군요."

"무슨 말씀이신지요. 그거라니 대체?"

이즈미 로안이 나그네에게 물었다.

"갓파 말입니다. 여러분도 갓파 소문을 듣고 그 마을에 가는 것 아닙니까?"

계곡물이 쏴아아 소리를 내며 물보라를 일으켰다.

"자세한 건 마을에 가보면 압니다."

나그네는 그렇게 말하고 길을 떠났다.

우리는 산간 지역을 걸었다. 널찍한 땅은 어디에도 없고 가파른 절벽이 구불구불 이어졌다. 굽이치는 계곡물을 따라 길이 이어졌다. 린은 다리 구조에도 해박했다. 다리를 볼 때마다 이즈미 로안에게 저건 튼튼하지 못하네, 이건 꽤나 튼튼하네 하는 소리를 했다.

"로안 선생님, 갓파라는 게 대체 뭡니까? 린, 너한테는 안 물었으니 입 다물고 있어."

"뭐예요? 짜증 나."

린의 잔소리를 못 들은 척했다. 이즈미 로안이 말했다.

"갓파라는 건 요괴의 일종이야. 물가에서 주로 발견되지. 아이 같은 외모에 색은 파란색부터 빨간색까지 다양하다는데, 정말 존재하는지는 몰라."

"머리에 접시를 얹고 있다면서요?"

"등에는 거북이처럼 등딱지가 있다고도 하지. 사람을 물속으로 끌고 가 시리코다마를 빼내서 죽인다고 해."

"시리코다마요? 그건 뭔데요?"

"그걸 잃으면 항문에 힘이 없어 구멍이 뻥 뚫린다더군."

"방귀가 줄줄 새겠네요."

린이 싸늘한 눈으로 쳐다보았다.

"미미히코 씨는 이미 시리코다마가 없는 것 아니에요? 때와 장소도 안 가리고 뀌잖아요."

옥신각신하며 걷다 보니 마을에 도착했다. 양쪽이 절벽에 둘러싸인 골짜기로 기복이 많은 지형이었다. 마을을 끼고 있는 절벽 사이에 출렁다리가 교차하듯 걸려 있었다. 골짜기 바닥에는 실개천이 몇 줄기나 흐르고 물레방앗간이 여러 채 있었다.

오락가락하는 나그네 행색의 사람들은 갓파를 보러 온 구경꾼이리라. 기념품 가게와 경단 가게가 늘어서 있었다. 살짝 들여다보니 '갓파의 시리코다마'라는 이름의 경단을 팔고 있었다. 식욕이 떨어지는 이름이다.

"확실히 여긴 갓파의 마을인 것 같네요."

이즈미 로안이 대답했다.

"여행 안내서에도 소개할 수 있고 마침 잘됐군. 잠시 갓파를 조사해보세."

··2··

"자, 이쪽입니다. 갓파를 보고 싶은 분들은 이쪽으로 오세요."

마을 사람 하나가 구경꾼들을 불러 모으며 안내하고 있었다. 메기수염이 난 통통한 남자였다. 보면 볼수록 메기를 닮았다. 남자의 말에 따르면 갓파를 볼 수 있는 곳은 한정되어 있다고 한다. 우리는 다른 구경꾼들과 함께 남자의 뒤를 따라갔다.

기념품 가게 길목에서 벗어나 한참을 걸었다. 산길을 지나고 다리를 건너고 수풀 속으로 들어갔다. 가지와 넝쿨을 헤치고 계곡물을 굽어보는 바위 위에 도착했다.

"여기가 갓파의 놀이터입니다. 절대 들키면 안 됩니다."

나뭇가지와 잎사귀가 천장처럼 머리 위를 뒤덮고 있어 주변이 어두침침했다. 우리는 바위 위에 줄지어 서서 소리를 내지 않도록 조심하며 아래쪽을 살펴보았다. 바위 밑에 계곡물이 괴어 있는 곳이 있었다. 그곳만 물살이 느리고 고즈넉하니 조용했다. 주변도 어둡고 물 위에 잎사귀가 잔뜩 떠 있어 강바닥은 보이지 않았다.

"몸을 내밀지 마세요. 들키면 안 되니까."

메기수염 안내인은 그렇게 말하더니 물에 돌멩이를 던지려던 꼬마의 머리를 찰싹 때렸다. 구경꾼은 우리를 포함해 열 명쯤 되었다. 반신반의하는 표정의 노인도 있거니와 눈을 빛내며 계곡물을 굽어보는 아가씨도 있었다.

이즈미 로안은 메기수염 안내인에게 이 마을에서 먹을 수 있는 추천 요리나 기념품이 있는지 물었다. 남자의 말에 따르면 '갓파 물갈퀴'라는 수제비가 맛있다고 한다.

"정말 갓파 물갈퀴가 들어 있는 겁니까?"

"설마요. 가루를 반죽해 얇게 뜬 수제비가 들어 있어요. 그게 마치 물갈퀴를 삶은 것처럼 보이는 거죠. 마을 사람들이 합심해 지혜를 짜내서 만들었답니다."

"풍요로운 것 같습니다."

"덕분에요."

갓파는 한참이나 나타나지 않았다. 마을에서 기념품 판매상이 찾아와 지루해하는 구경꾼들에게 물건을 권했다. '갓파의 그릇'이라는 전병 과자를 사보았다. 입안에서 바삭바삭 씹히는 게 맛있었다.

심심해서 린을 놀리기로 했다.

"갓파가 나오면 붙잡아서 팔을 잡아당겨봐야지. 만약에 안 빠지면 네가 거짓말을 했다는 뜻이니 그때는 무릎 꿇고 사과해."

"좋아요. 애초에 전 갓파는 믿지 않는다고요."

린은 시큰둥하게 대답했다.

"너, 이 마을에 오기 전에 갓파 이야기를 했잖아."

"그건 전설이라고요. 실존 여부는 또 다른 이야기예요. 아마 없겠죠. 갓파가 안 나오면 무릎 안 꿇어도 되죠?"

"만약에 갓파가 나오면 그때는 각오해."

나는 언제나 해박한 지식을 과시하는 린을 노려보았다. 이리 된 이상 무슨 일이 있어도 갓파를 보고 싶다. 그때 이 녀석은 어떤 표정을 지을까?

"빨리 울상을 보고 싶다."

"그런데 어째서 제가 무릎을 꿇어야 해요?"

"평소 나를 경멸하는 눈빛으로 보잖아. 그걸 사과하라는 거야."

"미미히코 씨가 제 지갑을 몰래 훔치려 해서 그런 거잖아요."

"딱 한 번이었잖아. 밴댕이 소갈머리하고는."

"됐어요. 그보다 아까부터 엉덩이를 누르고 있는데 왜 그래요?"

"뻔하잖아. 시리코다마를 뽑히면 큰일인데 갓파 움직임이 나보다 빠를지도 모르니까. 당하기 전에 지금부터 잘 가려서 지키려는 거야."

"어리석군요."

"뭐가?"

"시리코다마라는 건 우리 몸속에 없어요."

"하지만 갓파는 시리코다마를 뽑아 가잖아."

"미신이라니까요."

나는 이즈미 로안에게 하소연했다.

"로안 선생님, 들어보세요. 얘가 시리코다마는 없다지 뭡니까?"

하지만 이즈미 로안은 내가 기대하는 대답을 해주지 않았다.

"갓파가 시리코다마를 뽑아 사람을 물에 빠뜨린다는 건 그냥 소문일 뿐이야. 갓파하고 상관없이 익사체는 항문이 이완되어서 벌어지는 법이야. 마치 구슬이 빠진 것처럼 말이지. 그걸 본 사람들이 갓파가 시리코다마를 빼서 물에 빠뜨렸다고 그런 건지도 모르지."

"갓파는 아이들이 위험한 물가에 다가가지 않도록 어른들이 지어낸 이야기일 뿐이에요."

린은 으스대며 말했다. 시리코다마가 없다고? 갓파가 없다고? 나는 엉덩이를 가린 채로 깜짝 놀랐다.

"물론 우리 의술로는 볼 수 없는 곳에 그런 게 있을지도 모르지. 갓파만 잡을 수 있는 장기가 엉덩이 속에 있을지도 몰라."

이즈미 로안은 그러면 좋겠다는 표정으로 계곡물을 굽어보았다. 이 남자는 전설을 재미있어하는 구석이 있다.

갑자기 구경꾼들이 술렁거리기 시작했다. 우리는 이야기를 멈추고 탁한 계곡물을 굽어보았다.

수면에 물결이 퍼져나가고 있었다. 나뭇가지와 잎사귀가 드리운 그늘 때문에 자세히 보이지는 않았다. 그 녀석은 물밑에서 둥실 떠오르더니 다시 가라앉았다.

"있다! 갓파다!"

누군가 외쳤다.

얼핏 보인 모습은 기이함 그 자체였다. 온몸이 파랗고 눈은 실처럼 가늘었다. 얼굴에 짧은 부리 같은 게 붙어 있다. 한 마리가 아닌 것 같았다. 조금 떨어진 곳에서 또 하나, 물결이 조용히 퍼져나갔다. 물 위로 둥실 떠오르더니 한 바퀴 회전했다. 저것을 등딱지라고 불러도 될지는 모르겠지만 등이 불룩하게 튀어나와 있었다. 머리카락이 듬성듬성했는데 정수리는 특히나 반들반들했다.

두 마리의 갓파는 한동안 술래잡기를 하듯 물결을 그리다가 이윽고 물밑으로 들어가 다시는 올라오지 않았다.

마을로 돌아와 오늘 밤 잘 곳을 찾았다. 여관이 딱 한 군데 있었는데 멀쩡한 방은 이미 다 나갔다. 천장에 구멍이 뚫린 허름한 방은 비어 있다기에 어쩔 수 없이 그곳으로 정했다. 저녁 식사 시간이 되자 국물 요리를 파는 가게를 찾아가 '갓파 물갈퀴'를 시켰다. 소문대로 맛있었다.

"역시 갓파는 있었어!"

가게에서 그렇게 말해보았지만 린의 반응은 싸늘했다.

"그래요? 제 눈엔 가짜로 보였는데."

"넌 그게 인형이라는 거야? 헝겊도 점토도 아니었어. 그건 분명 살아 있는 동물의 피부였다고. 사람이 갓파로 변장한 것도 아니야. 수면 위로 나올 때까지 계속 물속에 숨어 있었다고? 그야말로 갓파가 아니면 어떻게 숨을 쉬겠어?"

"확실히 그렇기는 하지만. 로안 선생님은 어떻게 생각하세요?"

이즈미 로안은 그릇에 담긴 국물 한 방울까지 싹 마시고 우리를 보았다.

"진짜 같기도 하고 인형 같기도 했어. 조금 더 가까이서 구경했다면 확실히 알 수 있었을 텐데. 하지만 일단 진위는 덮어두자. 갓파의 마을로 여행 안내서에 쓰면 그만이잖아."

"안 돼요, 거짓말을 한 게 된다고요."

"갓파의 마을이라니 재미있잖아. 용케 생각해냈어."

"로안 선생님은 마을 사람들의 거짓말에 영합해 즐기고 있군요. 하지만 저는 사기를 당하는 것 같아 기분이 나빠요."

린은 불만스러워 보였지만 이즈미 로안은 집필에 의욕을 보였다. 이 남자는 여행중에 기묘한 풍습이나 전설을 만나면 기쁜 표정을 짓는다. 책 소재를 손에 넣었다며 기뻐하는 것이다. 이번에도 갓파의 진위 여부에는 관심이 없다. 그보다 이것을 책으로 써서 사람들에게 보여주고 싶어 죽겠다는 태도였다.

결국 갓파가 실존하는지 결론을 내리지 못하고 가게에서 나왔다. 산간 마을은 밤이 되어도 행인들이 많았다. 갓파 덕분에 어디나 북적거렸다.

"먼저 숙소로 돌아가세요. 저는 술 한잔 하고 올게요."

나는 따로 행동하기로 했다.

"말리지는 않겠지만 곤드레만드레가 되어서 실수하지는 말게."

이즈미 로안 옆에서 린이 질렸다는 표정으로 말했다.

"선생님은 너무 착해요. 실수할 게 뻔하잖아요. 다른 사람도 아니고 미미히코 씨라고요."

"넌 날 뭘로 보는 거야?"

몇 마디 더 하고 싶었지만 시간이 아깝다. 두 사람을 뒤로하고 술집을 찾기로 했다. 술 말고도 목적이 있었다. 갓파가 어디 사는지 마을 사람들에게 물어보고 싶었다. 갓파들은 어디에서 어떤 식으로 살고 있을까? 아는 사람이 있을지도 모른다. 만약 갓파를 붙잡으면 린은 분해죽겠지? 오로지 그 아가씨의 울상을 보기 위해 나는 열성을 기울였다. 평소 이부자리에 드러누워 술에 절어 있거나 주사위놀음 말고는 아무 의욕 없는 내가 말이다.

마을을 터덜터덜 걸어보았다. 마을 양쪽으로 절벽이 있어 출렁다리 위에서 집들을 굽어보았다. 얼굴이 벌건 주정뱅이들이 됫박으로 술을 마시고 있었다. 이거 즐겁겠구나. 포렴을 걷고 가게에 들어가 나도 술을 주문했다. 손님의 절반은 외지에서 갓파를 보러 온 구경꾼이고, 나머지 절반은 이 마을에 사는 사람들이었다. 나온 술을 한 모금 마셔보니 산뜻한데 맛이 깊다. 얼근한 취기를 느끼며 갓파에 대해 물어보았다.

"여긴 언제부터 갓파로 유명해진 거요?"

어떤 이가 배배 꼬인 혀로 대답했다.

"옛날부터 갓파가 나온다는 소문은 있었어. 밤중에 마을을 돌아다니다가 갓파를 보았다거나, 날이 밝으면 복도에 물갈퀴 발자국이 남아 있다거나. 하지만 모습이 보이기 시작한 건 정말 최근이야."

몇 년 전 마을 아이가 갓파 놀이터를 발견했다고 한다. 그후로 촌장 아들이 상인들과 계획해 이 마을이 갓파의 마을이라고 소문을 내고 있다는 것이다.

"촌장 아들?"

술에 취해 얼굴이 벌건 마을 사람이 손가락으로 코밑에서 뺨 쪽으로 선을 그었다.

"혹시 메기수염?"

"맞아."

"구경꾼들을 갓파 놀이터로 안내했던 남자 말이지?"

"그 사람한테는 고마울 따름이지. 덕분에 맛있는 술도 마실 수 있고. 하지만 꺼림칙한 소문도 있어."

마을 사람은 내게 얼굴을 들이대고 술 냄새를 풍기며 가르쳐주었다.

“도읍에서 인신매매단하고 술을 마시는 걸 누가 봤대. 소문으로는 사람을 사서 시리코다마를 모은다나 봐. 그걸 갓파들에게 먹이로 줘서 길들이고 있다는 거지.”

‥3‥

밤의 어둠을 타고 계곡에 걸린 다리를 건너 언덕 위에 있는 커다란 저택으로 다가갔다. 술집에서 들은 이야기로는 그곳이 촌장의 저택이라고 했다. 촌장은 나이가 많아 늘 자리에 누워 있고 실질적으로 마을에서 가장 발언권이 큰 사람은 외동아들인 메기수염이라고 했다.

처음엔 갓파를 발견하면 붙잡아서 린 앞으로 끌고 갈 작정이었다. 하지만 메기수염이 시리코다마로 길들이고 있다면 이야기가 달라진다. 그자에게 부탁해 갓파를 잠깐 빌려야지. 그나저나 시리코다마를 빼려고 사람을 사다니 황당한 작자다. 그런 장기는 존재하지 않는다고 했는데 사실은 있는 걸까? 생각해 봐도 결론은 나지 않는다. 남자에게 물어보는 게 빠르다.

하지만 저택이 가까워지자 망설여졌다. 이미 밤이 깊었다.

지금쯤 메기수염도 자고 있지 않을까? 내일 이야기해보는 게 나으려나? 저택을 올려다보며 망설이는데 인기척이 났다.

저택 뒤에서 초롱불이 하나 나왔다. 시선을 집중하니 바로 그 메기수염이었다. 마침 잘됐다, 말을 걸어볼까? 그런데 태도가 이상하다. 비밀스럽게 주위를 살피고 있다. 느긋하게 밤 산책을 즐기는 건 아닌 듯했다. 나는 반사적으로 어둠 속에 숨었다. 초롱불을 들고 있지 않아 어둠 속에 녹아들 수 있었다.

남자는 계곡을 따라 길을 걸었다. 갓파 놀이터가 있는 쪽이라 어쩌면 갓파 보금자리로 가는 게 아닐까 싶었다. 갓파 보금자리가 어디에 있는지 술집에서 마을 사람들에게 물어보았지만 아무도 확실히 알지는 못했다. 어딘가에 보금자리가 있고 지하 수로를 통해 그 놀이터로 오는 게 아닌가 추측은 해볼 수 있었다. 어쩌면 메기수염은 보금자리가 어디 있는지 알고 있지 않을까?

나는 남자의 뒤를 쫓아 이동했다. 계곡물 소리가 발소리를 덮어주었다. 남자가 든 초롱불이 산길로 들어갔다. 이즈미 로안과 여행을 다닌 덕분에 별빛만으로도 넘어지지 않고 걸을 수 있었다. 길을 오르내리다가 다시 계곡물 옆으로 나왔다. 그곳에 은밀히 숨겨진 오두막이 있었다.

초롱불은 그 오두막으로 들어갔다. 들키지 않도록 신중하게 다가가보니 이야깃소리가 들렸다. 벽에 붙은 판자에 틈새가 있었다. 안을 들여다보려고 얼굴을 갖다대는데 끔찍한 악취가 코를 찔렀다. 뭔가 썩은 내가 넘실거렸다.

"여긴 여전히 냄새가 고약하군."

"그런 말씀 말고 이놈들을 돌보는 제 처지도 좀 봐주십쇼."

코를 막고 틈새로 들여다보니 오두막 안에서 이야기를 나누는 두 사람이 보였다. 한쪽은 메기수염이고 다른 한쪽은 머리에 띠를 두른 낯선 남자였다. 두 사람은 허리춤까지 오는 커다란 나무통 속을 들여다보고 있었다. 사람이 들어가고도 남을 법한 통이었다. 자세히 보니 비슷한 통이 오두막 안에 열 개쯤 있었다.

두 사람이 들여다보고 있는 통에는 물이 가득 담겨 있고 그 속에 뭔가 잠겨 있는 것 같았다. 나는 까치발을 들어 어떻게든 벽 틈으로 안에 무엇이 들었는지 보려고 애썼다.

"이건 완성 직전입니다."

"조금 더 기다리는 게 낫지 않을까? 부풀면 그럴싸해질 텐데."

"너무 부풀어 오르면 물밑에 붙잡아두기 어려워요. 지금도 멋대로 떠오르지 않도록 물속에 가라앉히느라 힘들다고요."

나무통에 잠겨 있는 것이 겨우 보였다. 튀어나오려는 소리를 간신히 삼켰다. 그것은 나무통 안에서 웅크리고 있었다. 얼굴은 보이지 않았지만 창백한 어깨와 등이 보였다. 그 피부가 눈에 익었다. 탁한 계곡물에서 물결을 그리며 떠올랐던 그것이다. 저건 갓파다. 이놈들은 갓파를 통에 가두고 있다. 하지만 분위기가 이상했다.

"이제 부리를 붙이고 뼈에 못을 박아 밧줄을 엮으면 끝인가?"

"정수리도 깎아야죠."

"귀찮군. 진짜 물에 빠져 죽은 놈은 떠내려가는 사이에 강바닥에 머리를 찧어 머리카락이 벗겨지는데. 익사체는 머리가 벗겨지니까 그걸 갓파로 착각한 놈들이 머리에 접시를 달고 있다고 믿은 거야."

"이렇게 통 안에서 만드는 게 쉬워요."

"이 갓파는 며칠이나 갈까?"

"살이 문드러져서 밧줄이 풀리기 전에 새걸로 바꿔야지요."

그때 통 속의 물에서 부글부글 푸시식 하고 거품이 일었다.

"냄새 한번 고약하네요. 부풀어 오른 몸속에서 악취가 새어나왔어요."

"하지만 이게 좋은 거야. 등딱지가 붙어 있는 것처럼 보이니까."

나는 벌벌 떨었다. 무릎이 바르르 떨렸다. 통 속에 가라앉아 있는 것의 정체를 깨달은 것이다. 저것은 갓파가 아니다. 하지만 린이 말한 것처럼 인형도 아니었다. 저것은 사람이다. 이 냄새는 물에 빠져 죽어 부풀어 오른 사람에게서 나는 썩은 내가 틀림없었다. 여행중에 멍석 위에 건져낸 창백한 익사체를 본 적이 있는데 그 악취와 똑같았다. 이놈들은 사람 시체를 갓파처럼 꾸민 것이다.

이즈미 로안과 린에게 이 사실을 알리자. 판자 틈새에서 얼굴을 떼고 자리에서 뜨려는데 등 뒤에서 인기척이 났다.

"뭐 하는 놈이야?"

한패가 더 있었나 보다. 남자가 서서 나를 굽어보고 있었다.

나는 붙들려서 오두막 안으로 끌려갔다. 갓파를 만나고 싶었던 것뿐입니다, 하고 설명하자 세 남자는 오두막 구석에서 숙덕거리기 시작했다. 남자들은 나를 밧줄로 묶어 나무통 속에 집어넣었다. 메기수염이 내가 들어 있는 통을 들여다보았다.

"모처럼 마을을 찾아왔는데 이런 대우를 해서 미안하군. 자네, 갓파를 만나고 싶어? 진짜 있는 줄 알았어? 나도 그래. 어렸을 때 갓파를 봤어. 아무도 믿어주지 않았지만, 계곡물에 발이 미끄러져서 떠내려가다 보니 이상한 곳에 도착했거든. 강은 마을 옆에서 몇 줄기로 갈라지니까 그중 하나였을 거야. 나는 떠내려가면서 창백한 몸을 가진 갓파들을 봤어. 강 옆에서 씨름을 하고 있더군. 하지만 그대로 떠내려가서 정신을 차리고 보니 하류 쪽 마을에 있었지."

고약한 냄새에 토악질을 했다. 토사물은 어디로도 흘러가지 않았다. 무릎을 끌어안은 자세를 하고 있는 내 몸을 따라 내려가 나무통 바닥에 쌓였다. 더럽다고 생각할 겨를도 없었다. 미쳐버릴 것 같았다. 밧줄은 내 몸과 팔을 하나로 묶고 있었다. 풀릴 것 같지 않았다.

"준비하는 데 시간이 좀더 걸리니 잠깐 기다려. 그때까지 내 이야기를 들어봐. 갓파를 봤다고 해도 아무도 믿어주지 않았어. 분해서 갓파가 있는 지류를 찾았어. 계곡물을 따라 절벽 같은 곳을 지나 갈림길을 하나씩 조사했지. 전부 조사했을 때는 이미 어른이 되어 있었어. 갓파가 있는 곳은 끝내 못 찾았지. 그제야 겨우 그건 내가 물에 떠내려가다가 꿈을 꾼 거라고 생각하게 되었어. 그때는 이미 갓파에 꽤 해박해졌지. 갓파에 대한 전설을 모았거든. 이상하게도 멀리 떨어진 곳에도 갓파하고 비슷하게 생긴 존재에 대한 전설이 옛날부터 있더군. 소문이 퍼진 게 아니라면 이게 어떻게 된 일일까? 갓파라는 존재가 각지에서 목격된 게 아니라면 설명이 안 되잖아. 그런 생각을 하는데 어느 날 머릿속에 한 가지 생각이 떠올랐어. 어쩌면 익사해서 부푼 시체를 사람들이 갓파로 착각한 게 아닐까? 갓파와 익사체는 특징이 비슷하거든. 창백한 듯 녹색빛이 도는 피부. 머리에 얹고 있는 접시는 강바닥에 부딪쳐 머리가 벗겨져서 그런 거겠지. 물에 빠져 죽은 사람은 대부분 물속에서 몸이 굽어 기역 자가 돼. 그 자세로 물에 빠지면 양쪽 무릎과 정수리 세 점이 먼저 강바닥에 닿거든. 그래서 정수리 머리카락이 사라지는 거야. 게다가 갓파는 항문이 세 개 있다고들 하는데 익사체가 이완되어 벌어진 항문이 그렇게 보인 걸지도 몰라. 짧은 부리가 있다는 건, 익사체의 혀는 입에서 튀어나올 정도로 팽창한다잖아. 부풀어 오른 몸이 물가에 떠 있는 모습은 등딱지가 붙은 뭔가가 헤엄치는 것처럼 보였겠지. 그래서 시험 삼아 인신매매단에게 아이를 사서 통 속에서 익사체를 만들어봤어."

통 속에서 나는 남자의 얼굴을 올려다보았다. 지금까지 살해당해 갓파로 둔갑한 사람들도 이렇게 이 남자를 올려다보았으리라.

"영락없이 갓파더군. 그래서 나는 마을을 위해 갓파를 만들어 구경꾼들을 불러들이기로 했지. 옛날에 나를 우습게 봤던 놈들도 지금은 내게 고개도 못 들어. 물론 공작은 필요하지. 너무 부풀면 어른 둘이서도 물에 넣을 수가 없거든. 적당히 부풀었을 때 가짜 부리를 입에 붙여 갓파처럼 꾸미는 거지. 혀가 팽창해서 부리처럼 보이려면 시간이 너무 걸려서 말이야. 그렇게 만들어낸 갓파를 낮에 봤던 그 장소에 미리 담가두는 거야. 손님들이 오면 밧줄과 도르래를 이용해 물 위로 띄우지. 헤엄치는 것처럼 조종할 수도 있어. 문제는 얼마 지나면 다른 갓파로 바꿔야 한다는 점이야. 며칠마다 인신매매단에게 아이를 사 와서 통에 가둬야 하지. 지금까지는 아이로 갓파를 만들었어. 하지만 마침 잘됐어. 시험 삼아 어른 몸으로 갓파를 만들어보는 것도 좋지."

준비가 끝난 모양이다. 두 남자가 통으로 다가와 내게 물을 퍼부었다. 머리에 콸콸 쏟아진 물은 토사물과 뒤섞이면서 통에 차올랐다. 나는 이제 갓파가 되는 것이다.

··4··

바깥 계곡에서 퍼 온 물을 통에 쏟아붓는 듯했다. 가슴께까지 물에 잠겼을 때 미리 준비해둔 물이 다 떨어졌는지 남자들이 텅 빈 물동이를 들고 물을 뜨러 나가는 기척이 났다. 상황을 소리로 알 수 있었다. 눈에 보이는 것은 둥그스름한 나무통 안쪽과 통을 들여다보는 메기수염뿐이었다.

"어쩔 수 없지, 봐버렸잖아. 포기해."

살려주세요, 부탁입니다. 나는 몇 번이나 되풀이했다. 목이 굳고 입술이 떨려서 목소리가 제대로 나오지 않았다. 통 안쪽에 내 흐느낌이 반사되었다. 몸을 묶고 있는 밧줄을 어떻게 해보려 했지만 어찌나 단단히 묶었는지 풀릴 기미가 없다. 몸 절반이 물에 잠긴 채로 위를 올려다보았다. 메기수염은 겁에 질린 내 모습을 보며 즐기고 있었다.

제발 봐달라고 애걸복걸했다. 보고 들은 것은 아무에게도 말하지 않겠다, 당장 마을을 떠나겠다, 그러니 목숨만은. 하지만 오열 때문에 말이 제대로 나오지 않았다. 밖에서 남자들이 돌아와 작업을 재개했다.

철썩, 올려다보고 있는 내 머리에 물이 쏟아졌다. 코와 입에 물이 들어와 울면서 헐떡였다. 그 모습을 본 남자들이 웃어댔다.

철썩, 철썩. 물이 차올라 마침내 목까지 물에 잠겼다. 한 번 더 길어 오면 얼굴 절반이 물에 잠긴다. 나는 목을 뻗어 물 밖으로 코와 입을 내밀고 숨을 쉬었다. 하지만 거기에 또 철썩 물을 맞았다.

통은 물로 가득 찼고 나는 머리끝까지 물에 잠기고 말았다. 몸을 움직여 어떻게든 물 위로 떠오르려고 애썼지만 억센 손이 머리를 붙잡아 물속으로 도로 집어넣었다. 발버둥 치면서 가슴 속으로 외쳤다. 싫어, 살려줘, 죽고 싶지 않아.

나는 눈을 감고 애원했다. 이즈미 로안과 린의 얼굴이 떠올랐다. 살려줘, 제발, 죽기 싫어. 점점 숨이 가빠졌다. 어째서 일이 이렇게 되었을까? 갓파 따위 관심도 없었는데.

그때였다. 마구 버둥거린 탓인지 어깨가 삐거덕거리더니 끔찍한 고통이 치달았다. 어깨뼈가 빠진 것 같았다. 나는 전에 어깨가 빠진 이후로 자주 탈구되었다. 몸에 감긴 밧줄의 압박이 약해졌다. 탈구 덕분에 몸을 감고 있는 밧줄에 약간 틈새가 생겨 느슨해진 것이다. 마구 몸부림치자 어깨와 몸을 하나로 묶고 있던 밧줄에서 탈구되지 않은 팔을 빼낼 수 있었다. 이제는 죽기 살기다.

머리를 짓누르고 있는 남자의 손가락을 붙잡아 콱 움켜쥐었다. 숨이 한계에 달해 망설일 겨를도 없었다. 물방울을 요란하게 튀기며 일어나 통 밖으로 뛰쳐나갔다. 남자가 비명을 질렀다. 내가 움켜쥔 손가락이 괴상한 방향으로 꺾여 있었다.

통 가장자리에 다리가 걸리는 바람에 통과 함께 넘어졌다. 물이 쏟아졌다. 나는 바닥에 널브러진 채로 몸에 감긴 밧줄을 풀려고 몸부림쳤다. 메기수염은 오두막 구석에서 깜짝 놀란 표정으로 굳어 있었다.

다른 남자가 귀신 같은 형상으로 달려들었다. 나를 붙잡아 번쩍 들어 올려 텅 빈 통에 다시 집어넣으려 했다. 나는 아우성치며 갓 잡은 물고기처럼 마구 펄떡거렸다.

"얌전히 있어!"

남자가 소리쳤다. 오두막 안에 있던 나무통 하나가 내 다리에 맞아 옆으로 쓰러졌다. 탁한 물이 오두막 바닥으로 퍼지면서 창백한 물체가 튀어나왔다. 온몸이 퉁퉁 부어오른 아이의 익사체였다. 원래 남자아이였는지 여자아이였는지도 분간할 수 없다. 나를 붙잡고 있던 남자가 익사체의 배를 밟고 말았다. 물컹한 살은 푸시식 악취를 내뿜으며 문드러졌고 남자는 미끄러져 넘어졌다. 머리를 세게 부딪쳐 일어날 기미가 없었다.

나는 남자의 손에서 벗어나 밧줄을 풀고 일어났다. 메기수염이 괴성을 지르며 내게 달려들려 했지만 사이에 있는 통을 차례로 쓰러뜨려 가까이 오지 못하게 했다.

물에 빠져 부풀어 오른 아이들의 시체가 몇 구나 바닥에 쏟아졌다. 개중에는 너무 부풀어 원형을 알아볼 수 없는 것도 있었다. 얼굴은 터질 것처럼 팽팽했고 두 눈도 튀어나왔다. 배 속에 차 있던 악취가 목구멍으로 빠져나올 때 익사체의 입에서 기이한 소리가 새어 나왔다. 정체 모를 생물의 울음소리 같았다. 그것 역시 익사체를 갓파로 오해한 이유였을까?

더 쓰러뜨릴 틈이 없어 오두막 입구로 돌진했다. 미닫이문을 부수고 밖으로 나왔다. 청정한 바람이 온몸을 감싸서 몸에 들러붙은 악취를 씻어주었다. 동녘 하늘이 밝아오고 있다. 산들의 능선이 맑은 빛 속에서 윤곽을 드러냈다. 아침이다.

한쪽 팔을 덜렁거리며 달렸다. 뼈를 맞추고 있을 여유는 없다. 메기수염이 오두막에서 나와 쫓아왔다. 계곡을 따라 바위터로 도망쳤다. 부상 때문에 힘껏 달릴 수가 없어서 금방 따라잡히고 말았다.

"놓칠까 보냐! 이놈!"

메기수염이 달려들어 옷자락을 붙잡더니 내 목에 팔을 걸어 옥죄었다. 공포로 머리가 터질 것만 같았다. 오두막으로 도로 끌려가는 것만은 죽어도 싫었다. 계곡물이 굉음을 내고 있었다. 나는 결심하고 몸을 던졌다. 메기수염과 함께 거꾸로 떨어져 물줄기에 파묻혔다.

부글부글. 부글부글.

입에서 거품을 토하면서도 남자는 물속에서 나를 놓지 않았다. 어깨가 약점이라는 것을 알더니 집요하게 어깨를 때렸다. 어떻게든 떼어내려 했지만 메기수염은 절대로 옷을 붙든 손을 풀지 않았다. 둘이서 물살에 휩쓸려 바위에 충돌하고 유목에 머리를 부딪쳤다. 이윽고 눈에 익은 곳에서 물살이 약해졌다. 갓파의 놀이터라던, 계곡물이 탁한 그곳이다. 아침 산책을 하러 나왔는지 바위 위에 마을 사람과 구경꾼들이 여럿 있어 물에 빠진 나와 메기수염을 손가락질하고 있었다. 그 이상으로 신경 쓰이는 게 그들에게 보이지 않는 위치에 있는 목제 장치였다. 밧줄과 도르래를 짜맞춘 장치가 바위 그늘에 설치되어 있었다. 그것으로 갓파로 꾸민 익사체를 물 위로 떠오르게 하거나 헤엄치는 것처럼 조작했으리라.

"사, 살려, 살……."

바위 위에 있는 사람들에게 도움을 청하려는데 메기수염이 목에 팔을 둘러 물속으로 끌어당겼다. 몸싸움을 하는 사이 물이 탁한 곳을 빠져나갔다.

폭이 좁은 지류를 떠내려갔다. 강바닥에 긁혀 온몸에 상처를 입으며 폭포 같은 높이에서 떨어졌다. 갈림길이 몇 개나 있었지만 마음먹은 쪽으로 갈 수는 없어 물살에 몸을 맡겼다. 이윽고 경치가 기이해졌다.

초목이 머리 위를 뒤덮고 있는 가느다란 지류를 빠져나가자 은은히 빛나는 아침 안개가 끼기 시작했다. 기묘한 형체의 나무들이 우거져 있고 빛을 내는 날벌레들이 무리 지어 머리 위를 가로질렀다. 처음 보는 거대한 새들이 나무 위를 날아다녔다.

신기한 듯 주위를 둘러보고 있는 것은 나 혼자가 아니었다. 메기수염도 공격을 멈추고 경치에 눈을 빼앗기고 있었다.

얕은 곳이 있어 우리는 그 물가로 떠밀려 갔다. 미끄덩한 진흙에 뺨을 대고 드러누웠다. 나는 지쳐서 일어날 수도 없었지만 메기수염은 아직 힘이 남아 있었던 모양이다. 남자는 망연한 표정으로 일어나 물을 뚝뚝 흘리며 맞은편 기슭을 쳐다보고 있었다.

콩, 콩, 높고 기묘한 소리가 났다.

나는 드러누운 채로 남자의 시선을 좇았다.

아침 안개 저편, 맞은편 기슭 바위 위에서 아이만 한 크기의 그림자가 움직이고 있었다. 이 바위에서 저 바위로, 그 녀석들은 뛰어오르듯 이동했다. 꿈이라도 꾸는 걸까? 바람이 불어 안개가 옅어지자 그 모습이 선명해졌다.

미끈하고 창백한 피부를 가진 자, 붉은 기가 감도는 피부를 가진 자. 정수리는 매끈하고 입이 뾰족해 새처럼 보였다. 경사면에 동굴이 있었는데 그들은 그 주변에서 씨름을 하고 있었다.

"하하, 아하하하."

메기수염이 활짝 웃었다. 얕은 물을 첨벙첨벙 가르고 맞은편 기슭으로 건너갔다.

그들은 고개를 갸웃거리며 콩콩거리더니 남자 주위에 모여들었다.

흰자 없이 새까만 눈으로 남자를 올려다본다. 물갈퀴가 달린 손을 뻗어 남자의 손을 잡아당겼다. 저쪽에서 놀자고 말하는 것처럼 동굴을 가리켰다.

콩, 콩.

녀석들 중 하나가 나를 보았다. 무서워서 달아나기로 했다. 얕은 물가를 기어 시냇물 속에 몸을 던졌다. 다행히 쫓아오지는 않았다.

다시 물살에 휩쓸려 묘한 경치 속을 떠내려갔다. 그러다 바위에 머리를 부딪쳐 기절했다. 암흑이 찾아왔다.

나를 발견한 것은 하류 마을에서 빨래를 하던 여인이었다. 강에 떠 있는 나를 보고 익사체인 줄 알고 마을 사람들을 불렀다고 한다. 건져내서 멍석 위에 누이고 스님에게 염불을 부탁했는데 내가 아직 숨을 쉬고 있다는 걸 깨달았다고 한다.

누가 마을에서 요양하던 나를 찾아왔다. 이즈미 로안과 린이었다. 두 사람은 내 소문을 듣고 데리러 와준 것이다.

"정말이지, 뭐 하는 거예요?"

일어나지도 못하는 나를 보고 린이 한숨을 쉬었다.

이즈미 로안이 옆에서 '갓파의 시리코다마'라는 경단을 먹고 있다.

"제법 맛있어. 시리코다마라는 이름에 딱 어울리는 경단이야. 하지만 이제는 더 못 만들 거야. 미미히코 자네가 사라진 사이에 그 마을에 난리가 났거든. 갓파가 진짜인지 아닌지 린하고 둘이서 조사해봤어. 나는 내키지 않았지만 린이 고집을 부려서."

"갓파 놀이터라는 곳에 익사체를 빠뜨려두었더라고요. 아무래도 그걸 갓파라고 꾸몄던 것 같아요."

린은 으스대며 사건의 진상을 이야기했다. 나는 울면서 알아, 그거 안다니까, 하고 호소했다.

움직일 수 있게 되자 여행을 재개했다. 목적지인 온천에 도착할 때까지 길을 몇 번이나 잃었는지 모른다. 이즈미 로안이라는 남자는 기가 막힌 길치로, 눈앞에 목적지가 있어도 다음 한 걸음에 미아가 되는 사람이다. 덕분에 이번 여행도 꽤나 시간이 걸렸다. 일정이 길어지면 여행 경비도 커진다. 결과적으로 비용을 대는 의뢰처 직원인 린의 심기가 나빠졌다.

돌아오는 길에 갓파의 마을에 들렀다. 좋은 추억이 없어 내키지 않았지만 그후로 메기수염이 어찌되었는지 궁금했다. 마을은 구경꾼이 사라져 한산했다. 마을 사람에게 물어보니 메기수염은 시체로 발견되었다고 한다. 어느 날 갓파 놀이터에 둥둥 떠 있었다는 것이다. 얼굴은 공포로 얼어붙고 항문 주위는

갈기갈기 찢겨 장이 빠져나와 있었다는데, 어디까지가 진실인지는 알 수 없었다.

죽음의 산

"눈가림산은 무서운 곳입니다. 산길에서 누군가를 만나도 절대 눈을 마주치거나 말을 걸어서는 안 됩니다. 말을 걸어와도 대답해서는 안 됩니다. 괴이한 일이 벌어져도 모르는 척하세요."

여관 주인은 이불 속에서 콜록거리며 그런 말을 했다. 상태가 좋지 않은지 방에서 나오려 하지 않았다. 그래서 우리는 아직 주인의 얼굴을 제대로 보지 못했다.

"괴이한 일? 대체 어떤 일 말씀입니까?"

여행 안내서 작가 이즈미 로안이 살짝 열린 장지문 앞에 단정하게 앉아 있다. 나와 린은 이즈미 로안의 뒤에서 고개를 뻗어 장지문 틈새를 들여다보았다. 어두운 방 안에 여관 주인이 누워 있다. 이불이 들썩거릴 정도로 기침을 해대며 대답했다.

"산에서 무슨 일이 벌어지는지 닥치기 전에는 모릅니다. 세 분이 도읍으로 가시겠다면 눈가림산이 지름길이지요. 하지만 권해드리지는 않겠습니다."

이즈미 로안은 팔짱을 끼고 생각에 잠겼다.

이 이즈미 로안이라는 남자는 심각한 길치라 이번 여행에서도 지독한 꼴을 당했다. 방금 전까지 우리 세 사람은 잘 알지도 못하는 곳을 헤매고 다녔다. 날이 저물어 주위가 깜깜해졌다. 이대로 어둠 속을 언제까지고 끝없이 걸어야 하나 하고 반쯤 포기했을 때 잡목림 속에서 이 낡은 여관을 발견했다.

주인의 방에서 새어 나오는 불빛에 크게 안도했다. 바닥과 기둥은 썩었고 거미줄이 사방에 걸려 있었지만 노숙보다는 낫다. 병으로 몸져누운 주인이 시키는 대로 숙박부에 세 사람의 이름을 쓰고 방에 짐을 풀었다. 그리고 이즈미 로안은 이곳이 대체 뭐라고 하는 지방인지, 도읍은 어느 쪽에 있는지 물어보았다.

여관 주인 말로는 눈가림산이라 불리는 곳을 넘어가면 도읍으로 이어지는 가도가 있다고 하는데…….

"눈가림산을 지나려면 거기서 일어나는 괴이한 현상은 전부 못 본 척해야만 합니다."

여관 주인은 거듭 충고했다.

"못 본 척하지 않으면 어떻게 됩니까?"

"그 순간 산에서 나오지 못하게 됩니다."

도읍을 떠난 지 얼마나 됐을까? 여행을 하면서 수많은 온천 마을을 돌고 명승고적을 구경하며 명물 음식을 먹었다. 도락 때문에 그런 게 아니다. 이즈미 로안이라는 남자에게 그것은 일이다. 여행지에서 보는 다양한 것들, 온천의 효능과 온천물의 특징 등을 상세히 일기장에 적어두었다가 도읍으로 돌아가 여행 안내서로 써서 사람들에게 소개한다. 나는 짐꾼으로 그 여행에 동행하고 있다.

하지만 이제 슬슬 내 방이 있는 셋집으로 돌아가 뒹굴고 싶다. 이즈미 로안에게 받을 보수로 술을 마시고 국수를 먹고 도박을 하고 아가씨들과 놀고 싶었다. 한시라도 빨리 돌아가고 싶어 죽겠다.

이즈미 로안이 나와 린을 돌아보았다.

"요 앞 산에서는 정체를 알 수 없는 게 튀어나오는 모양이야. 어쩔까? 거기로 넘어갈까? 아니면 멀리 돌아 다른 길을 찾을까?"

"눈가림산이라는 걸 넘어보죠. 다른 길을 찾아 돌아다니다가 또 길을 잃을 게 뻔해요. 린, 너도 그렇게 생각하지?"

"그러네요. 여행이 길어지면 경비도 그만큼 늘어나니까."

린이라는 아가씨가 어쩐 일로 내 말에 동의했다. 이 아가씨는 이즈미 로안에게 여행 안내서를 의뢰한 도매 서점 직원이다. 여행에 동행해 이즈미 로안을 도우며 우리 돈줄을 꽉 쥐고 있다. 태풍 때문에 여관에서 나갈 수 없을 때는 이즈미 로안에게 붓을 쥐여주고 여행 안내서를 쓰도록 강요하기도 한다. 나태가 신조인 나와는 정반대인 아가씨로, 기본적으로 나를 말종이라도 보듯 멸시한다.

"두 사람이 그렇게 말하면 나도 이의는 없어. 내일 눈가림산을 넘어보세."

나와 린은 방으로 돌아갔지만 이즈미 로안은 그날 밤늦게까지 여관 주인과 이야기를 나누었다. 방으로 돌아왔을 때 그의 손에는 하얀 종이가 들려 있었다.

"그건 뭡니까?"

"주인이 맡긴 거야."

이즈미 로안은 그렇게 말하며 이불 속으로 파고들었다.

날이 밝자 우물물로 세수를 하고 채비를 했다. 우리는 여관 주인에게 인사하고 숙박비를 방 앞에 두고 출발했다.

하늘은 맑고 푸르렀다. 산비탈로 뻗은 길에 계단식 밭이 펼쳐져 있고 나무는 녹음이 짙었다. 갈림길도 없어 우리는 그저 사람들이 밟아서 다진 길을 따라 나아가기만 하면 되었다. 하지만 방심은 금물이다. 길치 이즈미 로안을 얕잡아 보아서는 안 된다. 가령 외길을 가더라도 그가 여행에 함께하는 것만으로 정신을 차리고 보면 엉뚱한 곳을 여기저기 헤맨다.

하지만 이번에는 길을 잃지 않고 산에 다다랐다. 소복한 흙더미를 표식으로 바위에 "눈가림산"이라고 조각해두어서 알기 쉬웠다. 바위 뒤쪽에는 염불 같은 글귀가 새겨져 있었다.

"여기가 경계인가 보군."

이즈미 로안이 중얼거렸다.

우리는 흙더미를 바라보며 잠시 쉬었다가 산으로 들어갔다.

한동안은 특별할 것 없는 경치가 펼쳐졌다. 완만하게 굽은 오르막길을 걷는 동안 산기슭 경치가 펼쳐져 기분이 좋았다. 굽이치는 시냇물과 산 아래 마을, 논밭이 저 밑으로 보였다. 새라도 된 기분으로 먼 곳을 내다보니 산의 능선이 하늘색 판화처럼 켜켜이 포개져 있다. 괴이한 일이 일어날 기미는 전혀 없다.

"분명 여관 주인이 지어낸 얘기일 거예요."

내가 말하자 린이 대답했다.

"지어낼 필요가 어디 있어요?"

"그것도 몰라? 그런 식으로 이야기해서 손님을 겁주면서 재미있어하는 거야."

"그럴까요?"

"아니, 잠깐, 알겠다. 나그네들을 겁줘서 길을 못 떠나게 하려는 것 아닐까? 손님을 며칠 붙들어뒀다가 숙박비를 잔뜩 청구하는 거지. 그죠, 로안 선생님, 어떻게 생각하세요?"

이즈미 로안은 뒤로 질끈 묶은 여자처럼 긴 머리카락을 찰랑거리며 걷고 있다. 전체적으로 말라서 기운이 없어 보이지만 나보다 힘이 세서 아무리 걸어도 지치는 기색이 없다. 어쩌면 인간이 아닐지도 모른다. 요괴의 피를 이어받은 게 아닐까 싶을 때도 있다.

"지어낸 이야기라면 아무 문제 없지. 하지만 두 사람 다 정신은 바짝 차려. 뭐가 튀어나오고 이상한 일이 생겨도 결코 그쪽은 보지 말고 모르는 척하도록."

이즈미 로안이 그렇게 말했다.

얼마 지나 그늘이 지더니 갑자기 주위가 어둑해졌다.

서늘한 바람이 불자 산의 나무들이 부스럭거렸다.

쏴아, 쏴아아…….

길가에 죽은 벌레들이 떨어져 있다.

어디선가 불쾌한 냄새가 풍겨 왔다.

수풀 속에 너구리 같은 동물이 죽어서 썩어가고 있는지도 모른다.

방금 전까지 들리던 새소리가 갑자기 사라져 쥐 죽은 듯 고요해졌다.

땀이 옆얼굴을 타고 흘러내렸다.

수풀 너머에서 뭔가 쳐다보는 기척이 났다. 산속으로 들어갈 때마다 그 기척은 강해졌다.

하늘에는 구름 한 점 없었다. 이상하다. 그렇다면 어째서 갑자기 그늘이 졌을까? 머리 위 나뭇가지와 잎사귀 들이 햇빛을 가린 탓일까?

나뭇잎이 사방에서 사람 말소리처럼 쏴아아 소리를 냈다. 고개를 넘어가는 길은 수풀 속으로 이어져 있었다. 양쪽 잡목림은 휘고 엉켜서 우리 쪽으로 가지를 뻗고 있다. 마치 고통에 몸부림치는 사람들이 도움을 청하는 모습 같았다.

세 사람 다 말수가 줄었다. 입을 다문 채로 발밑만 보고 걸었다. 이즈미 로안이 앞장섰다. 이어서 린이, 마지막으로 내가 나란히 서서 걷고 있었다. 말이 없으니 서로의 옷깃 스치는 소리, 바닥을 밟는 신발 소리, 숨소리까지 들렸다.

어느 순간 나는 그 소리를 알아차렸다.

내 앞을 가는 두 사람도 뒤를 돌아보지는 않았지만 나와 마찬가지로 들었을 것이다.

내 뒤에서, 뭔가 따라오는 소리를.

＊＊＊

우리는 아무것도 모르는 척 앞으로 나아갔다.

발밑만 보고 있었지만 아무래도 시야 구석에 무서운 광경이 들어왔다.

몇백 개나 되는 사람 손가락이 수풀을 가르고 있었다. 그 손가락들이 지네 발처럼 꿈틀거리며 수풀을 어수선하게 흔들었다.

길가에 시커먼 덩어리가 굴러다니고 있었다. 벌레들이 잔뜩 모여 뭉친 덩어리였다. 길가에 버려진 갓난아이에게 벌레가 꼬여 있었다. 아이는 아직 살아 있었는지 우리가 근처를 지나자 벌레가 들락날락하는 입에서 약한 울음소리가 들렸다.

바위틈에서 기어 나온 내장이 수풀 그늘에서 꿈틀거렸다. 창자와 간, 혀와 이를 뭉쳐놓은 무언가 번들거리며 꿈틀대고 있었다. 꽃 위에서 춤추던 나비를 향해 창자를 휘둘러 떨어뜨리더니 잡아먹기 시작했다.

우리는 그 모든 것을 못 본 척했다.

무심결에 그쪽으로 향하려는 시선을 꾹 참고 갈 길을 갔다.

그러지 않으면 산에서 나가지 못한다.

모르는 척해야만 한다.

나무 위에서 정체 모를 어떤 동물이 사람을 잡아먹고 있었다. 뚝, 뚜둑, 쩝쩝, 뼈가 부러지는 소리와 피와 살을 삼키는 소리가 들렸다. 우리가 옆을 지나갈 때 그 동물이 갑자기 남자 목소리로 웃어댔다.

길가에 핀 백합꽃에서 맑은 노랫소리가 들려왔다. 넌지시 시야 구석에 들어오는 모습을 확인하니 하얀 꽃잎 사이로 자그마한 소녀의 머리가 보였다. 소녀의 머리가 눈을 살포시 감고 노래하고 있다. 긴 머리카락이 백합 꽃잎 사이로 흘러내렸다.

산비탈 아래쪽에 다른 곳과 달리 안개가 낀 장소가 있었다. 그 안쪽에서 뭔가 거대한 존재가 돌아다니는 기척이 났다. 나무를 부러뜨리며 걷는 발소리와 함께 걸음걸음 땅이 울렸다.

고개에 이르러 잠시 쉬는데 소복을 입고 바구니를 인 사람들이 나무 구멍에서 줄줄이 튀어나왔다. 그들은 걸음을 멈추고 우리를 가만히 쳐다보았다. 그들 쪽을 돌아보지 않아도 시선의 압박이 느껴졌다. 모르는 척하고 있자니 수런수런 이야기하다가 다시 나무 구멍으로 돌아갔다.

"아아, 빨리 돌아가고 싶다. 바닥에 드러누워 술이나 마시고 싶어."

긴장을 풀어보려고 그렇게 말했다.

"로안 선생님, 보세요, 꽃이 피어 있어요. 예쁘네요."

"여자는 어째서 저렇게나 꽃을 좋아할까?"

"미미히코 씨는 눈이 썩은 것 아니에요?"

"안 썩었어."

"탁해빠졌는데요."

"태어날 때부터 이래. 어쩔 수 없잖아."

"두 사람 다 싸우지들 마. 경치가 아깝잖니. 보렴, 제법 운치 있는 풍경이구나."

하지만 고개에서 보이는 경치는 너무나 이상했다. 새 같지만 새는 아닌 동물이 무수히 날아다니고, 산 위에 뭉친 보라색 구름 사이로 거대한 얼굴이 고개를 내밀고 있었다. 물론 우리는 그것들을 모르는 척하며 숨을 깊이 들이마시고 산속 풍경을 즐기는 척했다.

휴식을 마친 뒤에는 내리막길을 걸었다. 잠시 후 멀리서 비명 소리가 들렸다.

"누구 없어요? 살려주세요!"

여자 목소리였다. 우리 모두의 귀에 똑똑히 들렸다. 하지만 우리는 주위를 둘러보지도 않고 서로 눈을 보며 무슨 일인지 고개를 갸웃거리지도 않았다. 그저 담담히 걸었다.

앞쪽에서 옷매무새가 흐트러진 여인이 달려왔다. 칼을 든 남자가 여자를 쫓고 있었다. 나는 그 모습을 똑바로 보지 않으려 애썼다. 발밑에 시선을 떨어뜨리고 시야 구석에서 벌어지는 흉행을 모르는 척했다. 여자가 아무리 도움을 청해도 무시해야만 한다. 이 모든 것이 산이 보여주는 괴이한 환각일지도 모르기 때문이다.

하지만…….

주저하는 마음이 고개를 들었다.

만약 이것이 환각이 아니라 실제로 눈앞에서 벌어지는 일이라면?

우연히 반대쪽에서 눈가림산을 올라오던 여인이 사내에게 습격당한 것이라면?

그렇다면 우리는 여인이 죽도록 내버려두고 지나친 셈이 되지 않을까?

"집에 돌아가고 싶어……. 제발……. 집에 보내줘요……."

사내는 그렇게 애원하는 여인을 우리가 이제부터 지나려는 길 위에서 범하고 죽였다. 몇 번이나 여인의 몸에 칼을 내리꽂았다. 그때마다 축축한 소리를 내며 길에 피가 흠뻑 쏟아졌다.

얼굴이 얼어붙을 것 같았지만 겨우 참았다. 태연한 표정으로 우리는 담담히 걸어가야만 한다.

이건 틀림없이 환각이다. 의혹은 가슴속에 깊이 묻었다.

이것이 눈앞에서 실제로 벌어지고 있는 일이라면 여인은 안간힘을 다해 우리에게 매달려서라도 도움을 청하려 했으리라. 사내는 그 칼로 우리에게도 위해를 가하려 했을 것이다. 그러지 않는 점으로 보건대 이 남녀 또한 눈가림산이 보여주는 괴이한 환각의 일부다.

바닥에 핏물이 고여 있었다. 그것도 모르는 척할 수밖에 없어 어쩔 수 없이 밟고 넘어갔다.

바로 옆을 지나갈 때 살해당한 여인이 말없이 우리를 뚫어져라 쳐다보는 게 느껴졌다.

어째서 모르는 척해?

왜 나를 못 봐?

끔찍한 일이 벌어지고 있는 걸 알잖아?

그런데 어째서 모르는 척 살아?

여인이 책망하는 것만 같았다. 하지만 우리는 어쩔 도리가 없다. 보고도 못 본 척하며 나라는 존재를 지키는 것이다. 아무리 끔찍한 일이 벌어져도 그대로 지나 산을 내려가야만 한다. 우리에게도 그것은 고문이었다. 눈을 감을 수도, 두 손으로 귀를 막을 수도 없으니까. 그런 짓을 하면 도움을 청하는 그 목소리를 들었다는 사실을 들키고 만다. 우리는 불행이나 죽음으로부터 눈을 돌리지 않으면 살아갈 수 없다. 그러니 부디 이해해다오. 원망하지 말아다오. 두고 가는 우리를 용서해다오.

이 산에서 벌어지는 괴이한 일들은 산에서 죽은 이들의 정념이 분명했다. 산에 들어왔다가 나가지 못하고 죽은 이들의 아픔과 고통, 슬픔, 외로움이 쌓여 우리에게 환각을 보여주는 것 아닐까?

그들은 알아주길 바라는 것이다. 집으로 돌아가지 못하고 죽어버린 자신들의 슬픔을, 어떻게든 알리려고 우리 앞에 나타나는 것이다.

눈을 마주치거나 대답을 하면 끌려간다는 소문은 분명 그들이 외로워하기 때문에 비롯된 것이다. 자기들을 알아봐준 사람들을 다시는 놓치고 싶지 않은 것이리라. 죽음의 고독을 조금이라도 치유하려고 곁에 있어달라고 바라는 것이다.

발에 피가 묻어 있었다. 핏물을 밟았을 때 묻은 것이다. 환각이 아니라 진짜 피가 묻은 것처럼 보인다. 언젠가 이 자국도 사라질까?

말없이 내리막길을 걸었다. 여인의 시체가 한참 뒤로 멀어져갔다. 우리는 또 하나의 괴이한 환각을 무시하고 지나칠 수 있었다. 나는 숨을 깊이 들이마셨다. 기분을 전환하려고 소리를 냈다.

"긴 여행이었네. 여행이 끝나면 다 함께 국수나 먹으러 갈까?"

걸어가면서 대답을 기다렸다.

하지만 아무도 내 말에 대답해주지 않았다.

한 번 더, 목소리를 냈다.

"술을 마시자. 여행 이야기를 하면서. 분명 며칠 밤도 샐 수 있을 거야."

아무도 호응하지 않고, 내 얼굴을 돌아보지도 않고, 그저 담담히 걸어가고 있다.

쏴아, 쏴아아…….

나무들이 술렁거리는 소리가 머리 위에서 내려와 나를 감쌌다.

"어이, 다들……."

마치 내 말은 들리지 않는다는 듯한 태도였다.

문득 깨달았다. 함께 여행한 일행인데, 이 세 사람의 이름이 기억나지 않는다. 그뿐만이 아니다. 지금까지 발밑만 보고 있어 몰랐는데 세 사람 다 낯선 얼굴이었다. 뒤쪽부터 차례로 얼굴을 들여다보았다.

눈매가 사납고 가난뱅이 신처럼 초라하게 생긴 사내.

야무져 보이는 아가씨.

긴 머리카락을 뒤로 질끈 묶은 단아한 생김새의 사내.

모두 내가 알지 못하는 얼굴이다. 세 사람 다 내가 보이지 않는 것처럼 무시한다. 코앞까지 얼굴을 들이대도 결코 눈을 마주치려 하지 않는다. 두드리거나 때려보면 반응할지도 모르지만 그럴 마음은 들지 않았다. 하다못해 조금이라도 나를 알아봐준다면 마음 놓고 만져볼 수 있었으리라.

"심술부리지 마."

나는 한 사람씩 말을 걸어보았다.

"어이, 무시하지 마……."

그때 팔이 근질거렸다. 손가락으로 긁어보니 하얀 쌀알 같은 게 후드득 떨어졌다. 구더기였다. 구더기가 팔에 들러붙어 있었다. 별안간 온몸이 근질거렸다. 귓구멍에서, 등에서, 손가락 사이에서, 하얀 구더기가 튀어나왔다. 구더기가 들러붙은 자리를 긁었더니 너무 세게 긁었는지 피부와 살이 벗겨졌다. 아프지도 않고 피도 나지 않는다. 너무 무서워 비명을 질렀다. 하지만 여행 동반자인 세 사람은 내게 아랑곳없이 걸어갔다.

"도와줘!"

몸에서 썩은 내가 났다. 처음부터 그랬는지, 방금 이렇게 되었는지는 알 수가 없다. 배 속에서 뭔가 꿈틀거렸다. 옷자락을 걷어보니 배가 출렁출렁 꿈틀거렸다. 썩어서 벌어진 피부 구멍에서 지네가 기어 나오고 공벌레가 우수수 쏟아졌다. 벌레들이 내 창자를 남김없이 갉아먹고 있었다. 비명을 지르며 몸부림치는 사이 세 사람은 저 멀리 가버렸다. 혼자 남는 게 무서워서 달려서 쫓아갔다.

"기다려!"

전에도 이런 일이 있었다.

얼마나 오래되었을까?

나는 동네 친구들 몇 명과 여행을 나섰다. 석 달쯤 유명한 신사와 사찰을 돌고 온천을 즐기다 돌아올 작정이었다. 우리는 여행을 실컷 즐기고 마을로 돌아오는 도중에 길을 잃고 눈가림산 기슭에 다다랐다.

산을 넘는 것이 고향 마을로 가는 지름길이라는 사실을 알고 우리는 산을 넘기로 했다. 산기슭에 마을이 있어 산에서 어떻게 행동해야 할지 마을 사람들이 가르쳐주었다. 무엇을 보아도 모르는 척해야 한다고.

하지만 나는 눈가림산을 넘다가 괴이한 풍경에 놀라 소리를 지르고 말았다.

그 순간 무수히 많은 손이 나를 붙들어 꼼짝도 할 수 없었다.

"두고 가지 마!"

친구들은 도움을 청하는 내 목소리를 못 들은 척, 그대로 떠나버렸다.

"기다려! 알았다! 사실은 들리지? 보이지? 모르는 척하는 것뿐이지?"

고개를 숙이고 걸어가는 세 사람을 겨우 따라잡았다. 나는 구더기를 떨쳐내며 호소했다.

"생각났어. 나도 데려가. 마을로 돌아가고 싶어. 부모님이 내가 돌아오기만 기다리고 계셔!"

뒤에서 따라가며 나에 대해 이야기했다. 신분, 태어난 고향 마을의 이름, 친구들과 여행하다가 눈가림산의 괴이한 환각에 사로잡히고 만 일을.

"여행을 끝마치고 싶어. 제발 부탁이니 데려가줘."

길이 평탄해졌다. 시냇물에 걸린 작은 다리를 건넜다. 새소리가 나무 사이에서 들려왔다. 햇빛이 나뭇잎 사이로 쏟아져 바닥에 얼룩을 그렸다. 산꼭대기에 모여 있던 보라색 구름도, 그 사이로 보였던 거대한 얼굴도 어느새 사라졌다.

앞장서서 걷고 있던 머리 긴 사내가 옷주머니에서 하얀 종이를 떨어뜨렸다.

"로안 선생님, 뭔가 떨어졌어요."

아가씨가 사내에게 말했다.

"필요 없어서 버린 거야. 그대로 두렴."

선생님이라 불린 사내는 그대로 걸어갔다. 다른 두 사람도 그의 뒤를 따랐다.

나는 마음에 걸려 하얀 종이를 주웠다. 곱게 접힌 편지였다. 나는 아버지에게 글을 배워 거기 적힌 글을 읽을 수 있었다. 붓으로 쓴 편지를 읽었다.

"어째서? 당신은 대체……?"

편지에서 고개를 들어 정면을 보니 조금 떨어진 곳에 세 사람이 서 있었다.

긴 머리를 질끈 묶은 사내가 뒤로 돌아 내 눈을 똑바로 쳐다보았다.

"로안 선생님!"

아가씨가 소리쳤다.

"괜찮다, 산은 이미 넘었어."

나는 그들에게 다가가려 했다. 하지만 아무리 걸어도 다가갈 수 없었다. 길가에 흙더미가 있고 바위에 "눈가림산"이라고 새겨져 있다. 친구들과 함께 산에 들어올 때 같은 흙더미를 본 기억이 있었다. 나는 아무래도 저 너머로는 가지 못하는 모양이다. 산에서 나갈 수 없는 것이다.

편지에 적힌 글씨가 눈에 익었다. 내게 글을 가르쳐준 아버지의 글씨다.

"그건 자네 아버님께 받은 거야. 산 어딘가에 두고 와달라는 부탁을 받았는데 본인에게 전해줄 수 있다니 잘되었군. 자네가 누군지 이야기해줘서 편지 주인이라는 걸 알았어."

편지를 읽었다. 아버지가 쓴 글귀에 내 죽음을 슬퍼하는 말이 있었다. 여행에서 돌아온 친구들은 눈가림산의 괴이한 환각과 내가 거기에 사로잡혔다는 이야기를 부모님께 전했다. 부모님은 슬퍼하며 마을을 떠나 산기슭에 있는 여관에서 일을 하기 시작했다. 하다못해 내가 죽은 자리 옆에서 살아가기로 결심한 것이리라. 이윽고 어머니는 병으로 돌아가셨지만 아버지는 여관을 이어받아 지금도 산기슭에 계신다고 했다.

장발의 사내가 내 눈을 보고 있다. 다른 두 사람은 계속 내게 등을 돌리고 있었지만 장발의 사내가 아무렇지도 않은 것을 확인하고 마침내 쭈뼛쭈뼛 나를 돌아보았다.

나는 세 사람의 얼굴을 정면에서 마주 보았다.

봐주는 이가 있다.

말을 걸어주는 이가 있다.

그것만으로 홀로 남은 외로움과 죽음의 고독이 가벼워지는 것 같았다.

* * *

흙더미를 지나 눈가림산을 빠져나오자 네 번째 사람의 발소리도, 목소리도 들리지 않았다. 괴이한 현상은 흙더미 저편에서만 벌어진다는 뜻이다. 나는 안도의 한숨을 내쉬었다. 모르는 척하기가 이토록 힘들 줄은 몰랐다.

하지만 아직 끝나지 않았다. 이즈미 로안은 흙더미 반대편을 향해 이야기하고 있었다. 나와 린도 뒤를 돌아 같은 방향을 보았다. 하지만 그곳에는 아무도 없었다. 눈가림산 깊은 안쪽으로 이어지는 길만 있을 뿐이다. 로안 선생님이 주머니에서 떨어뜨린 하얀 종이는 바닥에 그대로 툭 떨어져 있다.

아까까지 우리 곁에 있던 네 번째 사람의 모습은 사라지고 없었지만 이즈미 로안은 마치 거기에 누가 있는 것처럼 한 점을 바라보고 있었다. 나도, 린도, 이쯤에 얼굴이 있을까 싶은 위치를 바라보며 잘 보입니다, 하는 표정을 지었다. 산속에서는 눈을 마주칠 수 없어 고개 숙인 시야 구석으로 발끝만 보았다. 그자가 어떻게 생겼는지는 알 수 없었지만 그는 분명 있었다. 내 뒤에서 다가와 마치 처음부터 여행에 동행한 것처럼 네 번째 일행으로 길을 걸었다. 함께 쉬고, 우리에게 말을 걸었던 것이다.

우리 셋은 눈가림산을 뒤로했다. 네 번째 일행과는 그렇게 헤어졌다.

"잘 있어!"

나는 손을 흔들었다. 아무것도 없는 곳을 향해.

핏물을 밟았을 때 발에 묻은 핏자국은 산을 떠난 순간 사라졌다. 그 얼룩 역시 괴이한 세계가 보여준 환각이었으리라. 하지만 눈에 보이지 않을 뿐이지 내 발은 지금도 죽은 자의 피로 얼룩져 있는 것만 같았다. 어쩌면 그렇게 의식하며 살아가는 것이 도중에 여행을 단념한 이들에게 공양이 될지도 모른다.

이윽고 우리는 눈에 익은 길로 나왔다. 도읍으로 이어지는 가도였다.

"긴 여행이었네. 여행이 끝나면 다 함께 국수나 먹으러 갈까요?"

나는 이즈미 로안에게 제안해보았다. 하지만 대답은 없었다. 린도 말이 없다. 아무리 말을 걸어도 무시했다.

"하하, 장난치지 마세요, 로안 선생님. 야, 린, 장난치지 말라니까?"

눈앞에서 손도 저어보고 우스꽝스럽게 움직여보기도 했다. 하지만 두 사람은 고개를 숙인 채 말없이 지나쳤다. 마치 내가 보이지 않는 것처럼. 그뿐만이 아니다. 두 사람은 어두운 목소리로 누군가의 장례식 절차에 대해 소곤거리기 시작했다. 린이 눈가의 눈물을 훔치고 이즈미 로안은 침통한 표정을 지었다.

경단 가게에 들어가니 거기서 일하는 아가씨가 내 눈을 보고 "어서 오세요!"라고 말을 걸어주었다. 두 사람의 장난은 그제야 막을 내렸다.

폭소의 밤

‥1‥

바람도 없고 벌레 소리도 없이, 산기슭에 펼쳐진 숲은 새까만 그림자 덩어리였다. 나는 울창한 수풀 속을 홀로 헤매고 있었다. 함께 여행하던 일행을 놓친 지 반나절이 지났다. 밤새 걷는 것은 그만두는 게 좋겠다. 달이 떠 있기는 하지만 발밑도 보이지 않을 정도로 어두웠다. 나무 밑동에 몸을 웅크리고 짐승과 독충이 나타날까 두려워하며 아침을 기다려야 한다. 그렇게 각오했을 때, 우거진 수풀 안쪽에 민가가 보였다. 미닫이문 사이로 따스한 주황색 불빛이 새어 나오고 있는 것 아닌가?

"실례합니다."

나는 그 집으로 다가가 문을 두드렸다. 무슨 일인가 고개를 내민 여인에게 사정을 설명했다.

“부디 하룻밤만 재워주십시오.”

“이불은 없는데 그래도 괜찮겠어요?”

“상관없습니다.”

인사를 하고 집으로 들어갔다. 봉당과 마루방뿐인 간소한 구조였다. 마루방 가운데에 화덕이 있어 물을 끓이는 불이 주위를 어렴풋이 비추고 있었다. 세 사람이 살고 있었다. 맞이해준 여인, 그 남편, 그리고 그들의 아들이었다. 농민일까? 하지만 농기구는 어디에도 보이지 않았다.

세 사람이 내 얼굴을 샅샅이 핥듯이 쳐다보았다. 소년이 목소리를 낮추어 아버지에게 뭔가 속삭였다. 나처럼 낯선 남자를 집에 들여도 괜찮은지 걱정하는 것이리라. “내일 일어나서 뭔가 훔쳐 갈지도 몰라요”라고 말하는 소년의 마음속 목소리가 들렸다. 그런 오해를 사도 이상하지 않다. 나는 수상쩍은 도둑처럼 생겼고 궁상맞은 얼굴 때문에 가난뱅이 신으로 오해받는 일도 적지 않았다.

여인이 차를 내주었다. 차로 몸을 녹이며 신분을 밝혔다. 나는 여행 안내서 작가인 이즈미 로안이라는 사내에게 고용되어 전국 각지의 명승고적과 온천 마을을 조사하고 있었다. 하지만 이즈미 로안은 극도의 길치라 그와 함께하는 여행은 파란만장했다. 오늘도 산길을 걷다 길을 잃어 제자리에서 맴을 돌고 있었다.

"길을 따라 걸어가기만 하면 되는데 아무리 지나도 목적지에 다다르지를 못해요. 마을 안에서 헤매고 있었는데 어느새 산속에 있지를 않나. 그런가 하면 배를 탄 적도 없는데 호수 한가운데 떠 있는 외딴섬에 있기도 하고. 오늘 낮에도 그랬습니다. 나무에 표시를 해가며 걷고 있었는데 몇 번이나 같은 자리를 헤매는 겁니다. 똑바로 걷고 있었는데 얼마 지나면 아까 표시해둔 나무가 보이는 거죠. 하지만 그게 전부가 아닙니다. 자세히 보니 저 앞쪽에 우리 뒷모습이 보이지 않겠어요? 로안 선생님은 기분 탓이라고 말씀하셨지만……."

이즈미 로안과 함께 있으면 길이 기묘하게 이어진다. 몇 번이나 헤맨 끝에 겨우 다른 곳으로 나올 수는 있었지만 나무 그늘에서 쉬는 사이에 나 혼자 떨어지고 말았다. 혼자서 길을 헤매다가 지금에 이른 것이다.

"린이라는 아가씨가 함께 여행하고 있는데, 그 녀석이 지갑을 쥐고 있거든요. 그 아가씨가 로안 선생님하고 함께 사라져 버려서 저는 지금 무일푼 신세입죠."

이런 경우에 대비해 다음부터 숙박비 정도는 받아둬야겠다. 내가 어떤 사람인지 설명하는 사이 세 사람은 서로 고개를 맞대고 작은 목소리로 속닥거리고 있었다. 어쩐지 으스스했다. 차를 다 마시고 바로 구석에서 자려는데 사내가 다가와 내 앞에 털썩 앉았다. 팔도 목도 굵은 게 마치 곰 같은 사내였다.

"나그네 양반."

"왜 그러십니까?"

"당신이 오기 전에 우리는 어떤 놀이를 하려고 했거든."

"그, 놀이라 하면……?"

"별건 아니고, 무서운 이야기야."

"무서운 이야기?"

"아아, 그래. 한 사람씩 무서운 이야기를 해서 누구 이야기가 가장 무서웠는지 정하는 거지. 마침 지금 시작하려던 참이었거든. 어떤가, 나그네 양반, 모처럼 왔으니 우리 이야기 좀 들어보지 않겠나? 그리고 누구 이야기가 가장 무서웠는지 정해주지 않겠나?"

솔직히 나는 그런 이야기는 듣지 않고 자고 싶었다. 하지만 모처럼 권하는데 거절하기는 미안했다. 게다가 여기서 들은 무서운 이야기를 나중에 두 사람과 합류했을 때 들려주면 어떨까? 린을 겁주면 특히나 신나겠지. 그 아가씨는 나를 주정뱅이에 일도 하지 않는 꼭두각시라며 비난한다. 맞는 말이나 다름없지만 그런 말을 들으면 부아가 난다. 그 녀석이 겁먹는 꼴을 보고 싶다.

"알겠습니다."

나는 사내의 청을 받아들였다. 그의 안내로 화덕 앞에 앉았다. 사내와 여인, 소년과 나, 네 사람의 얼굴이 화덕 불빛을 받아 어둠 속에서 벌겋게 떠올랐다. 그렇게 나의 악몽 같은 밤이 시작되었다.

처음으로 무서운 이야기를 들려준 것은 나를 집 안으로 들여보내준 여인이었다. 내 왼편에 다리를 모으고 앉은 여인은 긴장했는지 어깨가 경직되어 있었다. 길고 검은 머리가 얼굴 앞으로 흘러내려 눈과 코를 가렸다. 웅얼웅얼 음침한 목소리로 이야기를 시작했다.

지금부터 하는 이야기는 그분을 찾아가는 길에 산속에서 벌어진 일이랍니다.

그분이라니 대체 누구지? 궁금했지만 말을 끊지는 않았다. 다른 두 사람이 질문하지 않는 것으로 보아 가족 모두 아는 사람이리라.

그날 밤, 저는 초롱불을 들고 그분 저택까지 걸어가고 있었어요. 앞장선 제가 뒤에서 따라오는 사람들을 위해 발밑을 비춰주었지요. 발을 헛디뎌 절벽에서 떨어지지 않도록 길이 좁은 곳에서는 조심하라고 말도 걸어주었어요.

제 뒤를 따라오는 건 세 명의 나그네였습니다. 아직 젊은 남자들이었는데 신사와 사찰을 구경하려고 마을을 나섰다더군요. 길을 잃고 이 집에 다다르긴 했는데 이부자리고 뭐고 아무것도 없는 곳은 곤란하다고 억지를 부리기에 그분 저택으로 데려가기로 했던 거지요. 그분 저택이라면 부드러운 이불도 있을 테고 맛있는 식사도, 술도 있을 테니까요.

여기까지 듣고 나는 벌떡 일어날 뻔했다. 나도 억지를 부릴 걸 그랬다고 후회했다. 이런 지저분한 집이 아니라 그 저택에서 하룻밤을 묵고 싶었다. 하지만 지금 당장 이야기를 끊고 그 저택으로 안내해달라고 말할 배짱은 없었다.

산길을 중간쯤 나아갔을 때였어요. 저 앞쪽 어둠 속에 초롱불처럼 어렴풋한 불빛이 나타났어요. 처음에는 맞은편에서 누가 걸어오는가 싶었죠. 하지만 아니었어요.

불빛은 마치 우리 걸음에 맞춘 것처럼 다가가면 멀어지고, 멈추면 기다리는 것이었어요. 뒤따라오던 남자들 중 누군가 말하더군요. "마치 우리를 어딘가로 안내하는 것 같군" 하고…….

나는 〈길잡이 초롱불〉이라는 괴담을 떠올렸다. 밤길을 걷는 사람 앞에 초롱불처럼 일렁거리는 불빛이 나타난다는 이야기다.

우리는 불빛을 좇아가듯 산길을 걸었습니다. 그런데 갈림길에 접어들었을 때였어요. 그 불빛이 갑자기 일렁거리더니 한쪽 길로 들어가더군요. 나그네들은 그 불빛을 보며 지금까지 따라왔으니 당연히 그쪽으로 가려 했지요. 저는 당황해서 불러 세웠어요.

"잠깐 기다리세요. 그쪽이 아니에요. 자, 이쪽 길로 가세요."

불빛이 가는 쪽이 아니라 다른 쪽 길로 손짓했습니다.

"이쪽인가?"

"예, 저택은 이쪽이랍니다."

"하지만 불빛은 저쪽으로 가버렸는데. 우리를 기다리고 있어. 이쪽으로 오라고 손짓하듯 흔들리고 있잖아."

"저 불빛은 우리를 현혹시키려는 거예요. 산속을 빙글빙글 맴돌게 될 거예요."

나그네들은 제 말을 믿어주었습니다. 그런 정체 모를 불빛보다 눈앞에 있는 제 말을 따르는 게 낫다는 결론을 내린 거겠지요.

갈림길에서 불빛을 내버려두고 가던 길을 갔습니다. 우리가 떠날 때, 그 기묘한 불빛이 못내 아쉬운 기색으로 일렁이던 게 기억나요. 그렇게 무사히 나그네들을 그분 저택으로 안내할 수 있었습니다.

아아, 다행이야.

그대로 다른 쪽 길로 들어갔다면 산기슭 마을에 도착했겠지요. 나그네들도 달아났을 거예요.

그 불빛은 어쩌면 그분 저택에 끌려가 가진 것을 모두 빼앗기고 생지옥을 맛본 자들의 정념이었을지도 모르겠어요. 죽은 후에 초롱불 같은 불빛이 되어 산을 헤매고 있었던 걸까요? 나그네들을 저택으로 데려가려는 저를 보고 어떻게든 말리려 했던 건지도 모르겠네요…….

‥2‥

이야기를 마친 여인이 지쳤다는 듯 한숨을 내쉬었다. 소년이 겁먹은 목소리로 물었다.

"엄마, 그 불빛은 유령이었던 거야?"

"난 그렇게 생각해. 초롱불처럼 보였지만 절대 초롱불은 아니었거든. 초롱불이라면 그걸 들고 있는 사람이 보여야 하잖니? 자세히 보았지만 그런 건 보이지 않았어. 허공에 살짝 떠서 스윽 움직였단다."

"믿기 어렵지만 그런 일이 가끔 일어나지. 사람이 강한 마음을 남기고 죽은 경우에는……."

사내가 엄숙한 표정으로 아들에게 말했다. 나는 팔짱을 끼고 복잡한 표정으로 고개를 끄덕거렸다. 하지만 마음속으로는 이를 어쩌나 고민하고 있었다.

화덕을 에워싼 세 사람은 밤길에 나타난 기묘한 불빛만 화제로 삼고 있다. 하지만 더 신경 쓰이는 점이 있지 않았나? 특히 내가 잘못 들은 게 아니라면 마지막에 여인은 무서운 소리를 했다. 하지만 모두 그 점은 개의치 않는 듯했다. 이 세 사람은 정상이 아닌가? 아니, 아니면 내가 비정상인가?

"어때요, 당신, 지금 이야기 무서웠어요?"

여인이 내게 물었다.

"……그, 그야 물론. 정말로 있었던 일입니까? 아니면 지어낸 이야기입니까?"

“물론 정말로 있었던 이야기지요.”

그렇게 말한 여인은 앞머리 사이로 눈을 드러내고 깔깔깔깔깔 기묘한 목소리로 웃었다.

이어서 화덕을 사이에 두고 정면에 앉은 사내가 무서운 이야기를 시작했다. 옷자락 사이로 보이는 통나무처럼 굵은 팔뚝은 털로 뒤덮여 있었다. 책상다리로 앉아 있어도 천장에 머리가 닿을 만큼 몸집이 거대했다. 마치 바위산이 솟아 있는 듯한 착각을 불러일으켰다.

화덕의 불꽃을 바라보는 사내의 눈은 붉은빛으로 형형히 빛나고 있었다. 두 번째 이야기가 시작되었다.

이건 내가 마을에서 술을 마셨을 때 겪은 일이야. 내가 좋아하는 국숫집이 있거든. 마을에 가는 날에는 반드시 거기서 술을 마셔. 어이, 당신, 술은 좋아하나?

사내가 내게 물었다. 땅이 흔들릴 만큼 굵은 목소리였다. 나는 고개를 끄덕였다. 가로저을쏘냐. 나는 언제 어느 때라도 술을 마시고 싶은 사람이다. 내 반응을 본 사내가 씨익 웃었다. 벌어진 입술 사이로 이상하리만큼 길고 날카로운 송곳니가 보였다.

그래. 하지만 과음은 조심해. 술에 취하면 지금 일어나는 일이 진짜인지, 아니면 실제로는 벌어지지 않은 일인지 가끔 분간이 안 가거든.

하지만 그날은 아직 술을 많이 마시지 않았어. 머리도 말짱했거든. 혀도 안 꼬였고 길도 똑바로 걸을 수 있었어. 그 일이 벌어졌을 때 술 탓이 아니라는 건 알고 있었어. 그래서 더 무서웠지.

나는 국숫집 의자에 앉아 술을 홀짝이고 있었어. 그런데 누가 내 오른쪽 어깨를 툭툭 치는 거야.

사내는 자기 오른쪽 어깨를 쓰다듬었다.

근육이 언덕처럼 불룩하게 솟은 어깨였다.

마을에 아는 사람도 없는데 대체 누가 내 어깨를 치겠어? 나는 수상쩍게 여기고 뒤를 돌아보았지. 하지만 아무도 없었어. 뭐야, 기분 탓인가? 그렇게 생각한 나는 술을 추가로 시키고 또 홀짝홀짝 마시기 시작했어.

그랬는데 말이지, 이미 예상했겠지만 또 누가 어깨를 툭툭 치는 거야. 손바닥으로 치는 감촉이 확실히 느껴졌어.

뒤를 돌아보았지만 역시 아무도 없었어. 나는 일어나서 겁에 질린 손님 멱살을 하나씩 붙잡아 대체 누가 내 어깨를 쳤는지 물었지. 하지만 다들 내 근처에도 오지 않았다는 거야. 모두 입을 맞춘 건가 의심스러웠지만 그런가 보다 했어. 너무 소란을 피우면 앞으로 가게에 못 들어갈 테니까. 나는 가게에서 나와 집으로 돌아가기로 했지.

바깥은 저녁노을로 새빨갛게 물들어 있었어. 마을에 불이라도 난 것 같았지. 그렇게 마을 변두리를 걷고 있을 때, 또 누가 어깨를 두드렸어.

툭툭툭.

뒤를 봐도 역시 아무도 없어. 저녁노을 속에서 강가의 버드나무가 흔들리고 있었지. 길게 뻗은 가지가 강물에 끝을 담그고 있었어. 어디 숨을 곳도 없었어. 누가 내 어깨를 두드렸어도 내가 돌아보기 전에 숨을 수는 없었을 거야. 그러니 눈에 보이지 않는 누군가 나를 불러 세웠다는 뜻이지.

사내는 불쏘시개로 화덕의 숯을 뒤적였다. 불씨가 하나둘 떠올라 날벌레처럼 날았다. 여인과 소년이 굳은 표정으로 이야기를 듣고 있었다.

날이 저물어 깜깜해지자 초롱불을 들고 산길로 들어갔어. 주변은 어둡고 쥐 죽은 듯 고요했지. 의지할 데라곤 오로지 초롱불 하나뿐이었어. 나는 집을 향해 오르막길을 걷고 있었는데, 또 그러는 거야.

툭툭툭.

누가 나를 불러 세우듯 오른쪽 어깨를 쳤어. 하지만 이번에는 조금 달랐어. 치고 난 뒤에도 오른쪽 어깨에 묵직한 느낌이 남아 있는 거야. 서늘하면서도 차가운 손바닥의 감촉이.

나는 바로 뒤를 확인하려 했지만 직전에 그만두었어. 뒤를 돌아보면 지금까지 그랬듯이 슬그머니 사라져버릴 게 분명하니, 돌아보는 시늉을 하면 안 돼.

나는 고개는 그대로 두고 눈만 슬쩍 돌려보기로 했어. 시야 끝에 간신히 오른쪽 어깨가 들어올 정도로 눈동자를 굴려보기로 했지. 그러면 내 어깨에 손을 두고 있는 녀석도 미처 못 달아나겠지?

가만히, 가만히…….

나는 곁눈질로 오른쪽 어깨 부근을 쳐다봤어. 그랬더니 글쎄, 있었던 거야. 내 어깨에 손이 있었어.

가녀린 여자의 손이었어. 진흙투성이로 손톱 밑까지 시커멨지. 그게 싸늘한 무게로 내 어깨를 누르고 있었어.

나는 놀랐지만 지고 싶지 않았어. 어차피 이리되었으니 그 손을 콱 붙잡아볼까 싶었지. 오른손에는 초롱불을 들고 있었으니 왼손을 가만히 오른쪽 어깨로 뻗었지. 먹잇감에 달려드는 고양이처럼 진흙투성이인 여자의 손을 향해 에잇 하고 번쩍 손을 뻗어 잡으려 했어.

하지만 여자의 손이 더 빨랐어. 진흙투성이 손은 내 어깨의 곡선을 따라 등에 생긴 그림자 속으로 스르륵 사라져버렸어. 그러고 나서는 아무리 뒤를 돌아봐도 어두운 산길뿐이고 아무것도 없었지.

하지만 난 알 수 있었어, 그 손의 정체를…….

얼마 전에 그분 저택에서 여자가 달아난 사건이 있었거든. 여자를 데려오라는 명령을 받고 산속을 필사적으로 뒤졌지. 산길에서 붙잡기는 했는데, 그때 저항하는 여자의 긴 손톱에 긁혀서 얼굴에 상처가 나고 말았거든. 나는 그만 화가 나서 여자의 코와 귀를 물어뜯고 배를 갈라 길가에 버렸어.

어깨 위에 있던 손은 나를 할퀴었던 그 손처럼 손톱이 길었어. 어쩌면 그때의 여자가 길가에 내버려두다니 원통하다고 호소하는 걸지도 모르지. 나는 그렇게 생각하고 그날 밤 시체가 있는 곳에 가서 구멍을 파고 묻어주고 왔어. 꽃도 바치고 왔다고. 그후로 누가 어깨를 치는 일도 없이 문제는 해결되었지.

사내는 이야기를 마치더니 눈을 희번덕거리며 웃어댔다. 불빛에 반사된 흰자가 유난히 눈에 띄었다. 껄껄껄껄껄, 부르르 경련하듯 어깨와 머리를 흔들며 음침한 목소리로 웃었다. 가가대소呵呵大笑라는 말이 떠올랐다. 사람이 큰 소리로 웃는 모습을 나타내는 말이다.

여인과 소년이 시선을 주고받더니 난처한 표정을 지었다. 어쩌면 이 두 사람도 지금 이야기에는 의문을 품지 않았을까? 여자의 코와 귀를 물어뜯고 배를 갈라 살해하다니, 인간의 소행이 아니다. 남자의 그런 끔찍한 행동을 한 귀로 흘려들을 수 있을까? 하지만 두 사람은 이런 말을 할 뿐이었다.

"……그럼 유령이 당신 어깨를 두드렸다는 거야?"

"아빠, 유령이 진짜로 있어?"

나는 아연실색했다. 어쨌거나 나도 입을 맞추자. 사내가 기분 상하지 않도록 슬그머니 웃으며 말했다.

"아이고, 무서워라. 끔찍한 이야기로군요."

사내는 싫지 않은 기색이었다.

"그래? 그거 다행이네. 실컷 무서워해."

화덕 불빛을 받은 우리 네 사람의 그림자가 길게 뻗어 있었다. 내 그림자는 그리 크지 않았는데 어째선지 그들의 그림자는 벽과 천장에까지 뻗어 나를 덮치려는 것처럼 박력이 있었다. 붉은 빛에 반사된 그들의 얼굴은 마치 벌겋게 달아오른 강철 같아서 지옥에서 일하는 도깨비들의 모습이 떠올랐다. 억누를 수 없을 정도로 몸이 덜덜 떨리기 시작했다.

·· 3 ··

그럼 이번에는 내 차례네.

내 오른편에 앉아 있는 소년이 입을 열었다. 이야기하는 게 자못 기쁜지 붉게 물든 얼굴에 미소가 번져 있다. 눈동자의 검은자위가 보통 사람들보다 큰 소년이었다. 흰자가 보이지 않아 눈구멍에 새까만 구멍이 뚫려 있는 것처럼 보였다. 나는 귀를 틀어막고 싶었다. 이 소년이 지금부터 어떤 이야기를 할지 모르겠지만 불길한 예감밖에 들지 않았다.

세 번째 이야기가 시작되었다.

나는 말이야, 가끔 그분 저택에서 일손을 도와. 그릇을 나르거나 손님 옷을 개거나, 피가 묻은 방을 걸레로 닦기도 하지.

벽에 남은 손톱자국을 숨기려고 미장일 같은 것도 해. 그러면 심부름값 대신 잘린 손가락을 줘. 저택에서 토막 난 나그네들의 손가락이야. 나는 그걸 빨거나 씹으면서 집으로 돌아오는 걸 좋아해.

그날도 저택에서 일을 열심히 도와서 손가락을 하나 받았어. 집게손가락이었어. 가늘었으니 여자 손가락이 아니었을까? 곧은 막대기처럼 굳어 있었어. 그렇게 받은 손가락을 입속에 넣고 불리듯이 핥으며 산길을 걷고 있었어. 딱딱한 손톱과 까칠한 지문을 혀로 문지르면서. 거기까지는 평소처럼 아무 문제도 없었어.

중간쯤 왔을 때 침이 묻은 손가락을 이로 살짝 씹어보았어. 물컹한 살 속에 딱딱한 뼈가 느껴졌어. 그런데 그 직후였어. 내 입안에서 손가락이 꿈틀 움직인 거야.

기분 탓인가 했는데 아니었어. 입에 넣은 손가락이 홱 굽어서 뺨 안쪽을 눌렀어. 그러더니 갓 잡은 물고기처럼 입안에서 날뛰는 거야.

그건 아까까지 움직이지 않던 평범한 손가락이었어. 시체에서 잘라냈는지, 산 채로 잘라냈는지는 모르겠지만. 그런데 이유는 몰라도 갑자기 움직인 거야. 내가 깨문 탓에 아파서 그만 되살아난 건지도 몰라.

나는 바로 뱉어냈어. 바닥에 떨어져 한참 꿈틀거리던 손가락은 이윽고 자벌레처럼 움직여서 수풀 속으로 달아나려 했어. 눈앞에 펼쳐진 광경을 믿을 수가 없었어. 너무 무서워서 나는 그 자리에서 달아났어.

하지만 아무래도 마음에 걸려 용기를 쥐어짜내 되돌아갔어. 아까 그 손가락을 찾아보니 나무 밑동 근처에 있었어. 새하얀 덩어리가 꿈틀거리면서 손톱으로 구멍을 파고 그 속으로 들어가려 하는 거야. 하지만 마음대로 되지 않아 몇 번이나 벌러덩 뒤집어졌어. 그러다 개미가 꼬여서 피부 위를 돌아다니기 시작하자 손가락은 간지럽다는 듯이 몸부림치기 시작했어.

처음에 느꼈던 공포가 점점 사라지면서 그게 귀여워 보이기 시작했어. 손가락을 집어서 개미를 털어내고 손바닥 위에 얹어 살며시 움켜쥐었어. 막대기 같은 손가락이 손바닥 안에서 꿈틀거리는 감촉이 느껴져서 어찌나 재미있던지.

그걸 집으로 가지고 돌아와 상자에 담아 마루 밑에 몰래 넣어두기로 했어. 그게 손톱으로 상자를 박박 긁는 바람에 아빠랑 엄마가 쥐라도 있나 하고 고개를 갸웃거렸지 뭐야.

나는 혼자 있을 때 그걸 꺼내서 자벌레처럼 돌아다니는 모습을 즐겁게 구경했어. 끈으로 무거운 걸 매달아보기도 하고, 물에 띄워보기도 했어.

하지만 내가 손가락을 키운 건 열흘밖에 되지 않았어. 그 녀석은 차츰 거무스름해지더니 움직임도 둔해졌거든. 입이 없으니 먹고 마시지도 못하고 점점 건어물처럼 말라갔어. 카린토* 라는 과자가 있잖아? 마치 그 끝에 손톱이 달린 듯한 모양새로 변하고 말았어.

슬펐어. 바짝 메마른 손가락을 어떻게든 해보려고 입에 넣고 불려보려 했어. 하지만 소용없더라. 그러다 툭툭 쳐봐도 더이상 움직이지 않아서 아아, 결국 죽었구나 하고 생각했지. 그후 집 옆에 구멍을 파고 손가락을 묻었어. 내 이야기는 이걸로 끝이야.

사내가 불쏘시개로 화덕의 숯불을 뒤적거렸다. 불꽃이 흔들리면서 세 사람의 그림자가 부풀어 오르더니 윤곽이 흐트러져 사람 형상 같지 않은 모습으로 변했다. 하지만 그것도 잠깐이었고 불꽃이 잠잠해지자 다시 사람 형상으로 돌아왔다. 사내가 내게 물었다.

"어때, 나그네 양반, 무서웠나?"

"예, 예예, 하아, 뭐, 그게……."

* 밀가루 반죽을 튀겨 설탕과 벌꿀을 바른 갈색 막대 모양의 일본 전통 과자.

대답이 궁해 난처해하자 여인이 말했다.

"손가락이 움직이는 부분은 오싹했어. 하지만 마지막은 그냥 귀엽기만 하던데. 안 그래요, 나그네 씨?"

"그런데 너 말이야, 진짜로 손가락이 움직였어?"

사내가 소년에게 물었다.

"거짓말 아니야. 더는 움직이지 않아서 땅에 묻어버렸지만."

사내가 천천히 자리에서 일어났다. 마루 판자가 삐걱거렸다.

"좋은 생각이 났어. 당장 거길 파보자. 그 손가락을 한번 보고 싶어. 당신, 초롱불을 준비해."

여인이 초롱불을 밝혔다. 세 사람이 짚신을 신고 집 밖으로 나갔다. 사내가 입구에서 나를 불렀다.

"당신은 어때? 함께 손가락을 구경하자고."

내키지는 않았지만 따라가기로 했다.

짚신을 신고 밖으로 나가자 산에 어렴풋이 안개가 끼어 있었다. 서늘한 밤바람이 기분 좋았다. 달빛 속에서 수풀이 그림자놀이를 하듯 우리를 새까맣게 에워쌌다. 나는 집 벽을 따라 이동하는 세 사람의 뒤를 따랐다.

"자, 여기야."

소년이 가리킨 바닥에는 편평한 돌이 세 단 정도 쌓여 있었다. 비석 대신일까? 사내가 맨손으로 진흙을 파기 시작했다.

퍽, 퍽, 퍽…….

땅에서 파낸 진흙이 발밑에 소복이 쌓여갔다. 세 사람 다 말이 없었다. 나는 사시나무처럼 벌벌 떨었다. 세 사람의 이야기를 다 듣고 어느 게 가장 무서웠는지 생각해보았지만 바로 답이 떠오르지 않았다. 유령 운운하기 이전에 이 세 사람이 두려웠다.

"있다."

사내가 말했다. 작은 물체를 집어 손바닥에 얹더니 우리 쪽으로 내밀었다.

"봐, 손가락이야. 새까맣게 변했네."

여인이 초롱불을 들이대자 흐린 불빛 속에서 굽은 채로 말라비틀어진 손가락이 눈앞에 보였다. 소년의 이야기는 실제로 있었던 일이란 말인가?

하지만 이 손가락이 과거에 움직였다는 증거는 없다. 아니, 그런 건 문제가 아니다. 절단당한 누군가의 손가락이 여기에 있다. 그 점이 중요했다.

"이게 움직였어? 사실이야?"

사내가 그렇게 물으며 말라비틀어진 손가락을 만지작거렸다. 굽어 있는 손가락을 억지로 똑바로 펴려고 했다. 그러자 나뭇가지가 꺾이는 소리를 내며 관절 부근이 부러져 산산조각 나고 말았다. 세 사람은 그 모양새가 우스웠는지 눈을 희번덕거리며 깔깔깔깔깔 웃어댔다.

공포가 한계에 달했다. 달아나려면 지금이다. 세 사람 다 부스러진 손가락에 정신이 팔려 있다.

들키지 않도록 조용히 그 자리에서 벗어났다. 하지만 열 걸음 정도 걸었을 때 잔가지를 밟고 말았다. 세 사람이 웃음을 멈추고 내 쪽을 쳐다보았다. 나는 비명을 지르며 수풀 속으로 뛰어들었다.

정신없이 달렸다. 나무가 달빛을 가려 주위가 어두웠다. 나무 밑동에 걸려 몇 번이나 넘어졌다. 내가 어느 쪽으로 가고 있는지도 전혀 몰랐다.

끔찍하게도 뒤에서 세 사람이 쫓아오는 기척이 났다. 나뭇가지를 뚝뚝 꺾어가며 곰 같은 거한이 바짝 쫓아왔다. 여자가 든 초롱불이 나무 사이로 힐끗힐끗 보였다.

“아저씨, 기다려! 왜 도망가?”

소년의 목소리가 싸늘한 밤의 어둠에 메아리쳤다.

어디 안전한 곳을 찾아 숨어야 한다. 숨이 차고 다리가 무거웠다. 온몸에 생채기가 났다. 진흙투성이가 되어 어두운 산속을 헤맸다.

얼마나 달렸을까. 언제부터인지 쫓아오는 기척이 사라졌지만 여기서 멈추는 건 위험했다. 기어서라도 전진하자.

문득 코를 찌르는 냄새가 풍겨 왔다. 온천 냄새다. 눈앞에 대숲이 펼쳐지더니 사람이 정비해놓은 길이 나왔다. 길을 따라가 보니 환한 석등이 늘어서 있고 그 끝에 온천 여관이 있었다. 문을 두드려 여관 주인을 깨워 울면서 매달렸다.

"살려줘, 쫓기고 있어! 그자들은 분명 식인귀가 틀림없어!"

복스럽게 생긴 여관 주인은 처음에는 눈을 휘둥그레 뜨고 놀랐지만 내 얼굴을 유심히 보더니 생각지도 못한 말을 했다.

"당신 혹시 이름이 미미히코 아닙니까? 아아, 역시 맞네. 가난뱅이 신 같은 그 얼굴, 틀림없어."

"어떻게 내 이름을?"

"여기 숙박하는 손님께 들었거든요. 혹시나 그렇게 생긴 사람이 찾아오면 여행 도중에 헤어진 일행이니 들여보내달라고요."

"일행? 로안 선생님이, 로안 선생님이 여기 묵고 계시는구나!"

"예, 머리가 길고 곱게 생긴 남자분이십니다. 어제 낮부터 묵으시면서 온천을 몇 번이나 이용하셨지요. 같이 오신 아가씨도 온천이 마음에 든 모양이에요. 그나저나 고생하셨네요. 보아하니 산속을 한참 헤매셨나 봅니다."

나는 마음이 놓여 주저앉았다. 이즈미 로안과 린이 이 여관에 있다. 살았다.

··4··

"……그런 꼴을 당했어요."

이야기를 마치고 나는 한숨을 쉬었다. 이즈미 로안은 나를 안심시키려는 듯 온화한 표정으로 팔짱을 끼고 있었다.

"그래, 그거 험한 꼴을 당했구나."

"예, 그렇고말고요……."

친구이자 고용주이기도 한 여행 안내서 작가는 진흙투성이인 나와 달리 말끔한 잠옷 차림이었다.

또 다른 여행 동료인 린은 불쾌한 기색으로 차를 마시고 있었다. 나는 신경이 쓰여 소녀에게 물었다.

"넌 어째서 나를 노려보는 거야? 무사히 돌아온 나를 보고 조금이라도 기뻐해주면 어때서?"

"물론 재회는 기뻐요. 하지만 이런 한밤중에 자다가 깨는 처지도 되어보라고요."

"하지만 이야기하고 싶었단 말이야."

여관에 도착해 바로 이즈미 로안의 방을 찾아갔다. 다른 방에서 자고 있던 린도 불러서 방금 전에 겪은 일을 당장 이야기했다. 하지만 린은 하품을 하며 얄미운 소리를 했다.

"이왕이면 아침까지 산속을 헤매지 그랬어요. 아침 식사를 마쳤을 때 합류하면 딱 좋을 텐데. 한 번 더 그 가족들에게 쫓기고 오면 어때요? 그리고 동틀 녘에 다시 여기로 돌아오세요."

"그런 재주는 없어!"

"그만 용서해주렴."

이즈미 로안이 내게 말했다.

"이래 봬도 린이 자네 걱정을 많이 했어. 이웃 마을까지 가서 자네가 없는지 확인하고, 만약 가난뱅이 신처럼 생긴 남자가 있으면 이 여관으로 오도록 전해달라고 마을 사람들에게 부탁했다더구나. 고마운 일 아니냐."

"누가 걱정했대요? 짐꾼이 사라지면 곤란하니 그런 거죠."

린이 고개를 홱 돌리자 이즈미 로안이 쓴웃음을 흘렸다.

"미미히코, 진흙이 잔뜩 묻었는데 온천에서 씻고 오면 어떤가. 이 여관의 온천은 상당히 좋더군."

그러기로 했다.

목욕 준비를 하려고 일어서는데 짐이 없다는 걸 깨달았다.

전부 그 집에 두고 온 것이다. 되찾으러 돌아갈 수도 없다. 집이 있던 장소도 모르거니와 그 세 사람은 두 번 다시 만나고 싶지 않았다.

여관 주인에게 사정을 설명하자 잠옷을 빌려주었다. 린은 방으로 돌아갔고 이즈미 로안은 이불 속으로 들어갔다. 나는 혼자 온천으로 향했다.

온천은 여관 건물 밖에 있었다. 바위 사이에 뜨거운 물이 고여 있었다. 소위 말하는 노천탕이다. 한밤중에 달을 올려다보며 즐기는 온천은 쾌적했다. 차가웠던 손끝까지 따끈따끈하게 녹아들었다. 진흙과 피로를 싹 씻어내고 온천에서 나왔다.

다시 태어난 기분으로 잠옷을 걸치고 여관 복도를 지나는데 뒤에서 누가 말을 걸었다.

"아저씨, 한참 찾았잖아, 여기 있었구나."

소년의 목소리였다. 뒤를 돌아보자 그 세 사람이 서 있었다.

…….

……그때 제가 얼마나 놀랐는지.

말도 나오지 않았습니다…….

입에서는 그저 숨만 새어 나올 뿐이었지요.

그 자리에 엉덩방아를 찧었습니다. 이제 끝장이다, 아무리 달아나도 그들은 쫓아오겠지. 그런 두려움이 있었습니다. 세 사람은 그런 제 모습을 보며 당황하는 것 같았습니다.

"당신 괜찮아요?"

여인이 걱정스러운 표정으로 그렇게 물었습니다.

"온천에 오래 있어서 어지러운가 봐."

사내는 나를 일으켜 세워 바로 옆에 있던 다다미방에 눕혀주었습니다. 여인이 물에 적신 수건을 이마에 얹어주었고 소년이 손으로 부채질을 해주었습니다. 어라, 뭔가 이상한데. 저는 고개를 갸웃거렸죠.

세 사람을 식인귀라고 생각했으니 친절한 태도가 뜻밖이었습니다. 그런 제 마음을 알았는지 사내가 이런 말을 하더군요.

"전부 오해야. 당신한테 들려준 무서운 이야기는 전부 지어낸 이야기였어."

……예, 그렇습니다.

그 집에서 들은 무서운 이야기는 전부 지어낸 이야기라고 남자가 그러는 것이었습니다.

어째서 그런 짓을 했느냐고요? 세상에, 세 사람은 제 얼굴을 보고 마침내 집에 가난뱅이 신이 찾아왔다고 믿었다는 겁니다. 린, 어이, 야, 왜 웃는 거야? 이건 웃을 일이 아니야. 로안 선생님, 들어보세요. 다시 말해 가난뱅이 신을 집에서 쫓아내려고 일부러 무서운 이야기를 했다고 주장하더라고요. 자기들을 무서운 존재로 꾸미면 아무리 가난뱅이 신이라도 어디로 가버릴 줄 알았다나요? 제가 길을 잃은 사정을 말할 때 그 사람들, 그런 이야기를 숙덕거렸다는 겁니다.

그게 사실이라면 제가 달아난 건 실로 그들이 예상한 기대와 맞아떨어진 거지요. 그런데 일부러 쫓아온 건 다 이것 때문이에요. 그 집에 두고 온 짐을 가져와준 겁니다. 사내가 제게 이렇게 말하더군요.

"가난뱅이 신의 소지품은 필요 없어. 집 안에 둘 수도 없고, 버려도 벌을 받을 테니 이걸 돌려주려고 당신을 쫓아온 거야."

"그럼 땅에서 파낸 손가락은?"

"그건 우연히 거기에 묻혀 있던 나뭇가지지."

사실인지 아닌지는 모르겠습니다. 하지만 그런 분위기였고, 사내가 그걸 손가락이라고 하니 누구든 나뭇가지와 손가락을 분간하지 못했을 거예요.

그후에는 서로 오해도 풀고 곰 같은 사내와 어깨를 두드려가며 담소를 나눌 수 있었습니다. 새삼 이야기를 나누어보니 소탈한 사람들이더군요. 부인은 머리카락을 깔끔하게 빗어 넘겼는데, 얼굴을 자세히 보니 상당한 미인이더군요. 앞으로 흘러내렸던 머리카락은 무서운 이야기를 하려고 일부러 연출한 거겠죠. 그러더니 세 사람은 숙덕숙덕 귓속말로 이 온천 여관에서 하룻밤 묵고 아침에 돌아갈 의논을 하더군요.

제가 그들에게 작별 인사를 하고 방으로 돌아왔을 때, 로안 선생님은 자고 계셨고 린도 자기 방으로 가버려서 아무에게도 그 이야기를 못 했어요. 그래서 이렇게 밤사이 있었던 일을 한꺼번에 이야기하기로 마음먹었죠.

하지만 이야기는 이게 끝이 아닙니다. 그렇게 한숨 자고 다음날 아침이 밝았는데…….

예, 맞습니다, 방금 전에 있었던 일입니다. 제가 방금 전에 보고 들은 것을 이야기할게요. 출발 준비를 하면서 들으셔도 됩니다. 이 여관에 며칠 더 묵었으면 좋았을 텐데, 역시 지금 당장 여기를 떠나는 게 좋겠습니다.

저는 방금 전 밖에서 참새가 지저귀는 소리에 잠에서 깼습니다. 아침 햇살이 장지문을 하얗게 물들이고 있었죠. 로안 선생님과 린은 이미 일어나서 산책을 즐기고 계셨던 모양이더군요. 저는 이불 속에서 어제 겪은 일을 떠올리며 한참이나 멍하니 있었습니다. 그러다 소변이 마려워 변소를 찾아 나섰습니다.

방에서 나와 복도를 걷는데 마당 대숲이 보이는 곳이 나오더라고요. 짓푸른 대나무를 감상하는데 문득 뭔가 코끝을 스쳤습니다.

산들바람인 줄 알았는데 은근히 따뜻하더라고요. 누가 한숨을 부는 것 같기도 했습니다. 깜짝 놀라 시선을 집중하니 바로 눈앞에 흐릿한 불빛이 떠 있지 뭡니까?

초롱불처럼 흐릿한 불빛이었습니다. 간밤에 여인이 말했던 '길잡이 초롱불'에 나올 듯한 신비한 불빛이었죠. 손을 뻗으면 닿을 만한 곳에서 둥실둥실 떠다니고 있더군요. 불빛이 흐릿하니 약해서 눈에 힘을 주지 않으면 아침 햇살 속에서 보이지 않을 정도였어요. 비명은 지르지 않았지만 저는 넋이 빠졌습니다. 눈을 비비고 몇 번이나 껌뻑거려보았지만 그 불빛은 사라지지 않았어요.

불빛은 둥실둥실 복도로 들어갔습니다. 복도를 조금 가다 보면 갈림길이 나오는데, 불빛이 그중 한쪽으로 들어가 제가 오기를 기다리기라도 하듯이 멈춰 있더라고요.

"변소까지 안내해주려고?"

쭈뼛쭈뼛 물어보자 됐으니까 따라오라는 듯이 원을 한 바퀴 그리더군요. 무섭기는 했지만 호기심에 져서 불빛을 따라 가보기로 했습니다.

불빛을 따라간 곳에 변소는 없었습니다. 그쪽에 있었던 건 현관이었어요. 모퉁이 하나만 더 돌면 입구가 보이는 곳에 접어들었을 때, 말소리가 들리더군요.

아무래도 그 가족과 여관 주인이 현관 앞에서 뭔가 이야기하는 것 같았습니다. 마침 집으로 돌아가려는 참이었겠지요. 여관 주인은 그들을 배웅하러 나갔던 거고요. 이것도 인연이니 저도 인사나 할까 싶어 그쪽으로 가려는데, 길을 이끌어주던 불빛이 저를 보내지 않으려는 듯이 코끝에서 막아서더라고요. 여기서 지켜보라고 말하고 싶었던 거겠죠. 저는 복도 모퉁이에서 그들을 지켜보기로 했습니다.

그 가족은 온천을 즐겼는지 상쾌해 보였습니다. 여관 주인과는 아는 사이였는지 편안하게 담소를 나누더군요. 서서 한참 이야기하더니 여관 주인이 헝겊으로 싼 길쭉한 무언가를 주머니에서 꺼냈습니다.

"자, 고생했네. 오늘 심부름 값이야."

여관 주인은 소년의 머리를 쓰다듬으며 그것을 건네주었습니다. 소년이 헝겊을 풀자 그 안에서 잘린 사람 손가락이 나왔습니다. 소년은 기쁜 듯이 활짝 웃더니 그것을 입에 물었습니다. 손톱이 붙어 있는 쪽을 입안으로 넣어, 뼈가 보이는 쪽이 입술 사이로 튀어나와 있었습니다.

저는 무심결에 뒷걸음질을 쳤습니다. 어느새 뒤쪽에 있던 장지에 등이 닿은 줄도 모르고 뒷걸음질 치다가 제 무게에 눌린 장지문이 부서졌어요. 쿵, 콰당, 요란한 소리를 내면서 저는 넘어지듯 방으로 굴러 들어갔습니다.

현관 앞에 있던 네 사람이 이쪽을 돌아보는 게 보였습니다. 하지만 그게 문제가 아니었어요. 제가 굴러 들어간 방의 참상에 머릿속이 새하얘졌거든요.

그 방의 벽에는 수많은 손톱자국이 있었습니다. 다다미에는 피가 튄 흔적이 있고, 발바닥에 이상한 감촉이 느껴져 살펴보니 사람 치아 같은 게 굴러다니고 있었어요. 대체 거기서 무슨 일이 있었던 걸까요?

당황하는 제 귓가에 웃음소리가 들렸습니다. 현관 앞에서 여관 주인이 저를 가리키며 배를 끌어안고 눈을 희번덕거리며 웃고 있었습니다.

저는 무서운 나머지 거기서 달아나 이 방으로 돌아왔어요. 제 생각에 세 사람의 이야기는 지어낸 이야기가 아니었던 것 같습니다.

저는 이 여관으로 도망쳐 온 게 아니라 끌려온 거지요. 수풀 속을 방향도 모르고 정신없이 달린 줄 알았는데 실은 교묘하게 세 사람이 저를 에워싸서 그들의 기척을 피해 달아나는 사이에 이 여관에 다다르도록 유도한 게 분명해요. 그들의 이야기에 나온 그분 저택이라는 곳은 바로 이 여관이에요.

자, 빨리 채비해서 이곳을 떠납시다. 저 웃음소리가 들립니까? 저쪽에서 점점 다가오고 있는 게 느껴지지요? 이제 곧 장지문을 열고 방에 들이닥칠 겁니다. 그때 과연 문 앞에 서 있는 건 인간의 형상일까요?

마치 나쁜 꿈을 꾸는 것만 같습니다.

보세요, 바로 저 앞까지 왔어요.

똑똑히 들려요.

그 웃음소리가.

물 긷는 목함의 행방

··1··

길이란 자고로 자연히 생겨나는 것이다. 거기에 사람이 살고 왕래하는 사이에 발길에 다져져 길이 생긴다. 강을 따라, 혹은 산등성이를 따라. 길은 지형을 따라 휘었다.

대조적으로 똑바른 길도 있다. 그것은 대개 도읍을 중심으로 계획적으로 정비된 길이었다. 작은 계곡은 메우고, 고개 부근은 깎아내 가급적 평탄한 직선이 되도록 만든다. 이런 경향은 바다 너머 이국의 사상에 영향을 받은 것이라 한다.

전쟁이 잦았을 때는 각 지방에서 독자적으로 길을 정비했다. 영지 안의 길은 정비하지만 이웃 지방과 오가는 길은 일부러 내버려두었다고 한다. 여기에는 이유가 있다. 영지 안에서는 물자를 원활하게 수송하고 싶지만 이웃 지방과 왕래하는 길을 만들면 공격당하기 쉽기 때문이다. 전쟁의 시대가 끝나고 전국이 통일되자 이런 경향도 바뀌었다. 이번에는 중앙에서 각지로 전령을 보내기 위해 각 지방을 잇는 가도를 정비해야 했다.

가도를 정비하자 사람들이 오가기 시작했다. 신사와 사찰을 찾고 명승고적을 구경하기 위한 여행이 사람들의 오락이 되었다. 하지만 아직 보통 사람들에게 여행은 쉬운 일이 아니었다. 평생 자기가 태어난 마을을 떠나지 않는 사람도 흔했다. 많은 사람들이 여관에 묵는 방법도, 관문을 지나는 방법도, 여행지에서 조심해야 할 점도 몰랐다. 때문에 친절하고 세세하게 여행하는 법을 알려주는 여행 안내서라 불리는 책이 팔리게 되었다. 친구 이즈미 로안이 쓴 『도중여경』도 그중 하나다.

"로안 선생님, 여기는 어딥니까?"

짐을 메고 걸으면서 앞장서서 가는 이즈미 로안에게 물었다. 남자치고는 보기 드문 장발을 말총처럼 뒤로 질끈 묶고 있다. 아까부터 우리는 습지대를 걷고 있었다. 축축하니 미끄러운 땅에 발이 엉켜 제대로 걷기가 힘들었다.

"무슨 소리야, 미미히코. 내가 알 리 없잖나."

이즈미 로안의 자신만만한 대답을 듣고 나는 한숨을 쉬었다. 또 다른 동행인 린이라는 소녀가 내 옆에서 중얼거렸다.

"또 평소의 헛고생이 시작되었나 보네요."

이 아가씨는 이즈미 로안을 고용해 집필을 부탁한 의뢰처 사람인데, 이렇게 여행에 동행해 함께 길을 잃고 시간을 낭비한다. 그녀가 굳이 동행하는 데에는 이유가 있다. 여행 경비로 의뢰처에서 내준 선금을 이즈미 로안이 들고 달아나지 않도록 감시하는 게 아닐까? 분명 그럴 것이다.

"린, 그 짐 이리 줘. 들어줄게."

지쳐 보이기에 선심을 베풀었다. 하지만 린은 고개를 저었다.

"됐어요. 미미히코 씨한테 주면 들고 달아날지도 모르니까."

"이런 곳에서 그러겠어? 바보냐?"

"애초에 제가 왜 여행에 동행하는지 알고 계세요? 어르신이 주신 선금을 미미히코 씨가 몰래 가져갈까 봐 걱정되어서 그런 거라고요."

린이 말하는 어르신은 의뢰처 행수다. 나는 덥수룩한 수염을 벅벅 긁었다. 앞장서서 걸어가던 이즈미 로안도 우리 대화를 들은 모양이다.

"린, 너무 미미히코를 괴롭히지 마라. 미미히코도 장점이 있어. 생긴 건 좀도둑 같지만."

"미미히코 씨 장점이 뭔데요?"

린이 이즈미 로안에게 물었다. 그에게 말할 때 린의 목소리는 조금 높아진다.

"그래, 예를 들면……."

뒷말을 기다리며 나와 린은 이즈미 로안의 뒤를 따라갔다. 진창에 발이 엉켜 피로가 쌓여갔다. 날이 저물기 시작했다. 밤이 되기 전에 습지대를 빠져나가고 싶다.

"뭐, 어때, 그런 거야."

이즈미 로안이 말했다. 아무래도 생각이 나지 않는 모양이다.

"선생님, 지금 찾아가는 온천은 물이 어떨까요?"

"소문으로는 탁하다더구나. 유백탕이라 부르는 모양이야."

"어머, 얼마나 탁하길래 그럴까요?"

"미미히코의 황폐한 눈하고 비슷한 수준 아닐까?"

여행하는 나그네에게 온천은 중요한 목적 중 하나다. 이즈미 로안은 여행 안내서를 집필하기 위해 각지의 온천을 직접 찾아가 물의 질과 효능을 조사한다. 우리는 그 여행에 동행하고 있는데, 그는 길치라는 귀찮은 체질이라 순조롭게 목적지에 도달하는 일이 드물다. 하늘이 어둑어둑해질 즈음 간신히 습지대를 벗어났다. 발바닥이 딱딱한 지면에 닿았다. 수풀을 가르자 마을을 굽어보는 언덕 위로 나왔다. 민가의 불빛을 발견하고 우리는 안도의 한숨을 내쉬었다.

밭 사이로 난 길을 지나 마을 변두리에 있는 집을 찾아갔다. 비교적 큰 저택이었다. 지친 얼굴을 한 여인이 현관 앞에 나와 이즈미 로안이 흥정하자 하룻밤 묵게 해주었다. 저택 안쪽에서 왁자지껄 아이들 목소리가 들렸다. 이곳에는 어머니와 두 아이만 살고 있었다. 여인의 남편은 죽었다고 한다.

"낙석 사고로 머리가 깨졌어요."

사투리가 섞여 알아듣기 힘든 여인의 이야기를 이즈미 로안이 해석해주었다. 여인의 이름은 시조코라고 했다. 저택 안으로 들어가기 전에 우리는 옷에 묻은 진흙을 털었다. 미끄러운 땅 위를 걸은 탓에 아랫단과 발이 진흙투성이였다. 그것을 본 시조코가 우리에게 제안했다.

"먼저 발을 씻으시지요. 이쪽으로 오세요."

집을 빙글 돌아 뒷문으로 부엌에 들어갔다.

"이 물을 쓰세요."

물통에 투명한 물이 담겨 있었다. 마당 우물에서 퍼 온 줄 알았는데 아니었다.

벽 중간쯤에 목함이 걸려 있었다. 목함 정면 판자에 뚫려 있는 작은 구멍으로 퉁퉁 불은 하얀 밧줄 같은 게 늘어져 있었다. 여인이 그 끝을 쥐고 있던 대나무 집게를 풀자 물이 흘러나와 통 속으로 졸졸 떨어졌다. 우리는 그 물로 발을 씻으며 목함을 보았다.

"이건 어떤 장치입니까? 상자 속에서 물이 솟아 나오다니."

시조코에게 물어보았다.

"이 물은 상자에서 나오는 게 아니랍니다. 우물에서 퍼 올리는 거지요. 보세요, 여기에도 창자가 이어져 있죠?"

"창자?"

"이거예요."

목함 측면에도 구멍이 있고 하얀 밧줄 같은 게 튀어나와 있었는데, 그쪽은 벽에 뚫린 구멍을 통해 밖으로 뻗어 있었다.

"이쪽 창자가 마당 우물까지 이어져 있답니다."

무슨 동물의 내장인지는 모르겠지만 창자를 물을 끌어 오는 관으로 이용하는 듯했다. 그나저나 어떤 힘으로 여기까지 물을 끌어오는 걸까? 창자가 연결되어 있는 목함이 수상했다. 분명 어떤 장치가 있을 것이다.

"후학을 위해 저 목함 속 좀 봐도 되겠습니까?"

이즈미 로안이 흥미진진한 표정으로 물었다. 하지만 시조코는 힘없이 웃으며 고개를 가로저었다.

이튿날 아침, 창자에서 떨어지는 물로 우리는 세수를 했다. 그 집을 뒤로할 때 시조코에게 우리가 찾아가려는 온천 마을에 대해 물어보니 걸어서 반나절 걸리는 곳에 있다고 했다. 시조코와 두 아이들에게 손을 흔들고 우리는 온천 마을로 걸음을 뗐다.

린은 말수가 적었다. 왜 그런지 물어보자 묘한 말을 했다.

"어젯밤 한밤중에 잠이 깨서 변소에 갔어요. 그런데 아이들이 봉당에 가만히 앉아 있더라고요. 밖에서 들어오는 달빛으로 아이들의 작은 그림자가 보였어요. 잠이 안 와서 깨어 있었던 걸까요? 아이들이 목함을 보며 말을 걸더라고요. '아빠', 목함을 보며 그렇게 부르고 있었어요."

··2··

시조코의 집에 있는 우물은 굉장히 깊다. 안을 들여다보아도 수면은 보이지 않고 먹물 같은 어둠이 있을 뿐이다. 돌을 던지면 한참 아무 소리도 없다가 잊을 때쯤 겨우 첨벙하는 소리가 들린다. 두레박으로 물을 펐을 때는 고생스러웠다. 물통을 묶은 밧줄은 마을 끝에서 반대편 끝까지 연결할 수 있을 정도로 길었다. 우물에 던져 물을 길어도 물통이 무거워서 시조코의 가느다란 팔로는 한 번에 끌어 올리지 못하고 중간에 몇 번이나 쉬어야 했다. 말이 쉬는 거지 밧줄을 놓을 수는 없다. 물통이 떨어지면 다시 처음부터 길어야 한다. 친척의 주선으로 도키치로와 부부가 되기 전까지 물을 긷는 고생스러운 일과가 이어졌다.

도키치로라는 남자는 튼튼한 몸과 온후한 성격을 가진 거한으로 시조코를 한 손으로 번쩍 들어 올려 빙글빙글 돌릴 수 있었다. 도키치로가 우물물을 긷기 시작하면서 시조코는 많이 편해졌다. 도키치로가 근육으로 뒤덮인 팔로 밧줄을 팽팽하게 잡아당겨 우물에서 물을 길어 올릴 때 시조코는 남편을 응원했다.

어느 날, 밭일을 마치고 돌아온 도키치로가 우물 옆에서 생각에 잠겨 있었다.

"무슨 고민이라도 있어?"

"내가 죽었을 때를 생각하고 있었어. 당신, 내가 없으면 예전처럼 몇 번이나 쉬어가며 우물물을 길어야 하잖아. 가녀린 당신 팔로는 힘든 일이지. 별일 없을 때 어떻게든 대책을 마련해두고 싶어."

"당신이 죽었을 때라니, 생각도 하기 싫어."

"하지만 사람 일을 어떻게 알아? 내가 죽어도 고생하지 않게 우물물을 쉽게 길 수 있는 좋은 방법이 없을까?"

"그런 방법이 있으면 모두 그렇게 했겠지."

도키치로가 가족을 남기고 죽을 리 없다. 먼저 죽는 건 태어날 때부터 몸이 약하고 항상 감기를 앓는 시조코이리라. 시조코는 그렇게 생각했다. 도키치로는 태어나 한 번도 병에 걸린 적이 없었다. 썩은 음식을 먹어도 배탈이 나지 않고, 개나 독충에 물려도 멀쩡하다. 이보다 튼튼한 남자는 세상에 없다.

그랬던 도키치로가 죽었다. 낙석 때문이었다. 마을 사람 몇 명과 함께 산기슭에 있는 밭에서 일하고 있을 때였다. 큰 바위가 굴러떨어져 일손을 돕던 아이들을 덮치려 했다. 도키치로는 재빨리 달려가 아이들을 품에 안아 안전한 곳으로 던졌다. 하지만 정작 도키치로는 피하지 못하고 바위에 부딪쳐 넘어졌다. 하필 그때 다른 바위가 떨어져 머리가 순식간에 박살나고 말았다.

도키치로의 몸은 마을 사람들이 옮겨다 주었다. 사고가 난 곳에서 집으로 향하는 길에 그의 피가 뚝뚝 떨어져 붉은 선을 그렸다. 시조코와 아이들은 도키치로의 몸을 끌어안고 밤새 울었다. 아이들은 울다 지쳐 잠이 들었고 시조코는 달빛 아래서 두터운 가슴팍에 가만히 얼굴을 묻고 있었다. 누워 있는 도키치로의 커다란 몸은 산 같았다. 싸늘하게 온기를 잃어, 매달려 있는 시조코의 몸까지 차가워졌다. 그래도 떨어질 수 없었다.

새벽에 바람이 불어와 저택의 장지를 흔들었다.

멀리서 개가 짖고 있었다.

그런 고요한 새벽에, 시조코는 그 소리를 들었다.

두근, 두근, 두근…….

처음에는 희미한 소리였다. 하지만 차츰 강하게, 도키치로의 가슴 안쪽에서 그런 소리가 들려왔다. 소리와 동시에 박동도 있었다. 그의 가슴에 매달려 있던 시조코의 뺨과 귀가 도키치로의 심장 고동을 느꼈다. 심장이 뛰고 있다! 남편은 아직 살아 있다! 기뻐서 고개를 들었지만 도키치로의 목 위는 짜부라져서 형체를 알아볼 수 없었다. 몸도 여전히 차가워서 그가 일어날 기미는 없었다.

시조코는 친척을 불러 도키치로에 대해 의논했다. 친척은 처음에는 시조코의 말을 믿지 않았지만 도키치로의 가슴에 귀를 대보더니 얼굴이 창백해졌다. 팔짱을 끼고 한참 고민한 끝에 친척이 시조코에게 말했다.

"이런 일도 있나 보지. 눈 깜짝할 사이에 죽어서 심장이 죽은 줄도 모르고 계속 뛰는 거야. 그래, 시조코, 닭 머리를 베어 본 적 있어? 닭 머리를 자귀 같은 걸로 한 번에 베면 머리가 없어진 줄도 모르고 한동안 몸이 사방을 돌아다니거든. 그것하고 비슷한 거야. 도키치로는 분명 죽었어. 이 심장도 자기가 죽었다는 걸 깨달으면 곧 조용해질 거야."

심장이 멎으면 매장할 생각으로 도키치로의 몸을 며칠 방에

뉘어두었다. 시조코가 반나절을 들여 우물에서 물을 긷고 지쳐서 집으로 돌아오자 도키치로의 주변에 아이들이 따 온 들꽃이 놓여 있었다. 이윽고 도키치로가 악취를 풍기기 시작했다. 하지만 가슴에 귀를 대면 여전히 심장이 두근두근 소리를 냈다. 심장은 뛰고 있었지만 도키치로의 몸에 구더기가 꼬이기 시작해 친척과 마을 사람들의 권유로 집 뒤편에 묻었다. 작은 비석을 세우고 스님을 모셨다. 그후에도 이따금 시조코와 아이들은 땅바닥에 귀를 댔다. 도키치로의 심장 소리가 들려오는 것만 같았기 때문이다.

지금도 땅속에서 뛰고 있는 것 아닐까?

남편의 심장은 여전히 고동치는 것 아닐까?

마음에 걸려서 잠들지 못하던 어느 날 밤, 결국 시조코는 무덤을 도로 팠다. 땅속에서 물컹하게 썩어 구더기가 잔뜩 꼬인 도키치로의 몸이 나왔다. 그 속에 손을 집어넣어 심장 부근을 만져보니 두근두근 꿈틀거리는 것이 손에 닿았다. 단단한 살덩어리였다. 움켜쥐고 잡아당겨 들러붙은 것들을 털어냈다. 매끄러운 표면이 달빛을 반사하고 있었다. 시조코의 주먹 세 배쯤 되는 크기의 튼튼한 심장이었다.

시조코가 가지고 돌아온 심장을 보고 아이들은 "아빠!"라며 기뻐했다. 아이들이 심장에 뺨을 비비자 검붉은 살덩어리가 경련하듯 움직였고 아이들은 간지럽다는 듯 웃었다. 두 아이는 도키치로의 심장을 두고 오늘 밤은 누가 끌어안고 잘지 다투기 시작했다.

결국 아이들은 둘이서 나란히 심장을 끌어안고 잠들었다. 아무 근심 없이 평온한 얼굴이었다. 시조코는 아이들의 팔을 살며시 풀고 이불 속에서 심장을 꺼냈다. 두 손으로 심장을 감싸고 도키치로의 얼굴을 떠올리니 마음이 푸근해졌다. 그나저나 몸은 썩어 문드러졌는데 심장만 그대로 선명하고 단단하다니 어찌된 일일까? 머리가 잘린 닭 이야기가 떠올랐다. 이 심장도 언젠가 자기가 죽었다는 사실을 깨닫고 멈춰서 썩기 시작할까?

아이들은 심장뿐인 아버지에게 응석을 부렸다. 밥을 먹을 때도 무릎 위에 두어야 할 정도였다. 그러다가 아이들이 실수로 그릇을 엎어 심장에 된장국을 쏟고 말았다. 시조코는 물통 속에 심장을 담그고 꼼꼼히 씻었다. 된장국에 들어 있던 파가 심장 구멍 속으로 들어가 빼내느라 고생했다. 물에 담그자 검붉은 살덩어리는 구멍으로 물을 빨아들이더니 또 다른 구멍으로 물을 토해냈다. 된장국의 파가 물과 함께 흘러나와 시조코는 안도했다.

심장에는 구멍이 네 개 있었다. 거기에 혈관이 이어져 있었으리라. 그중 두 개의 구멍은 물을 빨아들였고 나머지 두 개에서 물이 나왔다. 두근, 두근, 근육이 펄떡일 때마다 물통에 담긴 물이 출렁거리며 빙글빙글 소용돌이를 그렸고 둥둥 떠 있는 파가 원을 그렸다.

"엄마, 나, 아빠 꿈 꿨어."

몇 번이나 쉬어가며 우물물을 긷는데 아이들이 말했다.

"아빠가 나한테 그랬어. 지금부터 말하는 재료를 모아 오라고. 목함하고, 돼지나 소의 창자, 바느질할 바늘하고 실……."

"나도 꿨어, 그 꿈. 같은 말을 했어. 거짓말이라고 생각할지도 모르지만."

시조코는 물을 긷던 손을 멈추었다. 밧줄을 놓자 물이 든 물통이 우물로 떨어졌다. 한참 지나서야 겨우 첨벙 소리가 들렸다. 두 아이들은 불안한 표정으로 시조코를 올려다보았다.

"진짜야."

"거짓말 아니야."

"응, 알아."

시조코는 끄덕거렸다. 전날 밤, 시조코도 똑같은 꿈을 꾸었던 것이다.

꿈에 나온 도키치로는 두터운 자기 가슴팍을 가리키며 말했다.

"좋은 생각이 떠올랐어. 이것 때문에 죽은 뒤에도 열심히 심장을 움직이고 있는 거야. 지금부터 내가 시키는 대로 해. 그러면 앞으로 우물물을 긷느라 고생하지 않아도 돼."

‥3‥

온천 마을에 솟아나는 물은 흙탕물처럼 색이 탁해서 바닥이 보이지 않았다. 목욕통에 들어가자 끈적한 감촉의 물이 피부를 감쌌다. 처음에는 놀랐지만 익숙해지니 기분이 좋았다. 온천 여관 '유백탕'은 새로 지은 여관이었다. 기둥 색이 아직 신선했다. 효능이 적힌 팻말이 욕탕에 설치되어 있었다. 수증기를 걷어내고 읽어보니 이 유백탕은 요통, 각기병, 경련, 피부병, 눈병, 두통, 벌레 물린 데, 현기증과 어지럼증, 울보, 숙취, 불안증, 탈모, 손가락 부상, 탈구 등에 잘 듣는다고 한다. 사실인지 의심스러웠지만 이즈미 로안은 그것을 종이에 받아 적고 있었다.

"손님을 늘리려고 여관 주인이 대충 붙여놓은 것 아니에요?"

여탕에서 돌아온 린이 젖은 머리카락을 말리며 이즈미 로안에게 물었다. 온천 효능 덕분인지 린의 이마와 뺨에 혈색이 돌았다.

"장사 수완이 좋으면 좋지. 여관도 잘 나갈 테고 그걸 소개한 내 책도 잘 팔릴 거야."

이즈미 로안은 붓 끝에 먹물을 묻혀 온천 여관 '유백탕'의 온천물에 관한 정보를 적어 내려갔다. 그중 한 줄이 눈에 들어왔다.

"탕이 몹시 뜨거운 고로 찬물로 식혀야 한다."

온천 여관 '유백탕'의 여주인은 나태한 인물이었다. 손님이 "물바가지가 없으니 가져다 달라"고 해도 입으로만 "예, 알겠습니다"라고 대답할 뿐 바로 움직이지 않았다. 손님이 화를 내며 몇 번이나 재촉해야 겨우 물바가지를 가져온다. 실제로 여관을 꾸려나가는 건 여주인 밑에서 일하는 몇몇 젊은 사람들이었다. 나는 그 나태한 여주인에게 친근감을 느꼈다. 나도 나태하기로는 누구에게도 지지 않는다.

저녁에 여관 주변을 산책하다가 술집으로 들어가는 여주인을 발견했다. 가게 입구에 "대폿술 팝니다"라고 적힌 종이가 붙어 있다. 마침 잘됐다. 입구로 들어가보니 술과 안주를 주문하는 여주인이 보였다.

술집에는 두 종류가 있다. 술을 팔기만 하는 기존의 술집과 그 자리에서 원하는 만큼 마실 수 있는 술집이다. 그것을 구분하기 위해 후자 같은 가게는 '대폿술 팝니다' 같은 종이를 입구에 붙인다. 대폿술을 판다는 건 그 자리에서 계속 마실 수 있다는 뜻으로 이런 술집을 요즘에는 '대폿집'이라 부른다.

술집 의자에 나란히 앉은 우리는 나태한 사람들끼리 바로 속을 터놓았다.

"왜 그래요, 미미히코 씨, 술이 벌써 비었잖아요."

"더 마실 돈이 없어서요."

"술잔이 비면 안 되지요. 자, 내가 낼 테니 더 마셔요."

내가 기대한 대로 됐다. 돈 걱정이 사라진 나는 술을 주문했다. 우리는 술을 마시며 일을 하지 않고도 돈을 벌 수는 없을까 토론했다. 하지만 나도 여주인도 머리가 나빠 유익한 토론은 되지 않았다.

"나는 우물에서 물을 길어서 온천물을 식히는 일이 제일 싫어요."

여주인은 배배 꼬인 혀로 주장했다. 온천 여관 유백탕의 온천물은 온도가 높다. 찬물을 섞지 않고 들어가면 대번에 화상을 입는다. 온천 옆에 시냇물이라도 있으면 거기서 물을 길어 와 편하게 온천물을 식힐 수 있었을지도 모른다. 하지만 지금 여관에서는 종업원들이 우물물을 길어 와 온천에 붓는 방법 외에는 뜨거운 온천물을 식힐 방법이 없다고 한다. 여주인은 그 일이 싫어서 보통 그대로 방치한다고 했다.

"여관이 망하는 것도 시간문제군요."

"하지만 어쩔 수 없잖아요. 우물에서 물을 긷는 게 얼마나 힘든 일인데."

그때 나는 문득 하룻밤 묵었던 집에서 보았던 장치를 기억해냈다.

"그러고 보니 우물에서 물을 길어 올리는 신기한 목함을 보았습니다. 그게 있으면 온천을 식히는 것도 간단할 텐데."

우물에서 끌어 올린 물이 창자의 관을 지나 목함을 경유해 물통 속으로 떨어졌다고 설명했다. 그러자 여주인은 그 이야기를 덥석 물었다.

"그 장치가 뭔지 꼭 알고 싶어요!"

여주인이 애원했지만 나는 그 집에 사는 시조코라는 여인에게 폐가 될까 봐 망설였다.

"그럼 이렇게 하죠. 이 온천 마을에 있는 동안 어느 가게에서나 마음껏 술을 드세요. 전부 내가 낼 테니!"

"어리석은! 저를 매수할 생각입니까! 당신은 간사한 여자야!"

말은 그렇게 했지만 내 입은 시조코의 집이 어디에 있는지 술술 불었다. 정말이지, 몹쓸 입이다. 여주인은 바로 술집에서 나갔고 나는 그대로 계속 마셔댔다. 가게를 몇 군데나 돌았는지 모른다. 정신을 차리고 보니 아침이었고 나는 술집 뒷골목에서 자고 있었다. 온천 여관 유백탕으로 돌아와 온천에 들어가니 숙취가 말끔히 사라졌다. 효능에 적혀 있는 말이 사실이었다니 깜짝 놀랐다. 그날 내내 여주인의 모습은 보이지 않았지만 나는 개의치 않고 밤이 되자 열심히 술집을 들락거렸다.

이튿날이 되어도 여주인의 모습이 보이지 않아 여관에서 일하는 젊은 사람들이 걱정하기 시작했다. 나 역시 불안해졌다. 여주인 이름으로 술을 마셨는데, 그 여주인이 사라지면 내게 술값을 청구할지도 모른다. 만약 그리되어도 주머니에 그런 돈은 없다. 나는 불안을 지우려고 몇 번이고 온천에 들어갔다.

··4··

누가 문을 두드리기에 대답하고 나가보니 낯선 여자가 서 있었다. 입고 있는 옷이나 머리 장식으로 보건대 유복한 집 사람 같았다. 시조코가 아무 말도 안 하는 사이에 여자는 집으로 성큼성큼 들어와 봉당을 둘러보았다. 여자는 새하얀 신을 신고 있었다.

"누구세요?"

"이 집에 재미있는 목함이 있다는 말을 들었어요. 그걸 팔아 주십사 여기까지 찾아왔답니다."

시조코의 집에서 반나절쯤 걸어가면 온천 마을이 있다. 여자는 그곳에서 온천 여관을 운영하는데 우물에서 물을 길어 올리는 목함 이야기를 손님에게 듣고 이 집을 찾아왔다고 했다. 시조코는 난처했다.

"여기에 그런 건 없어요."

"아까 밖에서 우물을 보니 하얗고 말랑한 관이 우물에서 집 벽으로 이어져 있던데요. 그건 뭐죠? 물을 길어 올리는 장치의 일부 아니에요? 물론 공짜로 달라는 건 아니에요."

시조코는 거절하고 여자를 쫓아내려 했다. 하지만 여자는 완강하게 버텼다.

"어떤 장치인지 구조만 알려줘요. 함 속을 보여달란 말이에요. 누가 만든 장치죠? 그분을 만나게 해줘요!"

"안 돼요! 자, 그만 돌아가세요!"

"정말이지, 고집 센 사람이네!"

여자의 등을 떠밀어 집 밖으로 내보내고 문을 닫았다. 말다툼을 들었는지 어느새 아이들이 장지문 뒤에서 불안한 얼굴로 보고 있었다.

"저쪽에서 놀고 있으렴."

그때 집 벽에서 쿵 하는 소리가 났다. 두 번, 세 번, 시끄러운 소리가 났다. 문을 살짝 열고 확인하자 아까 찾아온 여자가 벽에 돌을 던지고 있었다.

"그만하세요!"

시조코가 외치자 여자가 매섭게 노려보더니 떠났다. 무서웠는지 아이들이 울음을 터뜨리며 시조코에게 찰싹 달라붙었다.

그날 밤이었다. 아이들과 함께 자고 있는데 부엌 쪽에서 소리가 났다. 혹시나 싶어 시조코는 이불 밖으로 나갔다. 집 뒤편에 있는 부엌 통용문이 열려 있었다. 벽에 있던 목함이 사라지고 없었다. 붙어 있던 창자까지 강제로 떼어내 가져간 듯했다.

도둑이 부뚜막의 재를 밟았는지 발자국이 사방에 남아 있었다. 시조코는 맨발로 달려가 집 주변을 뒤졌다. 낮에 온 여자가 몰래 들어와 가져간 게 틀림없었다. 우물에서 뻗어 나온 창자가 연결된 위치를 보고 부엌에 목함이 있다는 사실을 추측했으리라.

목함이 사라진 것을 알고 아이들이 울음을 터뜨렸다.

"아빠 어디 갔어?"

아이들의 물음에 시조코는 고개를 가로저을 수밖에 없었다.

아니, 그 여자는 온천 여관을 운영한다고 했다. 그렇다면 온천 여관을 한 채씩 찾아가보면 목함도 찾을 수 있을지 모른다.

"아빠는 어디 있어?"

아이들은 목함을 '아빠'라고 불렀다. 목함 속에 도키치로의 심장이 들어 있기 때문이다. 그 여자는 우물물을 길어 올리는 특수한 장치가 있다고 믿었겠지만 안에 들어 있는 것은 남편의 몸속에 있던 검붉은 살덩어리다.

—내 심장에 돼지나 소의 창자를 연결해서 목함에 담아. 그리고 연결한 창자 끝을 우물 속에 던져 넣어. 창자를 이용해 내 심장이 물을 길어줄 거야. 심장이 어떤 일을 하는지 들은 적이 있어. 움직일 때마다 몸속에 피를 보낸다더군. 그것하고 같은 원리로 우물물을 우리 가족한테 퍼줄 거야.

도키치로는 꿈속에서 그렇게 말했다. 도키치로의 심장은 죽은 줄 몰랐던 게 아니라 그의 의지로 가족에게 물을 길어주기 위해 움직이고 있었던 것이다. 창자에서 떨어지는 투명한 물을 시조코와 아이들은 매일 고마운 마음으로 마셨다. 아이들은 목함에 귀를 대고 고동 소리를 들으며 거기에 아버지가 있다는 사실을 확인하고 평온한 표정을 지었다. 거금을 준다 해도 그 목함은 줄 수 없다. 시조코는 심장을 찾으러 온천 여관을 찾아갈 채비를 했다. 아이들을 데려갈지 고민했지만 친척 집에 맡기기로 했다.

준비를 마친 시조코는 아이들과 헤어져 길을 떠났다.

온천 마을은 도키치로와 함께 몇 번 가본 곳이었다. 산길을 넘어 다리를 건너자 유황 냄새가 풍겨 왔다. 산마루 군데군데에서 하얀 수증기가 피어올랐다. 온천 마을에 들어서자 탕치하러 온 사람들과 기념품 가게가 보이기 시작했다. 온천 여관을 차례로 찾아가기로 했다. 수는 그리 많지 않지만 어떤 곳은 거리가 멀어 이동하는 데 시간이 걸렸다. 전부 조사하려면 며칠은 걸릴 것 같았다.

온천 여관 문을 두드려 여관 사람에게 사정을 말하고 그 여자의 생김새를 설명했다. 첫날은 성과가 없었다. 싸구려 숙소에서 묵고 이튿날도 같은 일을 반복했다. 지쳐서 주저앉고 싶었지만 아버지를 찾는 아이들의 얼굴을 떠올리고 마음을 다잡았다.

여관에서 여관으로 이동하는 사이 기념품 가게를 둘러보는 한 남자가 눈에 들어왔다. 긴 머리를 말총처럼 뒤로 묶었다. 장발의 남자는 흔치 않아 똑똑히 기억하고 있었다. 얼마 전에 잠자리를 내준 세 나그네 중 한 명이었다. 그러고 보니 그 여자는 숙박객에게 목함 이야기를 들었다고 했다. 그 여자에게 목함

이야기를 한 것은 그들이 아닐까?

"저……."

말을 걸자 남자가 돌아보았다.

"아아, 그때 그. 시조코 씨라고 하셨던가요? 일전에는 큰 신세를 졌습니다. 오늘은 온천에?"

시조코의 모습을 보고 뭔가 느꼈는지 남자가 의아한 표정을 지었다. 마음을 단단히 먹고 물어보았다.

"목함에 대해 누군가에게 말씀하셨나요?"

"목함? 그 신기한 상자 말씀이군요? 아니요, 아무한테도."

그때 역시 낯익은 아가씨가 다가왔다.

"로안 선생님, 이런 곳에 계셨네요."

"들켰네."

"자, 여관으로 돌아가서 여행 안내서를 계속 쓰세요. 여행을 마치고 돌아가면 바로 출판할 거예요."

"아무리 그래도 너무 성급하잖아?"

"이런 건 서두르는 게 좋아요. 내일 이 온천이 말라버릴지도 모르잖아요. 정보가 낡으면 그걸 믿고 여행을 나선 사람들이 곤란해진다고요."

그녀도 시조코를 알아보았다.

"어라? 일전의……?"

시즈코는 고개 숙여 인사했다. 장발의 남자는 이즈미 로안이라는 이름의 여행 안내서 작가라는 듯했다. 온천 마을을 책에 소개하려고 여기까지 왔다고 한다.

"이곳 온천은 어느 정도 알았으니 슬슬 도읍으로 돌아가 집필을 시작해야 하지만 사정이 생겨 여관을 떠날 수가 없답니다. 그래서 방에 틀어박혀 책을 쓰고 있는 거지요."

"달아나지 못하도록 감시하고 있었는데 언제 어떻게 빠져나간 거예요?"

아가씨의 이름은 린으로 책을 출판하는 서점 사람이라고 했다.

"자, 선생님, 여관으로 돌아가 글을 쓰세요. 여관에 발이 묶여 있는 동안에."

"여행을 좀 즐겨도 되잖아. 너도 온천이나 즐기고 오렴. 발이 묶였다고 해도 어차피 여주인은 곧 돌아올 거야."

"지금 여주인이라고 하셨나요?"

"예, 그렇습니다. 여주인이 어디로 훌쩍 사라진 뒤로 돌아오지 않고 있거든요."

이즈미 로안이 설명했다.

"짐꾼으로 고용한 사내가 이 온천 마을에서 빚을 지게 생겨서요. 왜, 한 사람 더 있었잖습니까? 볼품없고 눈 밑이 시커먼

게 가난뱅이 신처럼 생긴 사람이. 미미히코라는 자인데 여관 여주인이 대신 내준다고 약속했다며 술을 실컷 퍼마셨다지 뭡니까. 하지만 여주인은 어디론가 떠나서 돌아오지 않고. 술집에서 미미히코의 술값을 여관에 청구했지만 여관에서 일하는 젊은 사람들이 거부하고 있어요. 미미히코의 말이 사실인지 여주인에게 확인하기 전까지는 내줄 수 없다는 거죠. 그래서 저희도 이 온천 마을에서 여주인이 돌아오기를 기다리는 처지입니다."

그의 옆에서 린이 팔짱을 끼고 화를 냈다.

"미미히코 씨한테는 정말 질렸어요. 로안 선생님, 그 사람은 여기 두고 가요."

"그게 좋을지도 모르겠다."

"저……."

시조코는 조심스레 그들이 묵고 있는 온천 여관에 대해 물어보았다. 온천 여관 유백탕이라는 곳에 묵고 있다고 했다. 시조코를 찾아온 사람은 그곳 여주인인 것 같았다. 생김새를 물어보니 특징이 전부 일치했다. 여주인이 사라진 날과 시조코의 집을 찾아온 날도 같았다. 하지만 여주인은 여관으로 돌아오지 않았다고 한다. 대체 어디로 사라진 걸까? 혼란스러워하는 시조코에게 이즈미 로안이 물었다.

"뭔가 문제가 생겼군요? 말씀해보세요."

시조코는 전부 털어놓기로 했다.

그날 안에 문제는 해결되었고, 여자도 발견되었다.

‥5‥

온천물이 너무 뜨거워 들어갈 수가 없다는 불평이 있었다. 손님들이 찬물을 섞어 미지근하게 해달라, 그러지 않으면 화상을 입겠다고 했다. 온천 여관 유백탕에서 일하는 사람들은 모두 같은 옷을 입는데 나도 예외는 아니었다. 손님의 불평을 못 들은 척하고 복도를 바삐 오갔다. 실제로는 아무 일도 하지 않지만 일하는 척하는 것이다. 그러다가 농땡이 부리는 것을 들켜 여주인 대신 온천 여관 유백탕을 꾸려나가기 시작한 젊은 사람들에게 혼나고 말았다.

"그런 식으로 굴면 우리도 빚을 못 갚아줘요! 제대로 일하란 말이에요!"

"일……. 내가 가장 싫어하는 말이야……."

"지금 장난해요? 당신 때문에 마님이……!"

"나는 목함 이야기를 들려준 것뿐이야. 설마 그걸 훔치려 하다니. 그렇게 된 건 자업자득이야."

말은 그렇게 했지만 책임을 느끼지 않는 것은 아니었다.

"알았어, 일할게. 빨리 술값을 갚지 않으면 로안 선생님께도 미안하니."

내 술값은 온천 여관 유백탕이 대신 내주었다. 그만큼 여관에서 일해서 갚아야 해서 이즈미 로안과 린도 한동안 이 온천 마을에 머물게 되었다. 여행이 길어져 괜히 경비가 더 들게 되었다고 마주칠 때마다 린이 구박했다.

"차라리 술값도 경비로 내주면 좋잖아. 그러면 빨리 돌아갈 수 있어 추가 숙박비가 들지 않으니 그게 그건데."

그렇게 제안해보았지만 헛수고였다. 린이라는 꼬마 아가씨가 내 눈에는 귀신으로 보였다.

로안 선생님은 여전히 태평하게 예상 밖의 장기 체류를 즐기고 있다. 기념품 가게를 구경하며 온천 수증기에 싸여 길을 잃고 어디론가 사라진다. 그런가 하면 어느새 돌아와서 방에서 뭔가 글을 쓰고 있다.

"여주인이 죽은 건 일과를 게을리한 결과라고도 할 수 있지 않을까? 미미히코, 자네도 같은 길을 걷지 않도록 조심해. 제대로 일해서 돈을 갚아."

여주인의 장례식에서 이즈미 로안이 내게 말했다.

여주인이 발견되었을 때, 나는 그 자리에 있었다.

"주인장! 어디 있습니까!"

큰 소리로 가장 열심히 찾은 게 나였다. 여주인이 돌아오지 않으면 술값을 내게 청구할 가능성이 있었기 때문이다. 이웃 마을 사람들, 여관에서 일하는 사람, 이즈미 로안, 린과 함께 여주인을 찾아 길을 걸었다. 시조코라는 여인도 함께였다. 시조코의 이야기를 듣고 여주인이 목함을 손에 넣으려고 그녀의 집을 찾아갔다는 것을 알았다. 하지만 그러고는 어떤 이유로 온천 마을로 돌아오지 못한 것 같았다. 돌아오다가 길이라도 잃었는지, 아니면 뭔가에 습격을 당했는지. 온천 마을에서 시조코의 집으로 이어지는 길을 대대적으로 수색하게 되었다.

"어이! 이쪽이다!"

산길 중간에서 마을 사람 하나가 크게 외쳤다. 그쪽으로 가보니 수풀 속에 함 뚜껑 같은 게 굴러다니고 있었다. 그 목함의 뚜껑이 틀림없다고 시조코가 확인해주었다. 길 한쪽은 거의 절벽처럼 가팔랐다. 아래를 굽어보니 나뭇가지가 부자연스럽게 꺾여 있었다. 여주인은 그곳에서 목함을 열고 안을 확인했던 게 아닐까? 목함 속에 무엇이 들어 있었는지는 이미 시조코에게 들었다. 여주인은 목함 속에 든 것을 보고 깜짝 놀라 발을 헛디뎌 비탈에서 굴러떨어진 게 아닐까?

우리는 비탈을 내려가 여주인을 찾았다. 이름을 부르며 수풀을 헤치는데 기묘한 소리가 들려왔다.

푹, 푸지직…….

쩝, 쩝쩝…….

푹, 푸지직…….

쩝, 쩝쩝…….

이윽고 그것이 시야에 들어오자 시조코가 입을 틀어막았다. 수많은 들개가 여주인을 뜯어 먹고 있었던 것이다. 다 함께 들개들을 쫓아내고 이즈미 로안이 여주인의 몸을 살폈다.

"비탈에서 굴러떨어질 때 다리를 다친 모양이군. 가지가 박혀 있어. 대량의 출혈도."

"아까 그 개들은?"

"피 냄새를 맡고 모여들었겠지. 돌을 던져 쫓아내려 한 흔적도 있군."

텅 빈 목함이 나무 밑동에 떨어져 있었다.

푹, 푸지직…….

물기를 머금은 소리가 조금 위쪽에서 들려왔다. 나뭇가지에 선명한 검붉은 색 살덩어리가 걸려 있었다. 표면이 수축할 때마다 살덩어리에서 늘어져 있는 하얀 밧줄 끝에서 소리가 났다.

푹, 푸지직…….

비탈에서 굴러떨어질 때 목함에서 튀어나와 나뭇가지에 걸린 것 같았다. 축 늘어진 두 가닥의 창자 가운데 긴 쪽이 여주인의 몸 근처에 늘어져 있었다. 주변 일대에 피 냄새가 가득했다. 수풀 잎사귀와 나무줄기, 모든 곳에 마른 핏자국이 있었다. 아무래도 여주인의 몸에서 흘러나온 피를 저 심장이 높은 곳으로 빨아들여 주위에 흩뿌린 듯했다. 이즈미 로안은 바람을 타고 퍼진 피 냄새를 맡고 들개들이 모여들었을 거라고 했다.

푹, 푸지직…….

말라붙기 시작한 피가 창자 끝에 남아 심장이 고동칠 때마다 소리를 냈다. 가지에 걸려 있던 심장을 향해 시조코가 손을 뻗었다. 두 손으로 감싸고 안도한 표정을 지었다. 피 냄새가 만연한 참혹한 장소에서 우리는 말없이 그녀와 심장을 바라보았다.

그후의 이야기를 풍문으로 들었다. 시조코는 재혼해 행복하게 지낸다고 했다.

술값을 다 갚고 여행으로 돌아온 우리는 몇 년 후 다시 그 온천 마을을 지나는 길에 온천 여관 유백탕을 찾았다. 그곳에서 일하던 사람이 우리에게 이런 이야기를 들려주었다.

시조코의 아이들에게 새로운 아버지가 생기고 얼마 지났을 때였다. 우물물을 길어 올리던 심장이 마침내 움직임을 멈추었다. 고동이 점점 약해지더니 이윽고 가족들의 손안에서 완전히 멈추었다. 신비한 심장은 그제야 무덤에 묻힐 수 있었다고 한다.

별과 곰의 비극

··1··

혼란의 시대가 안정되기 전에는 지방을 연결하는 길을 정비하지 않았다. 다른 지방에서 침입하지 못하도록 하기 위해서다. 하지만 각 지방이 통일된 후로는 구석구석까지 전령을 보내기 위해 가도를 정비했다. 각 지방이 연결되고 사람들이 여행하기 편한 세상이 되었다. 일생에 남을 경험을 위해 몇 달 동안 신사와 사찰을 찾아다니는 사람들이 늘었다. 참배하러 가는 길에 온천 마을을 찾고 그곳에서만 맛볼 수 있는 음식을 먹는다. 이즈미 로안의 여행서는 그런 사람들을 위한 안내서이다. 신사와 사찰에 가는 방법이나 그곳에서 지켜야 할 행동거지 등이 적혀 있다.

"로안 선생님 책은 신불 덕분에 팔리는 거예요. 사람들은 참배를 가서 소원을 빌고 애원하죠. 그래서 도읍과 마을을 멀리 떠나 여행을 나설 결심을 하는 거예요. 그렇지 않으면 여행 안내서를 누가 사겠어요?"

산길을 걸어가며 내 생각을 말했다. 뒤에서 걷고 있던 소녀가 대답했다. 이 녀석 이름은 린이다.

"참배는 그냥 구실일지도 몰라요. 온천이나 진귀한 음식을 즐기는 사람도 있다고요."

"내가 하고 싶은 말은 이거야. 사람들은 어느 시대에나 신불을 찾아. 구원을 원해. 그런 사람이 읽고 싶은 이야기를 여행 안내서에 쓰면 되는 거야. 안 그렇습니까, 선생님?"

앞에서 걸어가는 장발의 사내를 향해 말했다.

"그럼 다음 책에는 부처님 설법이라도 써볼까?"

이즈미 로안은 나를 짐꾼으로 고용한 인물이다. 그는 여행 안내서를 쓰기 위해 일부러 각지를 찾아가 신사와 사찰을 보고 온천을 체험하는 일을 반복하고 있다. 하지만 지금 두 가지 문제가 그의 앞을 가로막고 있다. 한 가지는 책이 썩 잘 팔리지 않는다는 것이다. 다양한 여행 안내서가 이미 나와 있다. 여행이 서민의 오락이 되었다고는 해도 한 해에 몇 번이나 여행을 떠나는 사람은 드물다. 몇 달씩 들여 멀리 떨어진 신사와 사찰을 참배하고 그 추억을 평생 간직하는 경우가 대부분이다. 그러므로 여행 안내서는 한 권으로 충분하다. 주변에 한 권 있으면 손자들까지 걱정 없다. 빈번하게 출판한다고 다 팔리는 물건이 아니다.

"시장이 포화한 것 같아. 뭐, 괜찮아. 별일 아니야."

이즈미 로안은 느긋한 태도로 그런 소리를 했다. 걱정스러워 보이는 건 여행 동료인 린이다. 이 아가씨는 그에게 여행 안내서 집필을 의뢰한 서점에서 보낸 사람이다.

"좀더 초조해하시라고요. 책이 팔리지 않으면 서점은 여행 자금을 댈 수 없어요."

나는 오르막길을 오르며 집게손가락을 세웠다.

"맞아요, 선생님, 책 말미에 각지의 잡기판 정보를 쓰는 거예요."

잡기판이란 노름판을 말한다. 나는 흔히 여행지에서 주사위 놀음을 하려고 노름판을 찾는데, 애초에 도박을 금지하는 세상이라 공공연하게 간판을 내놓을 수 없다. 어둑한 뒷골목에서 그 바닥 사람으로 보이는 사내에게 물어보는 수밖에 없는데, 그게 의외로 번거롭다.

"당연히 못 쓰죠. 꾸지람을 들을 거예요."

린이 싸늘하게 말했다.

"잡기판이라. 생각도 못 했네. 도박을 하는 사람들에게 여행 안내서를 파는 것도 한 가지 방법일지 몰라."

"로안 선생님, 설마 진심은 아니죠?"

"진심으로 신불에게 매달리는 건 의외로 그런 사람들일지도 몰라. 도박하는 사람들이 흔히 운을 운명에 맡기지 않나?"

이즈미 로안이 걸음을 멈추었다. 앞쪽에 갈림길이 있었다. 한쪽은 오르막길, 다른 쪽은 내리막길이다. 우리는 서로의 얼굴을 보고 말없이 고개를 끄덕이고는 내리막길로 향했다. 주변은 수풀이 울창하게 우거져 있었다. 가지와 잎사귀 사이로 보이는 하늘은 흐렸다.

어느새 우리는 비탈길을 오르고 있었다. 대체 언제 비탈이 내리막에서 오르막으로 바뀌었을까? 아무도 언제 그렇게 되었는지 모른 채 그대로 길을 올라가고 있었다. 우리는 한숨을 쉬었다. 이즈미 로안의 앞을 가로막는 또 하나의 문제는 바로 이것이다. 이 산에는 아무래도 오르막길밖에 없는 것 같았다.

우리는 산을 넘으려는 게 아니다. 늘 그렇듯 미아가 되어 이 산에 들어오고 말았을 뿐이다. 빨리 산기슭으로 내려가 목적지인 온천 마을로 향하고 싶었다. 뜨거운 탕에 몸을 담그고 발을 뻗은 다음 술을 한잔 걸치고 이불 속으로 파고들고 싶었다. 하지만 이 산에 들어온 후로 오르막길만 이어지고 있다. 내리막길이 나왔다 싶어도 조금 가다 보면 어느새 위를 향하고 있다. 처음에는 되돌아가면 그만이라고 생각했다. 오르막길을 하염없이 왔으니 왔던 길을 돌아갈 때는 하염없이 내리막길이어야 한다. 하지만 기묘하게도 실제로는 되돌아가면 또 다른 오르막길이 나오는 것이었다.

이 세상에 있는 오르막길과 내리막길의 수는 똑같은 게 아니었나? 관점의 문제다. 같은 것을 어느 쪽에서 보느냐에 따라 달리 부르는 것뿐이다. 하지만 이 산에는 그게 적용되지 않는다. 오르막길밖에 없으니까. 또 헛고생이 시작되었구나. 나는 그냥 포기했다. 이즈미 로안은 심각한 길치라 길을 잃고 기묘한 곳에 다다르는 것은 늘 있는 일이다. 린은 이유도 없이 화를 내기 시작했다.

"미미히코 씨 평소 소행이 나빠서 그래요……."

"엉뚱한 데다 화풀이하지 마. 내가 뭘 했다고 그래?"

"지장보살님 공양물을 멋대로 집어먹었잖아요."

"썩어서 버리는 것보다는 낫잖아."

시험 삼아 길에서 벗어나 수풀을 가로질러 산기슭 쪽으로 가보았다. 하지만 길을 갈 때와 마찬가지로 내리막은 바로 오르막으로 바뀌었다. 수풀 가장자리에서 산기슭을 굽어볼 수 있는 곳을 발견하고 그쪽으로 똑바로 가려 해도 나무들이 시야를 가려 방향을 잃고 어느새 산을 오르고 있다. 하늘을 뒤덮은 잿빛 구름이 가까워졌다. 이대로 가면 구름 위로 올라갈지도 모른다. 산이 구름 너머 어디까지 이어져 있는지 알 수가 없다. 하늘에는 두터운 구름이 끝없이 깔려 있다. 산의 높이도 몰랐다. 수풀이 앞을 가려 능선도 보이지 않는 탓에 바닥이 끝도 없이 하늘로 뻗어 있는 것만 같았다.

이윽고 평탄한 곳이 나왔다. 오르막은 사라지고 대지가 펼쳐졌다. 키 작은 귤나무가 가득 자라고 있었다. 야생이라기보다 누가 심은 것처럼 고른 간격으로 뿌리를 내리고 있다. 바람 속에 상큼한 향기가 감돌았다. 열매를 하나 따서 냉큼 입에 넣어 보니 새콤한 과즙에 피로가 싹 풀리는 기분이었다.

귤나무 잎사귀 너머로 지붕들이 아른아른 보였다. 마을이다. 누가 살고 있는 모양이다. 아마도 부뚜막에서 나왔을 연기가 초가지붕에서 하늘로 올라가고 있다. 우리는 집들이 있는 쪽으로 향했다.

마을은 전체적으로 황폐했다. 울창한 잡초가 부서진 돌담을 뒤덮고 있었다. 처음 만난 마을 사람은 그늘에 앉아 있는 노인이었다. 옷이라기보다 누더기에 가까운 천을 걸치고 있었다. 로안이 대표로 물었다.

“여행하는 나그네입니다. 이 산에서 길을 잃어 산기슭으로 내려가는 길을 찾고 있는데 혹시 모르십니까?”

노인은 멍한 눈빛으로 로안을 올려다보았다. 날벌레가 노인의 머리 위를 맴돌고 있었다. 말이 통하기는 하는 걸까 걱정스러웠지만 기우에 그쳤다. 노인은 고개를 가로젓더니 의외로 정정한 목소리로 대답했다.

“그런 건 없소이다. 이 산에서 길을 잃은 사람은 여기서 포기하고 신세를 한탄하는 수밖에 없습니다.”

그들은 산기슭으로 내려가는 길을 찾지 못하고 결국 포기한 채 이곳에서 모여 살기로 한 사람들이었다. 이곳은 그렇게 생긴 마을이었다. 노인과 이야기하고 있으니 다른 집에서 마을 사람들이 고개를 내밀었다. 모두 비슷하게 안색이 나빴는데, 멀리서 안쓰러운 표정으로 우리를 쳐다보았다. 노인부터 아이까지, 다양한 연령의 남녀가 있었지만 모두 누더기를 걸치고 있었다. 이곳에는 새 옷을 파는 행상인이 오지 않는 것이다. 생김새는 저마다 달라서 비슷한 얼굴이 없었다. 서로 혈연관계가 없기 때문이다. 이곳은 가족이라는 게 없고 산에서 길을 잃은 개인의 집단으로 이루어진 마을인 것 같았다. 어쨌거나 오늘 밤 묵을 곳을 찾기로 했다. 노인이 허물어져가는 집을 가리키며 말했다.

"저기가 비어 있으니 쓰셔도 됩니다. 전에 살던 남자는 얼마 전에 사라졌거든요."

"사라졌다니요?"

"버섯을 캐러 갔다가 그만 비탈로 들어가고 말았습니다. 이 산에는 내리막길이 없으니 마을로 돌아오지 못한 거지요. 처음에는 비탈 위에서 목소리가 들렸지만 어느새 그마저도 사라져 지금은 죽었는지 살았는지……."

성가신 산이다. 섣불리 비탈에 들어가지 않는 게 낫겠다. 우리는 노인에게 인사를 하고 빈집으로 향했다.

그 집은 잡초로 잔뜩 황폐해진 자리에 있었다. 나뭇가지로 뼈대를 만들고 점토를 발라 벽을 만들었다. 지붕은 초가지붕으로 대들보 위에 나무껍질로 대충 엮어놓았다. 이즈미 로안은 팔짱을 끼고 집의 구조를 바라보았다.

"못을 전혀 쓰지 않았군. 판자로 가공한 목재도 보이지 않아."

집 안에는 바위를 쌓아 만든 간소한 부뚜막이 있었다. 그게 전부였다. 마루방조차 없어서 매끄러운 흙 위에서 자는 수밖에 없다. 마른 풀을 잔뜩 가져와 그 위에 드러누웠다. 이즈미 로안은 훌쩍 어디론가 사라졌다. 산에서 내려가는 길을 조사하러 갔을까? 린은 마을 사람에게 샘물이 나오는 곳을 물었다. 이윽고 식물 잎사귀를 엮어 만든 통으로 물을 길어 오더니 나뭇조각을 돌로 파서 만든 듯한 그릇으로 물을 마시고 있다.

"어이, 린, 차 좀 줘."

"물을 끓이고 있으니 기다려요. 이 마을에는 철 냄비가 없어서 이렇게 한대요."

린은 부뚜막에서 돌을 달구고 있었다. 돌이 충분히 달구어지자 물을 담은 통을 부뚜막 옆으로 가져왔다. 나무 막대기를 사용해 통 속에 돌을 떨어뜨리자 부글부글 거품을 내며 물이 끓었다. 차 준비를 돕기로 했다. 찻잎은 린이 짐 보따리에 넣어 들고 다닌다. 린은 여행지에서 산 맛있는 찻잎을 애지중지했다. 그런데 내가 그만 손이 미끄러져 그런 찻잎을 발밑에 쏟고 말았다.

"그렇게 화낼 건 없잖아."

린이 끓는 물을 내게 부으려 하길래 집에서 뛰쳐나왔다가 내친김에 마을을 산책하기로 했다.

비쩍 마른 마을 사람들이 귤나무 옆에 앉아 있었다. 모든 기력을 잃은 것처럼 무릎을 끌어안고 있는 모습에 친근감을 느꼈다. 도박으로 돈을 잃은 사람들이 노름판 앞에서 흔히 그러고 있는데, 나도 곧잘 그렇게 되기 때문이다. 눈앞을 지나는 내가 방금 전에 찾아온 나그네라는 걸 알아본 사람들이 힘없는 표정으로 인사를 했다. 집 옆에 굴러다니는 장작용 도끼의 날은 철제가 아니라 날카로운 돌이었다. 이 마을에는 대장간이 없다. 철기를 교환해줄 상대와 교류할 기회도 없으리라.

"술을 마실 수 있는 곳은 없소?"

나는 마을 여인에게 물어보았다. 여인은 누더기 옷을 걸치고 나무 열매를 모으고 있었다. 뼈에 살가죽뿐인 앙상한 노파였다.

"그런 건 없어."

그러더니 노파는 못 참겠다는 듯이 오열하기 시작했다. 이유를 물어보았다.

"괴로워서 못 견디겠어. 손주들을 보고 싶어. 집으로 돌아가고 싶어."

노파는 눈물을 닦으며 나무 열매를 주워 담았다.

시냇물을 발견했다. 퍼뜩 좋은 생각이 났다. 물은 높은 곳에서 낮은 곳으로 흐르는 법이다. 시냇물을 따라 하류로 향하면 어떻게 될까? 시험 삼아 물이 흘러가는 쪽으로 걸어가보기로 했다. 하지만 마을 변두리까지 가자 시냇물은 거기서 끊기고 탁한 물이 고인 연못이 나왔다. 연못물은 시커멓고 바닥이 미끌미끌했다. 집게손가락으로 진흙을 떠보니 점토 같았다. 이것으로 집의 벽을 만든 것이리라.

문득 고개를 드니 연못가에 사람 그림자가 있었다. 여인이었다. 머리카락이 길고 피부가 하얘서 유령인 줄 알았지만 아닌 듯했다. 내 기척을 느낀 여인이 깜짝 놀란 얼굴로 경계했다.

“저는 지나가던 나그네인데…….”

그렇게 말하다가 멈춰 섰다. 이렇게 아름다운 여인은 처음 본다. 옷은 남루했지만 마치 몸에서 은은히 빛이 나는 것처럼 보였다. 탁한 연못가에서 여인은 난처한 듯 긴 속눈썹을 파르르 떨었다. 내가 한 걸음, 거리를 좁히자 여인은 겁먹은 다람쥐처럼 멀리 달아나버렸다.

··2··

내리막길을 아는 사람은 없었다. 우리는 마을에 묵으며 산에서 나갈 방법을 찾기로 했다. 사흘째 아침이었다. 참새 소리에 잠에서 깬 나는 마른풀을 깔아 만든 잠자리에서 일어나 기지개를 펴면서 밖으로 나갔다. 집 뒤에서 소변을 보려는데 귤나무 밭 쪽에 사람들의 인기척이 있었다. 그리로 가보니 마을 사람들이 모여 있고 팔짱을 낀 이즈미 로안과 린도 있었다.

“다들 심각한 표정으로 무슨 일입니까?”

사람들이 바닥에 떨어져 있는 주먹만 한 크기의 대변을 쳐다보고 있었다. 오호라. 나는 마을 사람들을 둘러보았다.

"아니, 대체 누구요, 이런 곳에서 볼일을 본 사람이. 범인은 냉큼 나와요."

린이 한심한 표정을 짓기에 당황했다.

"그만둬, 그런 눈으로 보지 마. 난 아니야."

"알아요. 성가신 사람이네."

"그럼 범인이 누군지 알아?"

"네, 아마도. 사람이 아니에요. 그래서 모두 모인 거예요."

대변을 조사한 이즈미 로안이 말했다.

"고기를 먹는 동물의 대변입니다. 이 크기로 보건대 곰일지도 모르겠군요."

다른 사람들도 동의했다. 이 마을에는 가끔 곰이 나타난다고 했다. 사람들과 마찬가지로 산에서 내려가지 못하고 산속을 헤매다가 먹이를 찾아 오는 것이다. 그때마다 마을 사람들은 기척을 죽이고 집 안에 가만히 있었다. 그렇게 숨죽이고 있으면 곰은 어슬렁대다가 비탈로 올라가서 마을로는 돌아오지 않는다고 했다.

곰이 나타났다는 소식은 바로 마을에 퍼졌다. 항상 길가에서 훌쩍거리던 노파가 겁에 질려 집으로 달아났다. 마을에 몇 명 밖에 없는 아이들이 어머니 역할을 하는 중년 여인에게 불안한 표정으로 매달렸다. 이 마을에서는 피가 이어지지 않은 사람들

몇 명이 한집에 모여 살고 있다. 그들은 집의 벽과 출입구에 나뭇가지를 세우고 낙엽을 덮기 시작했다. 그러자 마치 마른 가지가 쌓인 산처럼 보였다. 그렇게 해서 곰을 속여 그대로 지나가게 하려는 의도이리라. 멍하니 그 모습을 바라보는데 도키치라는 이름의 사내가 말을 걸었다. 우리가 이 마을에 왔을 때 처음 대화를 나누었던 노인이다.

"곰에 잡아먹혀 죽어가는 사람을 본 적이 있나? 끔찍하다네. 오래전 일이지만 흩어진 손발을 거두어 묻어주었지."

도키치 노인은 악취가 심해서 날벌레가 항상 머리 위를 맴돌았다. 나는 어떤 이유로 이 노인과 친해졌다. 이 노인은 마을 변두리에 있는 집에서 세 명의 동거인과 살고 있다. 그중 두 명은 노인인데 나머지 한 명은 젊은 여인이었다. 유스이라는 이름으로, 연못가에서 마주친 아름다운 여성이었다.

유스이는 혼자서 노인들을 돌보았다. 동거하는 노인들과는 생판 남이라는데 진짜 조부모처럼 정성껏 대했다. 연못가에서 만났을 때는 나를 경계해 달아났지만 노인들과 함께 있을 때는 내게도 인사를 해주었다. 오로지 그것 때문에 나는 냄새 고약한 도키치와 잡담을 나누고 있는 것이다. 도키치와 친하게 지내면 유스이에게도 좋은 인상을 줄 게 분명하다.

"여보쇼, 도키치, 남자 손이 필요하면 언제든지 나를 불러요. 장작 패기든 뭐든 도울 테니까. 뭐하면 함께 살면서 일손을 도와도 되고."

노인들을 돌보기는 싫었지만 유스이와 함께 살 수 있다면 그것도 괜찮다. 살날이 얼마 남지 않은 노인들은 조만간 죽을 테니 그 집에는 나와 그녀 둘만 남겠지. 이 산에서 평생 나가지 못할 경우에 그렇다는 말이지만.

오늘은 유스이가 지나갈 기미가 없어서 바로 돌아가기로 했다. 이즈미 로안과 린도 집이 마른가지 산으로 보이도록 꾸미고 있었다. 입구를 뒤덮을 만큼 나뭇가지와 잎사귀를 쌓아 올렸다. 두 사람의 말에 따르면 곰의 후각은 개보다 뛰어나서 조용히 지나가준다는 보장은 없다고 했다. 하지만 곰이 집에 다가오면 나뭇가지가 부러져 소리가 날 것이다. 접근을 알아차릴 수는 있을지도 모른다. 나는 일하는 두 사람 옆에 털썩 주저앉아 한숨을 쉬었다.

"미미히코 씨도 도와요."

린이 내 머리 위에 낙엽을 우수수 쏟았다.

"그만둬, 등에 들어갔잖아."

"술하고 주사위 생각이라도 하는 거예요?"

"아니야."

"그럼 유스이 씨 생각이겠네."

"맞아. 어떻게 관심을 끌어볼까 고민하고 있었어."

"그만둬요, 유스이 씨가 불쌍해."

그 말에는 이즈미 로안도 동의하는 것 같았다.

"그래, 미미히코, 포기해. 그 사람을 불행하게 만들 셈인가?"

"두 사람 다 저를 뭘로 보는 겁니까?"

이 마을에는 스무 명의 마을 사람들이 있었는데 나이가 찬 남자도 몇 명 있었다. 개중에는 유스이에게 연심을 품은 자도 있었다고 한다. 하지만 그녀는 철저하게 무관심했다. 그렇다고 이미 마음에 정해놓은 상대가 있는 것도 아니다. 도키치의 말에 따르면 유스이는 대화가 서툴고 부끄럼을 잘 타서 비슷한 연배의 남자를 보면 달아난다고 했다. 아깝게.

이즈미 로안은 곰을 경계하면서 산을 조사하고 있었다. 아침부터 밤까지 구름을 바라보고 새와 벌레들을 관찰하며 깨달은 사실을 기록했다. 로안에 따르면 바람도 산기슭에서 정상 쪽으로 불고 그 반대의 경우는 없다고 한다. 산기슭으로 향하는 새도 없어 보금자리로 돌아가지 못하게 된 새들은 어쩔 줄 모르고 원을 그리며 정상 쪽으로 날아간다고 했다. 벌레도 마찬가지라 산기슭 쪽에서 찾아와 정상 쪽으로 사라진다. 하지만 산꼭대기의 상황은 알 수가 없다. 언제나 두터운 구름이 껴 있는데 도통 사라질 기미가 없다. 구름 속으로 영원히 오르막길이 이어지는 게 아닐까? 내리막이 없는 기묘한 산이니 그럴 수도 있지 않을까?

하산할 방법을 찾는 한편, 로안은 마을 사람들에게 다양한 지식을 전수했다. 점토로 질 좋은 그릇을 굽는 방법이나, 그것을 위한 가마를 제작했다. 린은 마을 한쪽에서 사철이 나는 것을 알고 그것을 녹여 철을 얻는 방법을 마을 사람들에게 가르쳤다. 린은 마을 남자들을 모아 흙을 굳혀 화로를 만들기 시작했다.

"너, 그런 걸 어떻게 알아?"

"단철장에서 지낸 적이 있어요."

린은 그리운 표정으로 말했다. 단철장이란 제철소를 말한다. 이 마을에서 제철이 가능해지면 더이상 석기를 사용할 필요도 없을 것이다.

마을 사람들은 박식한 이즈미 로안과 린에게 의지했다. 먹을 수 있는 버섯이나 산나물, 채소 재배 방법도 자주 물었다. 한편 나는 쓸모없는 사람이라는 견해도 있었지만 개의치 않았다. 심심해 보이는 사람을 불러 직접 만든 주사위로 도박을 했다. 돈 대신 귤을 걸고 주사위놀음을 즐겼다. 광장은 즉석 노름판이 되었다. 마을 남자가 내게 물었다.

"당신들, 언젠가 이 마을을 떠날 생각인가?"

"여기엔 술이 없으니까. 로안 선생님도 여행 안내서를 써야 하고."

"미미히코는 떠나도 돼. 하지만 두 사람은 마을에 남아주면 좋겠어."

모두들 "맞아, 맞아" 하고 끄덕거렸다. 내가 불만을 토하자 모두들 웃었다. 스무 명의 마을 사람들을 분간할 수 있게 되었고 이름도 전부 외웠다. 누가 어느 집에 사는지도 파악했고 눈을 감아도 잠자리로 돌아갈 수 있을 만큼 길을 익혔다.

유스이와 이야기할 기회도 있었다. 함께 사는 노파의 기침이 멎지 않는다는 소식을 듣고 이즈미 로안에게 의논해보았더니 탕약을 주었다.

"이걸 갖다드리게나."

나는 고맙다고 말하고 유스이와 노인들의 집을 찾아갔다. 문 앞에 나온 유스이는 지친 표정이었지만 여전히 아름다웠다. 얼굴에 드리운 그늘이 고혹적이었다. 유스이는 탕약을 노파에게 먹였다. 기침을 할 때마다 괴로워 보였던 노파의 표정이 얼마간 편안해졌다. 달리 도울 일은 없는지 물어보자 장작을 모아 달라고 부탁했다. 냉큼 집 주변에서 바짝 마른 잔가지를 주워 모았다. 커다란 가지는 돌도끼로 잘게 쪼개야 한다.

발로 가지를 밟고 두 손으로 쥔 돌도끼를 내리찍었다. 날이 무뎌서 찍어서 꺾는 수준이었다. 그러다가 돌도끼가 무거워 휘청거리고 말았다. 무릎을 찧어 눈물을 찔끔 났다. 유스이가 나의 그런 부끄러운 모습을 보고 있었다. 걱정스러운 표정을 짓는 그녀에게 허세를 부렸다.

"하하, 일부러 그런 거야. 장작 패기는 내 특기야. 장작 패기 하면 미미히코 님이지."

유스이는 난처한 표정으로 살짝 웃었다.

"고마워요. 기운이 나네요."

노파를 돌보기 위해 유스이는 집 안으로 돌아갔다. 그 뒷모습을 멍하니 바라보고 있노라니 도키치 노인이 나타나 내 시선을 가로막았다. 늘 그렇듯 날벌레가 노인의 머리 위를 맴돌고 있다.

"비켜, 망할 영감아, 유스이가 안 보이잖아."

그만 진심이 튀어나오고 말았다. 도키치는 기가 막힌다는 듯이 내게 다가왔다.

"자네가 저 아이를 좋아하는 건 알지만 성질머리가 그러니 맡길 수 없네. 게다가 자네들은 언젠가 이 마을을 떠날 것 아닌가?"

"앞일은 생각하지 않기로 했어."

"나 원 참……."

도키치가 보는 앞에서 나는 묵묵히 돌도끼를 휘둘렀다. 장작으로 쓸 가지를 묶어서 날랐다. 도키치가 내게 가르쳐주었다. 유스이는 가문을 중시하는 상인의 딸이라고 했다. 원하지 않는 혼담에 달아났다가 이 산에서 길을 잃고 나가지 못하게 되었다고 한다. 노인들은 유스이의 행복을 바라고 있었다.

"알겠어, 내가 행복하게 해줄 수 있어."

노인은 내 말을 흘려들었다. 목가적인 나날들 속에서 곰에 대한 경계는 어느새 무뎌졌다. 하지만 일은 그럴 때 터진다.

한밤중에 비명 소리와 함께 벽을 벅벅 뜯는 소리가 들렸다. 우리는 벌떡 일어나 어둠 속에서 몰래 바깥을 살폈지만 아무것도 보이지 않았다. 숨을 죽이고 귀를 기울이자 아이 울음소리가 들렸다.

"상황을 보고 오마. 두 사람은 여기 있어."

로안이 혼자 밖으로 나갔다. 얼마 지나 아이 손을 끌고 돌아왔다. 로안의 뒤에 아이 어머니 역할을 하는 중년 여인이 있었다. 모두 겁에 질린 얼굴이었다. 다행히 부상자나 사망자는 없었다. 날이 밝을 때까지 우리는 바싹 붙어 집 안에서 웅크리고 있었다.

날이 밝자 피해 상황을 알 수 있었다. 아이들과 중년 여인이 살던 집이 반이나 부서졌다. 점토를 바른 벽이 무너져 박살 나 있었다. 아이들과 중년 여인은 어젯밤 일을 상세하게 기억하고 있었다. 밤중에 아이가 일어나 소변이 마렵다고 해서 밖으로 데려 나갔다가 곰과 딱 마주치고 말았다. 몸집이 산처럼 거대했다고 한다. 바로 집으로 달아났지만 곰이 뒤쫓아 왔다.

벽을 부순 곰의 발톱에 거기 있던 옷가지가 걸렸다. 곰은 옷에 관심을 보이며 한참 갖고 놀았다. 그것은 아이들이 생이별한 친어머니의 옷이었다. 그래서 곰이 한눈을 판 틈을 타서 아이들과 중년 여인은 용기를 쥐어짜내 옷가지를 움켜쥐고 집에서 뛰쳐나왔다. 그 직후 이즈미 로안과 합류해 곰에게서 달아났다. 이것이 어젯밤 일의 전말이었다.

마을 사람들 대부분이 광장에 모여 의논했다. 구석에 유스이가 노인들과 함께 있었다. 모두 안도한 기색이었다. 날이 밝고 보니 곰이 마을에 없었기 때문이다. 조심스레 순찰한 결과 연못가 진흙에 곰 발자국이 남아 있었는데 숲속으로 사라졌다고 한다. 이대로 마을로 돌아오지 않아야 할 텐데. 하지만 이즈미 로안은 복잡한 표정으로 마을 사람들을 향해 무겁게 입을 열었다.

"만약 곰이 비탈로 올라가지 않고 아직 이 마을과 같은 평탄한 곳을 돌아다니고 있다면 위험합니다. 다시 마주치면 곰은 주저하지 않고 사람을 공격할 겁니다."

"선생님, 그런 말씀을 하면 다들 무서워하잖아요. 근거가 있습니까?"

나는 로안에게 물었다. 그가 마을 사람들을 보았다.

"곰은 의외로 겁이 많습니다. 일단 마주쳤다고 그 자리에서 공격을 하지는 않아요. 하지만 이번에는 조금 사정이 다릅니다. 곰이 우리를 적으로 간주했을 우려가 있습니다."

그의 말에 따르면 곰이 뭔가에 관심을 보이면 그것을 절대 빼앗아서는 안 된다고 한다. 장난감을 눈앞에서 빼앗겼을 때, 곰은 인간을 배제해야 할 상대로 여긴다는 것이다.

과거에 어떤 나그네가 곰을 만났을 때의 일이다. 나그네는 깜짝 놀라 소지품이 든 봇짐을 떨어뜨리고 말았다. 그러자 곰은 그것을 가지고 놀기 시작했다고 한다. 곰이 한눈을 판 틈에 나그네는 달아날 수 있었다. 하지만 그때 봇짐도 함께 가져왔다. 그 결과 곰은 나그네를 끝까지 쫓아와 결국 죽이고 말았다.

어젯밤 곰은 가지고 놀던 옷가지를 눈앞에서 빼앗겼다. 인간을 자기에게 해를 입히는 존재로 인식했을지도 모른다. 마을 사람들이 어머니의 옷을 끌어안고 있는 아이들을 쳐다보았다. 어머니나 다름없는 중년 여성이 아이들을 감싸듯 끌어안고 사람들에게 고개를 숙였다. 이 마을에서 가장 혈기왕성한 사내가 한 아이의 멱살을 움켜쥐었다.

"너희가 옷가지를 가져오니 그렇잖아! 곰이 마음대로 하게 내버려두었어야지!"

아이가 겁을 먹고 울음을 터뜨렸다. 다른 사람들이 남자를 말렸다. 린이 남자와 아이들 사이에 끼어들었다. 스무 명의 마을 사람들이 옥신각신했다. 아이가 잘못했네, 잘못하지 않았네, 애초에 곰이 진짜로 돌아올지 알지도 못하면서 싸우는 건 좋지 않네, 하고 저마다 자기 생각을 떠들어댔다. 로안은 자기 발언이 혼란을 가져와 미안한 눈치였다.

"곰이 우리를 원망하지 않기를 빕시다. 그리고 이미 비탈로 올라갔기를 빕시다. 하지만 지금 당장 최소한의 준비는 해야 합니다."

이즈미 로안은 그렇게 말하더니 린을 불러 뭔가 속닥거리기 시작했다.

··3··

마을 사방에 곰이 들어오지 못하도록 급히 튼튼한 울타리를 설치하기는 도저히 불가능했다. 하지만 아무것도 하지 않고 손 놓고 있을 수도 없어, 체력이 있는 남자들이 모여서 함정을 파기 시작했다. 도구가 없다 보니 반나절 동안 사람 허리께만 한 깊이밖에 파지 못했지만.

만약 곰이 나오면 비탈로 몰아낼 수는 없을까, 누가 그런 제안을 했다. 일단 비탈 위로 쫓아내면 이 산에서는 아마도 내려올 수 없으리라. 하지만 어떻게 몰아내지? 집 벽도 쉽사리 박살 내는 상대를 어떻게? 사내들은 불을 지펴 횃불을 준비했다. 불을 들이대면 몰아세울 수 있을지도 모른다.

아이와 여인 들은 두 손에 나무를 들고 두드려대며 큰 소리를 내는 연습을 했다. 커다란 소리를 내면 경계해서 멀리 달아날지도 모른다.

그러고 있을 때 이즈미 로안과 린은 집 안에서 짐을 꾸리고 있었다.

"뭘 하는 겁니까?"

"미미히코, 자네를 기다렸어. 묻고 싶은 게 있네. 자네는 여기 남을 텐가? 아니면 우리하고 함께 갈 텐가?"

이즈미 로안은 나를 보며 물었다. 두 사람은 여행 채비를 거의 마쳤다. 나는 기가 막혔다.

"제가 사람을 잘못 봤네요, 선생님. 린, 너도 달아날 작정이구나."

"맞아요, 달아날 거예요. 그렇죠, 선생님?"

린이 부끄러워하는 기색도 없이 끄덕였다. 이렇게나 비겁한 성격이었다니 세상에나. 나는 로안에게 따지고 들었다.

"곰이 덮칠지도 모르는 이 마당에. 이 마을이 어떻게 되어도 좋다는 겁니까?"

"오해는 마. 달아나기는 해도 마을을 구하기 위한 일이야. 마을 사람들에게는 알리지 않을 생각이야. 다음에 곰이 이곳에 오면 그때 우리가 미끼가 되려는 거지."

불이나 소리로 곰을 몰아내는 방법이 성공한다는 보장은 없다. 곰은 태연하게 사람들을 습격할지도 모른다. 그렇다면 우리가 미끼가 되어 곰을 끌고 그대로 오르막으로 나가자. 곰이 쫓아와 비탈로 올라가면 마을은 무사하다. 그러면 우리는 달아나기만 하면 된다. 이즈미 로안은 그렇게 생각하고 있었다.

"하지만 위험하잖아요. 마을에서 나간 뒤에 무사히 달아날 수 있을지 아무도 모르잖아요."

"각오한 바야." 로안이 말하자 린도 "각오했어요"라고 대답했다.

"아하, 그렇단 말이지요. 저는 이 마을에 남겠습니다. 두 분이서 곰을 데려가세요. 잘 부탁드립니다."

"……조금도 고민 안 하네요."

"당연하잖아?"

기가 막혀 하는 린에게 그렇게 말하고 집에서 나갔다. 참으로 고마운 제안이다. 두 사람 덕분에 분명 이 마을은 괜찮을 것이다. 마을을 걷는 내 머릿속에는 온통 유스이 생각뿐이었다. 저 두 사람과 유스이를 천칭에 달면 유스이 쪽으로 기우는 것은 당연한 일이다. 전에는 마을에서 나갈 생각도 있었지만 냉정하게 보면 이편이 나을 것 같다. 나는 그녀를 행복하게 해줄 수 있을 것이다. 도키치에게 했던 선언은 농담이 아니다. 명확한 이유가 있다. 일단 이 마을에는 술이 없어 고주망태가 될 일이 없으니 나는 성실한 사람이 될 것이다. 술이라는 음료는 독이다. 게다가 노름판도 없으니 빚을 질 일도 없다. 그렇다면 나라는 사람이 좋은 남편감이라는 건 확실했다. 나머지는 유스이의 허락을 받아내기만 하면 되는데, 그건 문제없으리라. 아마 그녀도 나를 좋아할 것이다. 그렇지 않고서야 내게 미소를 지어줄 리 없다.

여인과 아이들이 마을 광장에 모여 나뭇가지를 두드리며 큰 소리로 외쳐대고 있었다. 처음에는 통일성 없는 소음이었지만 지금은 한 박자로 가지를 두드리며 소리를 내고 있어 마치 흥겨운 축제 같았다. 거기에 유스이도 있었다. 혼자만 유난히 용모가 뛰어나 다른 여인들이 마치 우엉이나 토란처럼 보였다. 팔다리가 늘씬하고 피부는 소복이 쌓인 눈처럼 하얬다. 그녀에게 나와 연을 맺지 않겠느냐고 물어볼 작정이었다. 대답은 알고 있었지만 그래도 용기가 필요한 일이다.

그러고 보니 노인들의 모습이 보이지 않았다. 집에서 쉬고 있는 걸까? 유스이의 허락을 받기 전에 먼저 도키치를 비롯한 노인들과 미리 이야기해두는 것도 나쁘지 않다. 노인들도 우리의 결혼은 찬성해줄 터였다. 유스이가 쑥스러워하며 결혼을 망설일 때, 그들이 인정해주면 혼담도 순풍을 탈 것이다.

그래, 그렇게 하자. 그들의 집으로 걸어갔다. 광장에서 울리는 소리와 고함이 등 뒤로 점점 멀어져갔다. 며칠 전 땔감을 주웠던 장소를 지나 초가집으로 다가갔다.

분위기가 이상하다. 집의 미닫이문이 무너져 있었다. 강한 바람이 불어서 떨어진 걸지도 모른다. 벽에 세워나 둘까? 뻥 뚫려 있는 입구로 다가가자 축축한 비린내가 풍겨 왔다.

시커먼 그림자가 집 안에 있었다. 털이 검다. 몸집이 산처럼 거대했다. 내 쪽에 등을 돌리고 웅크린 자세로 쩝쩝 소리를 내며 누워 있는 무언가에 코끝을 처박고 휘저어대고 있다. 도키치의 얼굴이 있었다. 다른 노인들의 얼굴도. 분간하기 힘들 정도로 엉망이었지만 아마 맞을 것이다. 피와 내장이 사방에 흩어진 상태로 그들은 죽어 있었다. 나는 슬금슬금 뒷걸음질을 쳤다. 당장이라도 기척을 들켜 곰이 우물거리던 입을 멈추고 내 쪽을 돌아볼 것만 같았다. 하지만 나는 무사히 집에서 벗어나 광장으로 달려갈 수 있었다. 광장에 목소리가 닿을 만한 곳까지 달려가서 목청껏 외쳤다.

곰은 광장으로 향했다. 나는 공포로 다리가 얼어붙어 근처에 있던 집 그늘에 숨어 벌벌 떠는 게 고작이었다. 내 비명 소리를 듣고 마을 사람들은 곰의 습격을 알아챘지만 미리 계획했던 일들은 실패로 끝났다. 가지를 두드리며 큰 소리로 위협하려 해도 곰은 태연히 광장으로 다가갔다. 효과가 없다는 사실을 알고 여인과 아이 들이 비명을 지르며 뿔뿔이 흩어졌다. 곰은 달아나는 사람을 쫓아가려 했다. 횃불을 든 사내들이 용감한 표정으로 곰을 막아섰다. 하지만 곰은 불길을 전혀 무서워하지 않고 앞발을 한차례 휘둘렀다. 첫 번째 사람이 몸이 찌그러질 정도로 충격을 받고 바닥에 구르자 그 자리에 피가 흥건히 고였다.

다른 사내들은 횃불을 든 채로 달아났다. 그중 한 명이 내가 숨어 있는 곳으로 다가왔다. 우연히도 곰은 그자를 쫓아왔다. 사지로 바닥을 박찰 때마다 진동이 느껴졌다. 집 모퉁이를 사이에 두고 바로 옆에서 곰이 사내를 따라잡았다. 다리를 잡아채 사내를 쓰러뜨린다. 거대한 짐승의 포효가 땅울림처럼 내장을 뒤흔들었다. 쓰러진 사내는 용감하게도 횃불로 곰의 콧등을 때렸다. 하지만 곰이 거대한 입을 벌린 다음 순간, 사내의 오른

쪽 어깨 아래가 순식간에 사라졌다. 뼈와 살을 한꺼번에 잡아뜯은 곰의 입가에 피가 잔뜩 묻었다. 사내의 비명은 곧 사라졌다. 뼈가 우지직 부서지는 소리와 함께 집 모퉁이 건너편에 핏물이 퍼져나갔다.

달아나야 하는데 다리가 움직이지 않는다. 곰의 후각이 개보다 예민하다는 게 사실이라면 다음으로 노리는 건 집 모퉁이를 사이에 두고 바로 옆에 있는 나일지도 모른다. 턱이 덜덜 떨리고 눈물이 났다. 후욱, 곰이 콧김을 내뿜는 소리가 났다. 모퉁이 너머에서 피 안개가 피어올랐다. 그 너머에서 곰이 거대한 몸을 쑥 일으켰다. 나는 힘이 빠져 엉금엉금 기었다. 그 녀석의 두 눈이 나를 노려보고 있었다. 다음 사냥감을 발견했다는 생각이 그 눈에 고스란히 드러났다. 하지만 공격당하기 전에 이즈미 로안의 목소리가 들렸다.

"미미히코, 일어서!"

커다란 돌이 날아와 곰의 머리에 명중했다. 이즈미 로안과 린이 조금 떨어진 곳에 서 있었다. 린이 또 하나의 돌을 주워 이즈미 로안에게 건넸다. 그가 곰에게 돌을 던지자 이번에도 곰의 머리에 명중했다. 린이 외쳤다.

"등을 보이면 안 돼요! 눈을 피해도 안 돼요! 조금씩 뒤로 물러나요!"

하지만 곰은 이미 나를 보고 있지 않았다. 돌을 던지는 그들 쪽으로 코끝을 돌리고 방향을 바꾸었다. 이즈미 로안과 린은 그 모습을 확인하고 달아났다. 두 사람이 달려가자 곰도 사지의 근육을 움직여 뒤쫓았다. 두 사람이 향하는 쪽에 비탈이 있었다. 오르막이다. 두 사람은 곰을 데리고 마을에서 나가려는 것이다. 저 계획이 성공하면 안심할 수 있다. 나는 그들에게 감사했다.

두 사람은 시냇물을 뛰어넘어 계속 달렸다. 먼저 로안이 비탈을 오르기 시작했다. 그의 뒷모습은 수풀 너머로 사라졌다. 린도 그 뒤를 따랐다. 이로써 그들은 이제 마을로 돌아오지 못한다. 이 산은 오르막밖에 없으니 아래쪽에 있는 마을로 오는 길은 존재하지 않는다.

곰도 역시 두 사람을 쫓아 비탈로 들어가려 했다. 하지만 그 직전에 움직임을 멈추었다. 횃불을 든 한 남자가 방금 전 살해당한 사내의 이름을 부르며 옆에서 달려왔기 때문이다. 횃불의 불꽃으로 곰의 옆구리를 지졌다. 동료를 잃고 분노한 것이리라. 일격을 가하지 않고서는 참을 수 없었으리라. 그 때문에 곰은 로안과 린을 쫓아가다가 멈추고 횃불을 휘두르는 남자에게 달려들었다. 남자는 고함인지 비명인지 모를 소리를 질러댔지만 이윽고 침묵했다. 그리고 곰은 돌아왔다. 비탈로 들어가지 않고 다시 마을을 유린하기 시작한 것이다.

지옥이 시작되었다. 곰은 사람들을 덮쳐서 고깃덩어리로 만들었다. 횃불의 불꽃이 집에 옮겨붙어 연기가 피어올랐다. 그런 상황에서 곰을 피해 다니는데 눈물 젖은 얼굴로 망연히 서 있는 아이를 발견했다. 나는 그 녀석의 가느다란 팔을 잡아당겼다. 수풀 속에 웅크리고 있는 여인도 있었다. 나는 그 여인을 일으켜 세우고 등을 떠밀었다.

"달아나! 여기 있으면 죽어!"

곰이 집을 부수었다. 파괴의 소리가 멀리까지 들렸다. 집 안에 누군가 숨어 있었는지 비명과 함께 흙먼지가 공중으로 피어올랐다. 우리는 무조건 곰과 반대편으로 정신없이 달아났다. 그러는 사이에 마을의 경치가 바뀌었다. 어느새 집들을 굽어보는 장소를 걷고 있었다. 비탈로 올라와버린 듯했다. 비명과 파괴의 소리가 들리는 마을을, 우리는 높은 곳에서 굽어보았다. 집 사이를 돌아다니는 거대한 곰이 연기 사이로 보였다.

시험 삼아 비탈을 내려가보려 했지만 나무뿌리를 몇 개 넘는 사이에 어느새 비탈 위쪽으로 향하고 말았다. 도중에 함께 달아난 아이와 여인이 내 뒤를 따라왔다. 뿔뿔이 흩어졌던 다른 사람들도 몇 명 합류했다. 모두 곰을 피해 도망 다니다가 마을에서 벗어나 그만 비탈로 들어왔다고 했다.

합류한 사람들 중에는 유스이도 있었다. 그녀는 불안한 표정으로 집에 두고 온 동거인들이 걱정된다고 중얼거렸다. 나는 조금 망설이다가 그녀의 집에서 본 광경을 말해주었다. 도키치를 비롯한 노인들은 이미 살해당했노라고. 쓰러져 우는 유스이를 보며 어쩔 줄 몰라 하는데 한발 먼저 마을을 벗어났던 이즈미 로안과 린이 우리를 발견하고 달려왔다.

"무사한가!"

이래서야 처음 그대로 아닌가. 아니, 사태는 오히려 나빠졌다. 마을로 돌아갈 수 없으니까.

"마을에서 나온 생존자가 더 있을지도 몰라. 주변을 찾아보세. 생존자를 모아서 출발해야지. 곰이 쫓아올지 안 쫓아올지 모르지만 어쨌거나 산을 오르는 수밖에."

"올라가요? 그다음에는 어떻게 되는데요?"

내 질문에 로안이 대답했다.

"이 산에도 정상이 있다면 그 너머는 내리막일지도 몰라."

"왜 그렇게 생각하세요? 계속 오르막일지도 모르잖아요. 그런 기묘한 산일지도 몰라요."

"만약 그렇다면 태양도 산에 걸리고 말 거야. 하지만 태양은 동쪽에서 서쪽으로 움직이고 있어. 두터운 구름이 있어 그 궤적이 선명하게 보이지는 않지만, 낮과 밤이 있다는 건 그런 뜻 아니겠나? 그러길 바라야지. 산꼭대기가 있고, 그 위로는 아무 것도 없다고 말이야. 일단 거기까지 가보세나."

평범한 산이라면 꼭대기까지 올라가면 거기서부터는 내리막이다. 이 산도 똑같은 논리가 통할까? 불안했지만 우리는 로안의 말을 믿기로 했다. 억울한 죽음을 목격하고 공포로 얼어붙은 우리는 누군가의 지시에 매달리고 싶었다.

생존자를 찾는데 나무 밑동에서 웅크리고 떨고 있던 여인을 발견했다. 부상을 입고 마을에서 달아난 남자와도 합류했다. 그의 말에 따르면 마을에 남은 사람들 중 산 사람은 이미 없다고 했다. 혹시 몰라 모두 함께 마을을 향해 크게 외쳐보았다.

"살아 있는 사람이 있으면 마을에서 나와서 비탈길로 올라와!"

하지만 대답도, 누군가 마을에서 나오는 기척도 없었다. 비탈 위에서 집 사이를 활보하는 곰의 모습이 보였다. 그놈은 죽은 자들을 포식하고 있었다. 우리는 그 광경에 등을 돌리고 산을 오르기 시작했다. 산꼭대기를 찾는 여행이 시작되었다.

나는 그 마을에 산 지 얼마 되지 않아 땅에 대한 애착이 적다. 하지만 다른 사람들은 삶의 터전을 버려야 한다는 사실을 한탄했다. 나는 그들을 위로하려고 떠들어댔다.

"다들 우는소리 그만해. 산을 넘으면 산기슭으로 돌아갈 수 있을지도 몰라. 생이별한 가족을 다시 만날 수 있을지도 모르잖아. 깨끗한 옷도 입을 수 있고 술도 마실 수 있어."

길이 있었다. 양쪽에 잡초가 우거진 좁은 길이었지만 아무것도 없는 비탈보다는 나았다. 이즈미 로안이 앞장섰고 그 뒤를 린이 따랐다. 나와 다른 마을 사람들은 두 사람의 뒤를 쫓아갔다. 마을 사람들은 모두 열한 명이었다. 원래 마을에는 스무 명이 있었으니 거의 절반이 곰에게 당한 셈이다.

"그냥 마을에 있을 걸 그랬어. 숨어 있었으면 곰도 마을에서 나갔을지 몰라. 그대로 그 마을에서 살 수 있었을지도 모르는데."

그렇게 한탄하는 남자가 있었다.

"그만둬. 그대로 있었다가는 죽었을지도 몰라."

그렇게 타이르는 남자도 있다.

"이렇게 계속 가봤자 분명 아무것도 없을 거예요"라고 울먹이는 여인이 있는가 하면 중년 여인이 "분명 곰이 바로 쫓아올 거야. 우리도 전부 잡아먹힐 게 틀림없어"라고 불길한 소리를 했다.

잡목림인지 바위터인지 모를 장소가 나왔다. 우리는 손을 잡아가며 바위를 하나씩 올라 위쪽으로 향했다. 여기라면 아래쪽으로 갈 수 있지 않을까 싶어 시험 삼아 바위터에서 내려가보려 했다. 하지만 헛수고였다. 미끄러지지 않도록 발로 홈을 디뎌가며 바위에서 내려가다 보면 어느새 막다른 바위틈에 껴서 꼼짝도 못하게 된다. 다른 바위 쪽으로 내려가보려 해도 역시 막다른 곳이 나왔다. 이 산은 아무래도 내려갈 수 없는 듯했다.

하늘의 구름이 가까워졌다. 나무 사이에 하얀 안개가 껴 있었다. 물기를 머금은 서늘한 바람이 불었다. 계속 가자 주위가 완전히 하얀색으로 바뀌어 사람들 얼굴도 보이지 않을 정도였다. 마침내 구름 속으로 들어온 모양이다. 우리는 옆에서 걷는 사람과 떨어지지 않도록 조심했다.

유스이는 노인들의 죽음을 들은 후로 침울해하며 한마디도 하지 않았다. 고개를 숙이고 사람들의 뒤를 따라왔지만 걸음이 느려 정신을 차리고 보면 뒤처져 있었다. 유스이가 넘어져서 바닥에 웅크렸지만 다른 사람들은 눈치채지 못하고 지나가버렸다. 나는 유스이를 일으켜 세워 손을 잡고 함께 걸었다.

"도키치 씨 일은 안됐어."

구름이 낀 바위터의 샛길을 걸어가며 내가 말했다. 유스이는 고개를 끄덕거렸다.

"저를 소중히 여겨주셨어요, 이런 저를."

앞쪽에서 나지막이 땅울림 소리가 들려왔다. 하얗게 물든 풍경 속에서 폭포가 나타났다. 이즈미 로안을 선두로 한 마을 사람들이 한숨 돌리며 폭포를 바라보고 있었다. 절벽에서 떨어지는 물줄기가 마치 기다란 하나의 띠 같았다. 계곡물로 힘차게 떨어지는 물줄기 주위로 물방울이 튀었다. 사람들은 깜짝 놀란 눈치였다. 마을에 오래 살았지만 비탈 위에 폭포가 있는 줄은 몰랐던 모양이다.

우리는 며칠이나 산을 올랐다. 밤에는 옹기종기 모여서 잠들고 나무 열매와 산나물로 허기를 채웠다. 언제까지고 구름 속에서 나갈 수 없었다. 풍향에 따라 구름이 옅어질 때도 있었지만 완전히 맑아져서 산꼭대기가 보이는 일은 없었다. 끝이 보이지 않았다. 얼마나 더 올라가야 하는지도 확실치 않았다. 보통 산꼭대기 부근은 추워서 심한 경우에는 눈이 내릴 때도 있다. 하지만 다행히 그 정도로 춥지는 않았다. 우리는 다양한 풍경을 보았다. 아무리 봐도 용 같은 거대한 뼈가 절벽 경사면에 절반쯤 모습을 드러내고 있었다. 도구를 사용하는 원숭이 집단도 만났다. 불을 쓰는 그들은 우리에게 횃불을 들이대며 경계했지만 이윽고 어디론가 사라졌다. 과거에 사람이 살았던 마을의 잔해도 발견했다. 마을 사람들은 그것을 보고 자신들 말고도 산에 갇힌 사람들의 마을이 있었다는 사실에 놀랐다. 하지만 그곳에서는 서로 죽고 죽이는 싸움이 벌어졌는지 모든 뼈마다 무기에 공격당한 듯한 흔적이 있었다.

“로안 선생님이 앞장서서 가면 길을 잃어서 산에서 나갈 수 있을지도 모른다고 생각했는데. 이번에는 안 되나 보네요. 이 산이 끌어당기는 힘이 큰 걸까요?”

사람들과 함께 모닥불 주위로 둘러앉아 있던 린이 말했다. 마을 사람들은 온화한 표정으로 어깨를 맞대고 있다. 곰의 습격으로부터 며칠 지나자 처음의 슬픔은 희미해졌다. 개중에는 여전히 한탄하는 이도 있었지만 웃음소리도 들리기 시작했다. 밤이 되면 마을 사람들은 로안이 길을 잃은 이야기를 듣고 싶어 했다. 여행지에서 겪은 기기묘묘한 일들을 말재주가 좋은 린이 마을 사람들에게 들려주었다.

“……그렇게 그때도 미미히코 씨가 문제를 일으켜서 고생했답니다. 끝.”

린의 이야기는 늘 그렇게 내 잘못으로 끝났다.

“어이, 나를 결론으로 삼지 마.”

“하지만 그렇잖아요. 미미히코 씨가 술과 주사위놀음에 빠지지만 않았으면 평온하게 지낼 수 있었던 경우가 많았잖아요?”

“아니야. 분명 내가 잘못한 적도 있어. 하지만 항상 로안 선생님이 길을 잃어서 계기가 생기는 거잖아.”

나와 린이 옥신각신하면 마을 사람들은 언제나 재미있다는 듯이 웃음을 터뜨렸다. 그럴 때면 유스이도 함께 입가를 누그러뜨렸다.

이윽고 구름을 빠져나가는 순간이 왔다. 이즈미 로안이 이끄는 우리는 그날 나무도 없고 풀도 자라지 않는, 바위밖에 없는 쓸쓸한 장소를 걷고 있었다. 하얗게 물든 살풍경한 곳이었지만 어째선지 동물들이 자주 보였다. 새와 뱀, 벌레, 크고 작은 다양한 생물이 바위터에 모여 있었다. 이즈미 로안은 그것들이 우리와 마찬가지로 산에서 내려가지 못하는 생물일 거라고 했다. 산꼭대기를 찾아가는 건 아니겠지만 목적 없이 움직이는 사이에 자연히 위로 올라온 것이리라. 계속 걸어가니 바람이 불고 구름이 걷혔다. 마을 사람들이 변화한 경치를 알아차리고 소리쳤다.

"봐! 정상이야!"

운해 위에 도착해보니 시야에 들어오는 산의 능선이 비스듬히 높아지면서 하늘의 한 점을 향해 모여 있는 게 아닌가? 그곳이 바로 정상이었다. 산꼭대기 위를 쳐다보자 그곳에는 별이 쏟아지는 하늘이 펼쳐졌다. 때마침 태양이 우리와 같은 높이에서 운해로 가라앉으려는 찰나였다.

정상으로 향하며 주위를 살펴보니 꼭대기에 대숲 같은 게 보였다. 바위터 중간에 거대한 도리이*가 있고, 그 너머에 구불구불한 계단이 뻗어 있었다. 과연 누가 이것을 만들었을까? 계속 비탈만 걷던 우리는 계단의 편평한 면을 밟고 미소를 지었다. 그때에는 이미 해가 저물어 하늘은 밤의 깊은 청색으로 변했다. 달이 희어서 주위가 제법 밝았다. 평소 같으면 모닥불을 피우고 쉬었겠지만 산꼭대기가 눈앞에 있으니 아무도 멈추려 하지 않았다.

··4··

계단 위에도 도리이가 있고 매끄러운 자갈길이 똑바로 뻗어 있었다. 그 앞에 오래된 신사가 보였다. 본당은 그리 크지 않았지만 주변에 건물이 몇 채나 있었다.

대숲 사이에 시냇물과 연못이 있었다. 인기척은 없었지만 여기까지 올라온 동물들이 달빛과 별빛을 받고 있었다. 참뱃길에 뱀과 거북이, 고양이, 원숭이가 모여 있었다. 그것들을 밟지 않도록 조심하면서 우리는 자연히 본당 앞에 섰다.

* 흔히 신사 입구에 세워 성역을 나타내는 붉은 기둥 문.

본당의 지붕은 곡선으로 길게 휘어 있었다. 나무 기둥은 말라서 돌 같은 회색을 띠었다. 새전함은 보이지 않았다. 누가 언제 무엇을 위해 만들었을까? 마을 사람 하나가 이런 말을 했다. 이 산에 오르막밖에 없었던 것은 이 신사 때문이 아닐까? 모든 생물이 이곳으로 모이는 것 아닐까?

이즈미 로안은 밤하늘을 보고 있었다. 달과 별이 무척 가까웠다. 손을 뻗으면 닿을 듯할 정도로. 문득 별똥별이 반짝였다. 엄청난 속도로 꼬리를 그리며 운해 경계의 낮은 곳을 스쳐 지나갔다.

"마치 덴구* 같구나."

그가 중얼거렸다.

"사실 여부는 모르겠지만 덴구는 원래 별똥별을 가리키는 말이라고 해. 옛날 사람들은 별똥별을 보고 누군가 하늘을 가로질러 갔다고 상상했는지도 모르지."

우리는 경내를 둘러보았다. 이 산에 오르막밖에 없다면 산꼭대기인 이곳에는 훨씬 많은 동물이 있었을 것이다. 산기슭에서 동물들이 모여들어 포화되고 쌓여서 동물의 살로 이루어진 탑이 생겼을 것이다. 하지만 그렇지 않은 이유는 무엇일까?

* 일본 민간신앙에 등장하는 요괴로 얼굴이 붉고 코가 길며 날개가 있어 날아다닌다.

유심히 보니 동물들은 일제히 같은 방향으로 움직이고 있었다. 새와 벌레, 비늘과 꼬리가 있는 생물, 두 발로 서는 자그마한 털북숭이가 우리가 온 신사 정면 쪽에서 참뱃길로 들어와 본당으로 다가갔다. 물줄기가 바위를 돌아 나가듯 생물들은 본당 앞에서 좌우로 갈라져 외벽을 따라 뒤로 돌아갔다. 본당 뒤쪽에도 길이 있었는데 그 앞에 또 도리이가 있었다. 생물들은 그쪽으로 멀어지더니 사라져 갔다. 움직임은 저마다 달라서 대숲으로 향하는 녀석도 있었지만 전체적으로는 그런 흐름이 있었다. 신사 뒤쪽 도리이로 빠져나가니 놀랍게도 내리막길이 나왔다. 생물들이 모두, 예외 없이 비탈을 내려가고 있는 게 아닌가?

"돌아갈 수 있어. 산기슭으로 돌아갈 수 있어!"

우리는 얼싸안고 기뻐했다. 마을 사람들은 이즈미 로안의 발밑에 무릎을 꿇고 기도하기 시작했다. 당신 덕분입니다, 하고 울음을 터뜨리는 바람에 로안이 당황했다.

"저는 아무것도 한 게 없습니다."

"저희를 이끌어주셨잖습니까?"

"누가 앞장서서 걸었어도 결국 이곳에 다다랐을 겁니다."

로안의 말을 마을 사람들은 겸손으로 받아들였다.

산꼭대기라고 하면 황량한 경치를 상상했다. 하지만 이곳은 의외로 풍요롭고 땅도 비옥했다. 대나무 외에도 다양한 식물이 울창하게 자라고 있었다. 복숭아나무와 귤나무가 있어 열매를 따서 먹어보니 달콤한 과즙이 입안에 퍼져서 십 년은 젊어진 기분이었다. 바닥의 흙을 손으로 만져보던 린이 말했다.

"산꼭대기로 모여든 생물들이 이곳의 흙을 비옥하게 만든 거겠죠."

이 부근에서 죽은 생물이 땅의 일부가 된다. 혹은 이곳에 배설한 분뇨가 비료가 되어 식물에 활력을 준다. 신사의 경내에는 밭도 있었다. 누가 가꾼 흔적은 없었다. 잡초가 우거지고 벌레들이 잔뜩 꼬여 있었다. 여기서 채소를 키우면 분명 훌륭한 작물을 수확할 수 있으리라. 밭에 철제 괭이와 낫이 굴러다니고 있었다. 마을 사람들이 그것을 발견하고 소리쳤다.

"철이다!"

날카로운 돌을 농기구로 사용하던 마을 사람들에게는 그리운 도구였으리라. 하나도 녹슬지 않고 멀쩡했다. 이토록 아름다운 철기는 처음 본다.

"다다미도 있다!"

경내의 건물을 살펴보던 남자가 한 건물에서 다다미방을 발견하고 기뻐했다. 신발을 벗어 던지고 건물 안으로 들어서니 그리운 골풀 냄새가 물씬 나서 눈물이 났다. 우리는 몸에 묻은 흙먼지를 털고 다다미방에 드러누웠다. 건물 안에는 다다미가 얼마나 깔려 있는지 모를 정도로 넓은 방이 있었다.

"다시는 다다미에 누워보지 못할 줄 알았는데."

마을 사람들은 울고 있었다. 흥분이 가시지 않았지만 하나둘 하품을 하기 시작했다. 아이들은 여인의 품속에서 눈을 감았다. 다다미방을 오늘 밤 잠자리로 삼았다. 이불은 없었지만 계속 노숙을 해온 우리는 개의치 않았다. 팔다리를 뻗고 잠이 들었다. 달과 별 덕분에 환한 밤을 장지문 너머로도 느낄 수 있었다. 나는 깊은 안도에 감싸였다. 이제는 산을 내려가는 일만 남았다. 아무 문제 없다.

사람이 돌아다니는 기척에 잠에서 깼다. 분명 아침이려니 했는데 아직 주위가 어두컴컴했다. 다들 장지문을 열고 밖을 보고 있기에 그리로 다가갔다.

"뭐야, 아직 날이 안 밝았어?"

하늘은 어둡고 하얀 별들이 대숲 위에 점점이 퍼져 있었다. 하품을 하면서 다시 다다미에 드러누우려는데 린이 말했다.

"아뇨, 해는 난 것 같은데……."

린이 당혹스러운 기색으로 말했다. 혹시나 싶어 밖으로 나가보니 분명 해가 운해 위에 떠 있었다. 그 빛이 바로 옆쪽에서 산꼭대기를 비추고 있다. 따가우리만치 강렬한 빛이었지만 어째선지 하늘은 여전히 어둡고 별들도 떠 있었다. 이 산은 하늘 위로 솟아 있는 것이리라. 산꼭대기가 창공보다 위에 있어 해가 나도 밤처럼 하늘에 별이 떠 있는 게 아닐까? 이즈미 로안에게 물어보았지만 그도 이런 곳은 처음이라 했다.

어쨌거나 태양 덕분에 주위를 환히 내다볼 수 있게 되었다. 바로 옆에서 햇빛을 받은 신사의 검은 그림자가 반대편으로 끝없이 뻗어 있었다. 밝은 부분과 어두운 부분이 뚜렷하게 나뉘어 있었다. 마을 사람들이 아침 식사 재료를 모으러 갔다. 여인들은 과일을 따러 가고, 사내들은 경내를 돌아다니는 산토끼와 닭을 쫓아다녔다.

나는 유스이와 함께 죽순을 캐러 갔다. 날이 밝고 보니 신사 부지는 절반 이상이 대숲이었다. 으슥한 곳에 큰 바위가 있고 금줄이 한 바퀴 감겨 있었다. 큼직한 바위 표면을 이끼가 덮고 있었다. 유스이는 그 바위를 향해 두 손을 모으고 기도했다. 우리는 손에 흙을 묻혀가며 아담한 죽순을 캤다. 발이 걸려 넘어지자 유스이가 달려와 걱정해주었다. 산꼭대기까지 오는 여정에서 우리의 거리는 가까워졌다. 유스이가 먼저 말을 꺼내는 경우는 많지 않았지만 내가 말을 걸어도 달아나지 않았고 귀찮은 내색도 하지 않았다. 내심 나를 싫어하지 않는다는 증거이리라.

죽순을 캐려고 몸을 숙이는데 하필 내 밑에 다른 죽순이 있어 뾰족한 끝에 엉덩이를 찔리고 말았다. 비명을 지르며 엉덩이를 문지르는데 유스이가 깜짝 놀란 표정으로 쳐다보고 있지 않은가?

"물론 일부러 그런 거야. 마침 엉덩이가 가려웠거든."

그렇게 태연한 척했지만 유스이는 끝내 못 참겠다는 듯이 입가를 가리고 웃음을 터뜨렸다. 나는 민망했지만 유스이의 웃음은 꼴사나운 사나이를 비웃는 게 아니었다. 아이처럼 구김살 없이 밝은 웃음이었다. 곰에게 소중한 사람들을 잃은 후로, 아니, 그전에도 그녀가 그렇게 웃는 모습은 본 적이 없었다.

"좋아, 그렇게 재미있다면 몇 번이든 죽순에 엉덩이를 찔려 줄게."

"그러지 말아요, 다쳐요."

"다쳐도 좋아. 유스이, 이거다 싶은 죽순이 보이면 나를 불러."

"싫어요, 못 먹고 버려야 하잖아요."

그런 말을 나누다 보니 가슴속이 따뜻해졌다. 지금까지 그녀는 어떤 감정을 품고 어떤 생각을 하며 살아왔을까? 어떤 부모 밑에서 자랐고 어떤 결혼을 강요당해 집을 뛰쳐나왔을까? 나는 모든 게 궁금했다. 하지만 입에서 나오는 것은 그저 무난한 이야기였다.

이즈미 로안이 본당 앞에 서서 입구에서 안쪽을 들여다보고 있었다. 본당 입구는 쌍여닫이문이었다. 위쪽 절반이 격자 구조라 열지 않아도 안을 들여다볼 수 있었다. 우리도 궁금해져서 로안 옆에 서서 격자 틈새로 시선을 집중했다. 안은 텅 비어 있었다. 안쪽에 둥근 거울을 모셔둔 받침대가 있었다. 거울의 직경은 우물하고 비슷할 정도였는데 이렇게 큰 거울은 처음 본다.

"훌륭한 거울이네요."

유스이가 말했다. 얼마나 오래되었는지는 모르겠지만 표면에 먼지 한 점 없었다. 본당을 들여다보는 우리 모습이 또렷하게 비쳤다. 마치 또 하나의 우리가 거기에 있는 것만 같았다. 나는 이즈미 로안에게 제안했다.

"안에 들어가서 가까이서 볼까요?"

"그게 불가능해. 이유는 모르겠지만 이 문은 열지 못하도록 못을 박아두었어. 안에 들어갈 수 있다 해도 그만두는 게 나을 게야. 아무래도 저건 위험해 보여. 아까 격자 틈새로 들어간 날벌레가 거울 속으로 빨려 들어가 사라지는 걸 보았네."

"사라졌다고요?"

이즈미 로안은 고개를 끄덕이더니 본당 아래쪽에 쌓여 있던 흙먼지를 한 줌 쥐었다. 격자 틈새 앞에서 그 손을 펼치더니 입김을 불어 본당 안쪽으로 흙먼지를 날려 보냈다. 연기처럼 피어오른 흙먼지는 곧 기묘하게 움직였다. 마치 뭔가에 끌리는 것처럼 거울 표면으로 빨려 들어간 것이다. 거울을 향해 스르륵 모여든 흙먼지는 그 표면에 찰싹 달라붙었다. 하지만 그게 끝이 아니었다. 알갱이 하나하나가 탁탁 터지듯 부서져 사라지더니 마침내 아무것도 남지 않았다.

"본당 안쪽으로 들어가면 거울 쪽으로 끌려가. 가까이 다가갈수록 잡아당기는 힘도 강력해지는 것 같아. 격자 사이로 손을 넣어보면 알아."

격자 구멍이 커서 팔을 넣어볼 수 있었다. 시험 삼아 본당에 팔을 넣어보자 힘을 빼고 있어도 축 늘어지지 않고 거울 쪽으로 끌려갔다. 누가 팔을 잡아당기는 감촉과는 달랐다. 팔에 흐르는 피 한 방울까지 손끝으로 쏠려서 거울 표면을 향해 떨어지려 하는 것이다.

"이 산에 발을 들여놓은 생물들이 이곳으로 이끌리는 건 이 거울 때문인지도 모르겠군. 본당 밖에 있으면 거울 쪽으로 끌려갈 만큼 강력하지는 않은 듯하네만."

유스이에게 죽순을 가지고 먼저 가라고 했다. 나는 로안과 함께 이 신사의 정체를 알아내보기로 했다. 건물을 하나하나 찾아가서 방을 조사했다. 내가 유스이를 먼저 보낸 이유는 돈이 될 만한 물건이 있으면 가져갈 생각이었기 때문이다.

호기심 왕성한 린도 신사를 조사하기 시작했다. 린은 한 건물에서 사람이 살던 흔적을 발견했다. 식기와 다구, 먼지를 뒤집어쓴 옷가지가 방구석에 있었다고 한다. 린이 말하기를 옷은 어른이 입기에는 작아서 아무래도 아이 옷 같았다고 했다.

"아이가 살았다는 뜻이야? 걔는 지금 어디 있는데?"

"몰라요. 쌓인 먼지로 봐서 오랫동안 방치되었던 것 같아요."

건물 어딘가에 그 아이의 뼈라도 굴러다니는 게 아닐까 싶어 찾아보았지만 나오지 않았다. 방이 몇 개나 되었는데 살풍경한 마루방도 있고 특이한 장식품과 항아리가 가득한 방도 있었다. 금색 항아리가 있어 비싸게 팔릴 것 같아 들어보려 했지만 무거워서 꼼짝도 하지 않았다. 대신 항아리 속에서 아이 낙서 같은 종이를 발견했다.

고급스러운 종이에 먹으로 그린 그림이었다. 둘둘 구겨서 버린 것 같았다. 전부 세 장이었는데 한 장은 강과 산, 소나무를 그린 풍경화였다. 하나는 집을 그린 그림이었고, 나머지 한 장을 어떤 문양을 그린 그림이었다. 모두 뛰어나지는 않았지만 이곳에 살던 사람의 정체를 알 수 있는 단서가 될지도 몰라 이즈미 로안에게 건넸다.

그는 그림을 보더니 깜짝 놀란 표정을 지었다. 그러더니 심각한 표정으로 입을 다물었다. 평소 그런 표정을 짓는 경우가 없다 보니 린이 조금 걱정스럽게 물었다.

"로안 선생님, 왜 그러세요?"

"아니, 아무것도 아니야. 생각 좀 하게 해다오. 린, 옷을 발견했다는 방으로 안내해주겠니?"

이즈미 로안은 그 방으로 가서 옷가지와 식기를 하나씩 들고 신중하게 살펴보기 시작했다. 장지문 밖에서 가로로 쏟아지는 햇빛이 그의 옆얼굴을 비추고 있었다. 상냥한 표정이었다. 밖에서 마을 사람이 우리를 찾았다. 아침 식사가 준비된 모양이다. 하지만 이즈미 로안에게는 들리지 않는지, 나와 린이 부르고 나서야 겨우 고개를 들었다.

"먼저 가게. 나는 여기를 조금 더 조사하다 가지."

"뭔가 알아내셨어요?"

"어쩌면 여기는 내가 계속 찾던 곳일지도 몰라."

그는 그렇게 말하고 다시 방으로 고개를 돌렸다. 나와 린은 시선을 주고받았지만 지금은 그를 내버려두기로 했다.

건물 한 곳에 부엌이 있었는데 마을 사람들은 그곳에서 아침밥을 짓고 있었다. 토끼를 큼직하게 썰어 죽순과 함께 삶았다. 여인들은 부엌에 있던 철제 식칼과 냄비가 자못 기뻤던 모양이다. 배를 든든히 채우고 산기슭으로 내려갈 채비를 했다. 신사 뒤쪽 도리이 밖으로 나가면 내리막길이 이어지리라. 얼마나 걸릴지는 모르지만 언젠가는 이 산에서 벗어날 것이다. 그곳에는 술도 있을 테고 주사위도 있겠지. 우리에게 익숙한 터전이다. 하지만 유스이를 행복하게 해주려면 술도 주사위놀음도 그만두어야겠지.

"있지, 유스이, 나 술도 주사위놀음도 자제할게."

대숲에서 아이들과 놀고 있는 유스이를 붙들고 그렇게 말했다. 그녀는 어리둥절한 표정을 지었다. 무슨 소리인지 모르겠다는 얼굴이다. 그녀의 손을 잡자 살짝 어깨를 떨었다. 아이들이 떠나자 대숲에는 우리만 남았다. 울타리처럼 늘어선 대나무가 새까만 그림자를 수없이 드리우고 있다.

"앞으로는 여행도 떠나지 않을 거야. 제대로 된 일을 할게. 그러니 함께 살지 않겠어?"

"함께 살아요?"

"그래. 나하고 함께 살자."

유스이는 깜짝 놀라더니 부끄럽다는 듯 시선을 떨어뜨렸다.

"……저는 그런 건 좀."

"어, 안 돼?"

상상도 못 했던 대답에 나는 낙담했다. 산기슭으로 내려가 유스이와 함께 살 생각밖에 하지 않았다. 거절당할 줄은 꿈에도 몰랐다. 하지만 그녀는 고개를 저었다.

"아뇨, 그런 건 아니지만."

"내가 싫어?"

"설마요, 그런……."

고개 숙인 그녀의 귀가 불그스레했다. 도키치 노인에게 듣기로 유스이는 결혼이 싫어서 달아났다가 이 산에 갇혔다고 했다. 하지만 지금 눈앞의 유스이에게서는 그 정도로 심한 거부 반응은 찾아볼 수 없다. 완전히 거절당한 건 아닌 듯했다. 오히려 싫지 않은 기색이었다. 유스이는 눈을 내리뜨고 말했다.

"전 미미히코 씨를 귀여운 사람이라고 생각해요."

"그, 그럼 산기슭으로 내려가면 다시 이야기하자!"

유스이는 고개를 끄덕이더니 쑥스러워하면서 내게 등을 돌리고 떠났다. 나는 그 자리에서 움직일 수 없었다. 행복한 마음에 다리가 휘청거렸다. 나를 귀여운 사람이라고 했다. 생각지도 못한 말이었다. 가슴속에 따뜻한 감정이 차올랐다. 나는 지금까지 방탕하게 살아왔다. 하지만 유스이와 함께라면 변할 수 있을 것 같았다. 술 한 방울 마시지 않아도 잠들 수 있으리라. 유스이가 웃어준다면 주사위놀음도 필요 없다. 나는 변할 수 있다. 분명 그렇게 될 것이다.

그때, 유스이가 떠난 반대 방향에서 비명 소리가 들렸다. 새들이 요란하게 날갯짓을 하며 대숲 위로 날아올랐다.

무슨 일이 벌어졌는지 확인하려고 비명 소리가 들린 쪽으로 조심스럽게 다가갔다. 마침 태양이 있는 쪽이었다. 대나무의 곧은 그림자가 내 몸과 얼굴 위를 지났다.

대숲 사이에 연못이 있었는데 거기에 마을 남자가 둥둥 떠 있었다. 흘러나온 피로 연못물이 새빨갛게 물들었다. 빠져나온 내장이 연못 가장자리까지 걸려 있었는데 그 끝에 비명을 질러대는 여인이 있었다. 여기까지 함께 걸어온 마을 사람이었다.

여인의 정면에 거대한 생물이 두 발로 서 있었다. 그놈은 하늘에 닿을 정도로 컸다. 팔을 한차례 휘두르자 여인의 비명이 사라졌다. 팔에 채인 여인의 몸뚱이가 내 쪽으로 날아와 대나무에 부딪쳐 꺾였다. 충격으로 대나무가 흔들렸다.

땅울림 같은 포효가 울려 퍼지자 어디선가 새들이 일제히 날아오르는 소리가 났다. 마을을 덮쳤던 그 곰이다. 체격이나 생김새가 똑같았다. 아무래도 이놈도 마을에서 나와 비탈을 하염없이 올라 산꼭대기에 도착한 듯했다.

곰이 나를 발견하고 다가왔다. 산이 다가오는 것 같았다. 내가 뒷걸음질을 치는 동안은 상대도 천천히 움직였다. 등을 돌리고 냅다 뛰자 곰도 바닥을 쿵쿵 밟으며 돌진했다. 비명을 지르며 대숲 사이를 달렸다. 바로 뒤에서 대나무를 뚝뚝 꺾으며 곰이 쫓아왔다. 포효가 바로 귓가에서 들려왔다. 저 발톱에 채이면 끝장이다, 살아남을 수 없다.

죽순에 발이 걸려 넘어질 뻔했을 때 옷자락에서 직접 만든 주사위가 떨어졌다. 마을에 있었을 때 돌을 깎아 만든 것이다. 줍고 있을 새는 없었지만 떨어진 주사위를 눈으로 좇는데 대나무 사이에 있는 커다란 바위가 보였다. 아래쪽 절반이 땅에 묻혀 있고 위쪽 절반이 튀어나와 있는 바위다. 올려다볼 정도로 크고 초록색 이끼가 표면을 뒤덮은 바위에 굵은 금줄이 쳐져 있었다.

이대로 달아나도 언젠가 곰에게 따라잡히고 만다. 모 아니면 도, 그렇게 판단한 나는 커다란 바위 쪽으로 달려갔다. 그 앞에서 힘껏 뛰어올랐다. 표면에는 손발을 디딜 곳이 없다. 하지만 금줄을 발판 삼아 위로 올라갈 수 있었다. 간신히 거석 위로 기어 올라가 다리를 오므린 순간 곰이 쫓아와서 내 다리가 있던 부근을 발톱으로 공격했다. 이끼가 벗겨져 사방으로 튀었다. 곰이 포효하자 내장이 뒤집힐 정도로 천지가 요동쳤다. 거석 위에 매달려 아래쪽을 살펴보았다. 곰은 앞발을 뻗어 거석 위쪽의 표면을 벅벅 긁어댔다. 이 바위가 조금이라도 작았다면 저 발톱이 내게 닿았을 것이다.

곰은 두 앞발로 바위를 밀어 굴리려 했지만 거석은 그 압도적인 힘에도 꿈쩍하지 않았다. 그러자 곧 내가 한 것처럼 바위 위로 올라오려 했다. 하지만 바위 표면에 발톱을 찍어도 이끼가 우수수 떨어질 뿐이다. 곰이 금줄에 앞발을 걸었다. 줄을 붙잡고 올라오려나 걱정했는데 무게를 견디지 못하고 금줄이 끊겼다. 덕분에 곰은 거석 밑을 어슬렁거리며 나를 위협하는 게 고작이었다.

새까만 생물이 나를 올려다보았다. 그 눈에는 아무런 감정도 없었다. 내려오기만 기다리는 걸까? 나는 굴러 떨어지지 않도록 거석 꼭대기에 찰싹 엎드렸다.

“젠장, 꺼져! 사라져!”

나는 곰에게 욕설을 퍼부었다. 거석 위의 이끼를 그러모아 집어 던졌다. 곰과 눈씨름을 하는 것은 공포 그 자체였다. 온몸이 새까맣고 두 발로 걷는 곰이라는 생물은 마치 사람 그림자처럼 보이는 순간이 있다. 그림자 자체가 입체적으로 부풀어 올라 우리 목숨을 거둬 가려고 찾아온 것 같았다. 이 공포로부터 달아날 수만 있다면 무슨 짓이든 하리라. 곰이 콧김을 씩씩대며 거석 주변을 어슬렁거렸다. 골격과 근육의 움직임이 털가죽 밑으로도 선명하게 보였다.

“어디로든 꺼져, 이 자식!”

눈물 콧물을 쏟으며 이끼를 던졌다. 곰은 전혀 개의치 않았지만 코를 벌름거리더니 내게 등을 돌렸다. 대나무를 꺾으며 대숲 속으로 들어갔다. 거대한 몸집이 멀리 사라지자 안도에 몸을 웅크렸다. 곰은 돌아오지 않았다. 그 대신 본당 쪽에서 몇몇 사람의 비명 소리가 들렸다. 곰은 사람들이 있는 곳으로 간 듯했다. 하지만 내가 달려간다 한들 아무 소용도 없다. 나는 거석에서 내려가지 않았다.

하늘을 올려다보니 대나무가 바깥쪽에서 중심으로 뻗어 있었다. 별들이 그 위에서 반짝거렸다. 비명 소리는 이윽고 작아져서 침묵이 찾아왔다. 모두 죽었는지도 모른다. 곰의 포효도 사라졌다. 살육은 끝난 걸까? 아니면 산에서 내려가는 길로 도망친 사람들을 곰도 쫓아간 걸까? 과연 몇 명이나 살아남았을까? 유스이는 무사할까? 이즈미 로안과 린은?

거석에서 내려가 상황을 살피러 가기가 두려웠다. 아직 곰이 이 근처에 있다면? 내가 땅으로 내려오기를 기다리고 있지 않을까? 하지만 나는 결심을 굳히고 거석에서 뛰어내렸다.

대숲을 빠져나가 본당 쪽으로 향했다. 정적 속에서 흐느끼는 소리가 들렸다. 누군가 생존자가 있다는 걸 알고 안도했다. 달려가보니 상상 이상으로 많은 사람들이 본당 주변에 모여 있었다. 곰은 보이지 않았다. 아마 누군가 쫓아냈으리라. 이즈미 로안과 린도 무사했다. 두 사람은 부상자들을 돌보고 있었다.

"미미히코 씨, 무사했군요. 어디에 숨어 있었어요?"

린이 어두운 표정으로 말했다. 나는 주위를 둘러보았다.

"커다란 바위 위에 있었어. 그나저나 유스이는 어디에 있어? 곰은 어떻게 된 거야?"

린은 굳은 표정으로 말없이 신음하는 부상자들의 상처에 헝겊을 댔다.

"곰은 죽었네."

이즈미 로안이 탕약을 부상자들에게 먹이며 말했다. 통증을 완화시키는 약일까?

"죽었어요? 어떻게?"

그는 본당 쪽으로 고개를 돌렸다. 정면의 덧문이 부서져 있었다. 그곳은 분명 열리지 않는 곳이었는데, 강력한 힘으로 파괴한 흔적이 있었다. 피도 떨어져 있었다. 본당 입구 주변이 검붉은 색으로 물들어 있다. 하지만 이 피를 흘린 사람은 보이지 않았다. 산꼭대기에 올라온 동물들은 곰이 습격한 줄도 모르고 본당 앞에서 두 줄로 갈라져 건물을 따라 뒤쪽으로 사라져 갔다.

"유스이는 어디에 있습니까?"

내 질문에 아무도 대답하지 않았다. 살아남은 사람들이 애처

로운 표정으로 나를 보았다. 본당으로 다가가 안을 들여다보았다. 오늘 아침처럼 받침대 위에 거대한 원형 거울이 있었다. 덧문과 격자 파편이 입구 앞에 굴러다니는 것 말고는 아무 이상도 없다.

"들어가지 마, 미미히코."

로안이 어깨를 붙들었다.

"빨려 들어갈 거야. 우리는 봤어. 곰이 거기로 떨어지는 걸."

떨어져?

"오늘 아침에 말한 걸 잊었나? 저기에 다가가면 거울 속으로 끌려가. 이 산에서 벌어지는 괴이한 현상의 중심에 있는 게 저 거울이네."

매끈한 원형 거울은 먼지 한 점, 흠집 하나 없다. 표면에 비치는 광경이 어찌나 진짜 같은지 마치 본당 안쪽에 둥근 창이 달린 것처럼 보였다. 로안의 설명에 따르면 곰이 나타나 사람들을 공격하기 시작했을 때, 유스이가 이 본당 앞에서 곰을 향해 외쳤다고 한다.

"이리로 와!"

오늘 아침, 그녀는 나와 함께 거울 이야기를 들었다. 그래서 곰이 거울에 접근하면 어찌될지 알고 있었던 것이다. 곰은 유스이에게 다가가 그녀와 본당 정면의 미닫이문을 한꺼번에 할

켜었다고 한다. 유스이는 쓰러져서도 바닥을 기어 본당으로 들어가 거울 쪽으로 다가갔다. 곰이 그녀를 쫓아가 유스이를 물어뜯었다. 그때 유스이의 몸이 거울 표면으로 끌려가기 시작했다. 곰도 함께 끌려갔다. 거울로 다가갈수록 끌려가는 속도는 빨라졌다. 거울 표면에 다다른 후에도 그 힘은 약해질 줄 모르고 유스이와 곰의 몸은 편평한 면에 납작하게 눌려 뼈와 살이 으스러지면서 원형을 잃었다. 결국 얄팍한 살로 변해 거울 표면에 들러붙었다가 그마저도 거울이 비쳐 보일 정도로 짓이겨지더니 이윽고 완전히 사라졌다.

··5··

별들은 운해와 밤하늘이 만나는 경계선까지 퍼져 있었다. 태양이 구름 너머로 가라앉자 달이 빛을 더했다. 흘러가는 별들을 바라보고 있노라니 거대한 쟁반 가운데에 서 있는 것 같았다. 빛이 흩어진 반구 모양의 하늘이 쟁반 위를 한 바퀴 도는 것 같다.

우리는 사망자를 매장하기 위해 하룻밤 더 산꼭대기에 머물렀다. 애도하기 위해 불을 지폈다. 대나무를 잘라 불에 태우자

펑 소리를 내며 터졌다. 겁 많은 동물들은 그 소리에 놀라 달아났다. 하늘로 올라간 불씨가 식어서 사라지는 모습이 마치 별들 사이로 올라가는 것 같았다.

동물들은 밤이 깊어도 계속해서 산꼭대기로 모여들었다. 모닥불 불빛을 받으며 본당 쪽으로 다가와 옆을 가로질러 멀어져 간다. 참배하러 온 나그네처럼.

이튿날, 산꼭대기를 뒤로했다. 본당 뒤쪽으로 뻗어 있는 길을 똑바로 지나가면 도리이가 나온다. 그 너머에 계단이 구불구불 뻗어 있다. 참배를 마친 동물들과 함께 우리는 도리이 밑을 지났다. 조심스레 계단을 내려갔다. 기이한 일은 일어나지 않았다. 이곳에 올 때는 올라갈 수밖에 없었는데, 이제는 내려갈 수 있었다. 대숲과 신사가 있는 산꼭대기를 멀리 뒤로하고 우리는 운해 속으로 들어갔다. 이번에는 산에서 내려가기만 해야 하는지 돌아가려 하면 길을 잃어, 결국 비탈을 내려가게 된다. 유스이가 사라진 신사로는 다시 돌아갈 수 없다.

마을 사람들은 산꼭대기에서 죽은 동료들에 대해 이야기했다. 모처럼 여기까지 왔는데 죽어버리다니 억울하기 짝이 없다고 했다. 유스이가 우리 모두를 구해주었다고 고마워했다. 그녀가 곰을 유인해 본당으로 들어가지 않았다면 피해자는 더 늘었으리라.

산꼭대기가 멀어지자 동물들도 점점 줄었다. 운해를 빠져나오니 산의 녹음도 짙어졌다. 발을 헛디디지 않도록 바위터에서 내려와 모닥불을 에워쌌다. 새들은 산꼭대기에서 산기슭 쪽으로 날아갔고 발밑의 개미마저도 같은 방향으로 전진했다. 마을 사람들은 신사에서 얻은 농기구와 냄비를 등에 지고 있었다. 바위터에서 마주친 멧돼지를 잡아 냄비로 끓여서 요리했다.

내내 흐느끼고 있던 나도 겨우 말을 할 수 있는 상태가 되었다.

"산기슭으로 내려오면 결혼하자고 약속했는데."

내가 그렇게 말하자 마을 사람들이 웃었다. 이성을 거북해하는 유스이가 그런 약속을 했을 리 없다는 것이다. 나는 벌떡 일어나서 화를 냈다.

"거짓말이 아니야. 우리는 함께 살 생각이었어. 확답을 들은 건 아니었지만 싫지 않은 눈치였단 말이야."

"미미히코 씨, 망상은 그만해요. 유스이 씨가 돌아가셨다고 아무 말이나 지어내면 못써요."

린이 싸늘한 눈으로 쳐다보았다.

"시끄러워, 입 다물어, 이 꼬맹아."

유스이는 내게 호의적인 감정을 품고 있었을 터였다. 확실했다. 다들 착각이라고 했지만 나는 그 말을 믿지 않았다. 린의 불평을 한 귀로 흘려들으며 하늘을 보았다. 두터운 구름에 가려서 별도, 산꼭대기도 보이지 않았다.

며칠을 계속 이동한 끝에 마침내 산기슭에 다다랐다. 나무 사이로 산기슭의 편평한 땅이 펼쳐진 것이다. 내리막길이 겨우 끝나고 길도 평탄해졌다. 강을 따라가자 물레방앗간이 있는 마을에 다다랐다. 마을 주변에 논이 펼쳐졌다. 평탄한 땅이 끝없이 펼쳐졌다. 우리는 마침내 산에서 빠져나왔다. 뒤를 올려다보니 분명 높은 산이 있기는 한데 구름 위까지 닿을 정도는 아니었다. 우리가 사로잡혀 있던 산은 어디로 가버린 걸까?

함께 산을 넘은 마을 사람들은 각자 고향으로 돌아갔다. 헤어질 때 그들은 이즈미 로안과 린에게 깊이 고개를 숙이고 감사를 표했다. 개중에는 손을 움켜쥐고 펑펑 우는 사람도 있었다. 참고로 그 두 사람과 달리 나는 존경하지 않는지 묵례가 고작이었다. 그뿐이면 다행이랴, "두 분께 폐 끼치면 못쓴다"는 잔소리까지 들었다.

우리 곁에 마지막까지 남은 사람은 살아남은 아이와 그 어머니 역할을 한 중년 여인이었다. 두 사람은 진짜 모자지간처럼 다정하게 고향을 향해 떠났다. 먼저 아이를 고향에 데려다준다고 했다. 그리고 우리는 처음처럼 셋이 되어 온천 마을로 향하는 여행을 재개했다.

"그 산은 뭐였을까요? 산꼭대기에 있던 거울이 원인이었을까요? 누가 무슨 이유로 그런 걸 모셔두었을까요?"

가도를 걸어가며 린이 물었다. 이즈미 로안이 대답했다.

"산꼭대기에서 살던 사람이 식량이 부족하지 않도록 동물들을 유인했던 건지도 몰라. 그렇게 높은 산이었는데 식물이 잘 자라고 있었어. 동물이 모이는 장소는 흙이 비옥해지는 법이지. 덫을 쳐두면 분명 어떤 동물이든 걸려들 거야. 아니면 산꼭대기에서 살던 누군가 쓸쓸하지 않도록 동물들을 불러들였던 걸까?"

"대체 누가 그런 방법을 쓸 수 있겠어요?"

그런 짓을 한 사람이 있다면 아마도 인간이 아닐 것이다.

이즈미 로안은 복잡한 표정으로 품에서 세 장의 종이를 꺼냈다. 그것은 산꼭대기에 있던 건물 안에서 내가 발견한 것이었다. 항아리 안에 구깃구깃하게 버려져 있었다. 거기에는 먹그림이 그려져 있었다. 나와 린이 양쪽에서 로안이 들고 있는 종이를 들여다보니 그가 가르쳐주었다.

"이 그림은 내가 어렸을 때 살던 곳하고 똑같아. 집 툇마루에서 바라보던 풍경이 딱 이런 모습이었지. 게다가 보렴, 이쪽 그림도 내가 살던 집하고 비슷하고, 이 문양은 우리 집 가문家紋하고 비슷해."

아무래도 세 장의 그림은 이즈미 로안에게 인연이 깊은 물건이었던 모양이다. 하지만 그런 게 어째서 산꼭대기에 있었을까? 나는 고개를 갸웃거렸다.

"착각 아니에요? 제 눈에는 어린애 낙서처럼 보이는데요."

"그럴지도 모르지."

그는 살짝 웃더니 종이를 품에 도로 넣었다.

이즈미 로안의 어머니가 어렸을 때 어느 날 갑자기 사라져 몇 년 동안 행방이 묘연했다는 이야기를 들었다. 로안이 말하기를 그의 어머니가 어디에서 누구와 지냈는지는 마지막까지 알 수 없었다고 한다. 다시 홀연히 나타났을 때는 사람 말도 잊고 그간의 일을 전혀 기억하지 못했다. 아이를 낳은 것은 그후 얼마 지나서였다. 행방이 묘연했을 때 누군가의 아이를 품고 있었다. 그렇게 태어난 아이가 바로 이즈미 로안이었다.

그의 아버지가 누구인지는 지금도 모른다. 그의 어머니는 덴구에게 끌려가 그 아이를 낳은 게 아닌가 하는 소문이 있다는데, 그 말을 들으니 어쩐지 이해가 갔다.

이즈미 로안의 심각한 길치 체질은 어쩌면 덴구의 피가 섞여 있는 탓 아닐까? 덴구의 피가 원래 가지고 있는 영력을 제대로 사용하지 못해 도를 넘는 게 아닐까? 별똥별이 중간에 느려져서 방향을 바꿀 수 없듯이 로안은 일단 걸음을 떼면 겨우 한 걸음으로 몇 개의 산을 훌쩍 넘어버리는 게 아닐까? 그렇게 생각하면 길을 잃는 그의 체질도 설명이 된다.

"여행지에서 겪은 괴이한 경험을 모아 책으로 써요."

길치 이즈미 로안 때문에 늪지대를 걷고 있을 때 좋은 생각이 났다는 듯이 린이 말했다. 방금 전까지 경치 좋은 외길을 걷고 있었는데 어느새 이런 곳을 헤매고 있다. 진흙에서 발을 빼내면서 린이 제안했다.

"여행 안내서가 안 팔리면 어쩔 수 없죠. 여행 안내서를 만드는 김에 각지의 무서운 이야기나 전승을 모아서 정리하면 좋지 않을까요?"

"그런 게 팔리겠어? 무서운 이야기를 누가 읽고 싶대?"

나는 어이가 없었다. 그럴 바에야 여행 안내서에 잡기판 정보를 쓰는 게 훨씬 유용하다. 하지만 로안은 늪지대에서 휘청거리며 고개를 끄덕거렸다.

"지금까지도 미미히코가 겪은 무서운 이야기를 몇 가지 적어두었는데, 의외로 재미있더군. 되읽을 때마다 무심결에 웃음이 나오거든. 언젠가 사람들에게도 보여줄 생각이었어."

"미미히코 씨의 불행은 즐거운 소재니까요."

나는 불평하려다가 늪에 거꾸로 처박혀 진흙투성이가 되었다. 두 사람은 나를 두고 쭉쭉 걸어갔다. 귀에 들어간 진흙을 빼내는데 로안의 말소리가 들렸다.

"괴이한 이야기를 모으다 보면 내 아버지의 정체도 언젠가 알 수 있을지 모르겠군."

이즈미 로안의 아버지가 정말로 덴구라면 그 전승은 방방곡곡에 남아 있다. 그 이야기들을 모으려면 분명 한 고생 할 것이다. 어쨌거나 우리 여행은 계속되었다. 온천 마을에 도착해 온천탕의 효능을 조사하고, 여관에서 진귀한 요리를 먹는다. 오래된 전승과 옛날이야기, 노인들이 들려주는 무서운 이야기에 귀를 기울인다. 밤이 되어 수증기가 솟아오르는 온천 마을에서 혼자 남으면 술집에서 거나하게 취해 아내가 되었을지도 모를 여인을 추억했다. 연못가에서 만났던 여인의 얼굴과 자태를. 쑥스러운 듯 고개 숙이던 모습을. 웃음소리를. 처음에는 선명했던 그녀의 윤곽도 날이 지날수록 흐릿해지더니 마지막에는 그저 그리운 인상만 가슴에 남았다.

나의 두 번째 독후 기담 讀後奇譚

— 역자 후기

누구나 일생에 한 권은 재미있는 책을 쓸 수 있다는 말이 있다. 인생은 각양각색, 같은 삶이 없으니 자기 이야기만 써도 재미있다는 뜻이다. 하지만 글쓰기에도 엄연히 프로와 아마추어의 구분이 존재한다. 그 둘을 가르는 기준은 두 번째 책을 쓸 수 있는가, 그 두 번째 책이 재미있는가. 그리고 글쓰기의 아마추어인 나는 지금, 머리를 싸매고 있다.

몇 년 전, 어느 책을 읽고 홀린 듯 감상을 써 내려간 적이 있다. 그 글이 그럭저럭 재미있다는 말을 듣자 남몰래 실실 흐뭇해하기도 했지만 이제 와서 생각해보면 나는 그때 재미있는 글을 쓸 수 있는 에너지를 몽땅 써버린 게 아닐까 싶다. 그 증거로 같은 작가의 같은 시리즈 작품을 그때와 똑같이 신나게 읽어놓고도 "아, 이번에도 재미있구나"라는 피상적인 감상만 흘러나올 뿐, 이 재미와 감동을 전달할 수 있는 표현이 좀처럼 떠오르질 않는다.

기담이니, 괴담이니, 세상에는 우리의 상식을 뛰어넘는 신비한 이야기가 차고 넘치지만 현실은 더욱 기묘해서, 지금 우리는 바로 얼마 전까지만 해도 상상도 해보지 못했던 역병의 시대를 살고 있다. 부푼 가슴을 안고 하늘 길을 오가던 여행자들, 새로운 지식을 배우고 우정을 키우기 위해 매일 학교에 가던 아이들, 삶을 영위하기 위해 힘차게 혹은 억지로 일터로 나가던 사회인들의 모습도 이제는 변해버리고 말았다. 어쩌면 독서의 즐거움과 감동을 표현하기 위해서는 현실의 삶에서도 그만큼 다양한 경험이 있어야 하는 것일지도 모른다.

그렇지 않아도 집에 틀어박히기 쉬운 직업을 가졌는데 세상도 이렇다 보니 나태한 생활에 은근히 핑계가 생긴다. 쌓여 있는 책 무더기에서 어제는 저 책, 오늘은 이 책을 뒤적거리며 뒹굴거리고 있는데 갑자기 초인종이 울린다. 사적 모임 자체가 미덕이 된 요즘에 대체 누군가 싶어 나가보니 몇 안 되는 친구가 문 앞에 서 있다.

손님의 이름은 이주미, 노안이다.

책을 많이 읽어서 그런가, 아직 젊은 나이인데……라고 하고 싶지만 사실 그의 나이는 알지 못한다. 이름도 계집애 같고 검고 긴 머리카락을 말꼬리처럼 묶고 다니지만 엄연한 사내 녀석으로, 늘 다니는 도서관에서 우연히 만난 것이 인연이 되어 책 이야기를 나누게 되었다. 처음에는 연락처도 거처도 알지 못하고 때가 맞으면 가끔 도서관에서 마주쳐 그저 몇 마디 주고받는 사이였지만, 삶의 모습까지 바꿔버린 역병으로 도서관 이용이 불확실해지자 모처럼 생긴 인연이 아쉬워 내가 먼저 연락처를 물었다. 언제나 아쉬운 사람이 먼저 행동하는 법이라, 그 후로는 서로 책을 빌리고 빌려주며 안부를 전하는 사이가 되었다. 오늘도 읽은 책에 대해 잡담을 나누기 시작했다.

"자네 기억하나? 왜, 내가 몇 년 전에 공대 출신 작가가 쓴 책에 대해 이야기해줬잖아."

"알지. 재미있게 읽었다고 일장 연설을 하지 않았나. 내게 읽을 기회도 주지 않고 줄거리를 술술 읊고 말이야.*"

"그 작품의 후속작이 나왔는데 말이야. 이건 아무래도 '미미

* 타인의 독서의 기쁨을 빼앗지 말자.

히코 수난기'라는 부제가 붙어야 할 것 같아. 미미히코가 엄청나게 고생하거든."

그렇게 나는 또다시 이 친구를 상대로 신나게 떠들어댔다. 가만히 듣고 있던 그는 잠시 생각하더니 한마디 거들었다.

"……혹은 가족애에 관한 이야기이거나."

미미히코의 엉뚱한 행동들이 돋보였지만 그 말을 듣고 보니 근원적인 향수, 모성과 가족애에 대한 이야기도 많았다. 특히나 표제작이기도 한 「나의 사이클롭스」는 전작에 수록된 단편 「엠브리오 기담」에서도 등장했던 린이 거듭되는 윤회 속에서 겪은 모험담으로 린의 강한 모성을 엿볼 수 있었고, 「네모난 두개골과 아이들」이나 「물 긷는 목함의 행방」도 가족애가 밑바탕에 깔려 있었다.

명확하게 통일된 주제가 있는 것은 아니지만 어쨌거나 곳곳에서 흘러넘치는 인정과 재치, 약간의 오싹한 요소는 이 작품의 큰 매력이다.

"오랜만에 만났는데 오늘도 이 책 이야기만 하다가 시간이 다 갔군."

세상이 변하기 전과 다름없는 일상에 나는 피식 웃으며 책에 손을 얹었다.

"그러고 보니 전작도 마지막 단편이 무척 아름다웠는데, 이번에도 마무리에 걸맞은 이야기였어. 주인공이 가진 신비한 길치 능력이 어디에서 왔는지 넌지시 짐작해볼 수도 있었고. 어머니의 잃어버린 과거와 만나보지도 못한 아버지의 정체를 어렴풋이나마 알게 된 주인공의 심정은 어땠을까?"

"……글쎄, 아마도 본인만 알 수 있겠지."

나를 바라보는 그의 입가에는 조용한 미소가 걸려 있었다.*

김선영(번역가 및 '미스터리 애호가')

* 전작과 맞추고 싶어 이번에도 오마주 형식으로 후기를 써보았다. 여전히 내게 이주미란 이름을 가진 노안 친구는 없다.

옮긴이 **김선영**
한국 외국어 대학교 일본어과를 졸업했다. 다양한 매체에서 전문 번역가로 활동했으며 특히 일본 미스터리 문학에서 왕성한 활동을 하고 있다. 옮긴 책으로는 『엠브리오 기담』, 요네자와 호노부의 '소시민' 시리즈, 『요네자와 호노부와 고전부』, 『이제 와서 날개라 해도』를 비롯한 요네자와 혼노부의 '고전부' 시리즈, 『야경』, 『쌍두의 악마』, 『인형은 왜 살해되는가』, 『살아 있는 시체의 죽음』, 『손가락 없는 환상곡』, 『고백』, 『클라인의 항아리』, 『열쇠 없는 꿈을 꾸다』, 『완전연애』, 『경관의 피』, 『흑사관 살인 사건』 등이 있다.

나의 사이클롭스

초판 발행 2022년 1월 14일

지은이 야마시로 아사코
옮긴이 김선영

책임편집 지혜림 | **편집** 이송
디자인 이정민 | **원서 표지 디자인** 나쿠이 나오코 | **일러스트** 야마모토 다카토
저작권 박지영 이영은 김하림 | **마케팅** 정민호 정진아 김혜연 정유선
홍보 김희숙 함유지 이소정 이미희
제작 강신은 김동욱 임현식 | **제작처** 상지사

펴낸곳 (주)문학동네 | **펴낸이** 김소영
출판등록 1993년 10월 22일 제406-2003-000045호
임프린트 엘릭시르

주소 10881 경기도 파주시 회동길 210
문의 031-955-1901(편집) 031-955-3579(마케팅) 031-955-8855(팩스)
전자우편 editor@elmys.co.kr | **홈페이지** www.elmys.co.kr

ISBN 978-89-546-8433-0 (03830)

엘릭시르는 출판그룹 문학동네의 임프린트입니다.

잘못된 책은 구입하신 서점에서 교환해드립니다.
기타 교환 문의 031) 955-2661, 3580